우리가 잘못 알고 있는

중국문학 속의 동식물

우리가 잘못 알고 있는

중국문학 속의 동식물

팽철호 지음

사회평론아카데미

우리가 잘못 알고 있는
중국문학 속의 동식물

2018년 11월 12일 초판 1쇄 인쇄
2018년 11월 20일 초판 1쇄 발행

지은이 팽철호
펴낸이 윤철호
펴낸곳 (주)사회평론아카데미
편집 고인욱·고하영
표지디자인 김진운
본문디자인 민들레
마케팅 최민규

등록번호 2013-000247(2013년 8월 23일)
전화 02-2191-1128
팩스 02-326-1626
주소 03978 서울특별시 마포구 월드컵북로12길 17

ISBN 979-11-88108-84-8 93820

머리말

필자는 40년 가까운 세월 동안 중국문학을 공부하고 연구하면서 재미도 느꼈지만, 중국문학의 갈피를 잡지 못하여 힘들어했던 적도 적지 않다. 필자를 가장 힘들게 하였던 것들을 간추려 보면 중국문헌에 나타나는 개념 사용의 자의성과 분류의 비체계성 두 가지로 정리될 수 있을 듯하다.

개념 사용의 자의성은 시대에 따라 다르고 지역에 따라서도 달라질 뿐만 아니라 쓰는 사람에 따라서도 구체적인 함의가 다르게 되는 중국인들의 개념 사용 방식을 말하는데, 그렇게 사용된 개념들 앞에서는 속수무책으로 망연자실할 따름이었다. 석사과정에 재학할 때에 여러 풍격용어들의 개념에 대하여 연구하면서 그 개념들을 변별적으로 파악할 수 있는 방법론을 모색하고자 했지만, '풍격개념의 모호성에 대한 연구를 한다'는 취지의 제목을 단 중국학자의 논문에서 '중국문학의 풍격개념은 모호할 수밖에 없다'라고 한 결론을 접하고서는 심각한 좌절감에 빠지기도 했었다. 이 문제는 통계적 방법을 사용하면 보다 나은 이해에 접근할 수 있겠다는 생각에 이르렀지만, 아쉽게도 아직 그것을 실행에 옮기지 못하고 있다.

대학 강단에서 중국문학의 다양한 장르를 가르치면서는 장르를 분류하는 중국인의 방법론에 또 한 번 좌절하였다. 형식상의 분류와 내용상의 분류가 뒤섞이고 용도와 풍격에 따른 분류까지 끼어들어 있는 중국문학의 장르 분류는 그것을 대하는 필자의 머리를 혼란스럽게 하였다. 고민 끝에 생물학의 분류 방법론을 참조하면 보다 이해하기 쉬운 갈래를 정리해 낼 수도 있겠다는 생각에 이르렀다. 그래서 식물 분류에 대해서 공부해 볼 필요가 있겠다는 생각을 하게 되었는데, 그 무렵 중국 항주에 있는 절강대학에 방문학자로 갈 기회가 생겼다. 아열대의 교정에 자리 잡은 온갖 식물들의 다양한 형태와 꽃과 향기는 식물에 관심을 갖기 시작한 필자를 매료시키기에 충분하였다. 새로이 만나는 식물들의 이름이 무엇인지를 이리저리 알아보다가 급기야 중국고전문학에 등장하는 식물들에 대한 한국과 중국의 이해에 차이가 있는 것이 적지 않다는 것을 알아차리게 되었다. 필자의 학문적 관심이 식물의 분류 방법론에서 중국문학에 등장하는 식물 그 자체로 방향을 바꾸게 되는 계기가 찾아온 것이다.

2013년 3월경에 시작된 '한국인들이 잘못 알고 있는 중국고전문학 속의 식물'에 대한 필자의 관심은 한국의 야생화에 대한 관심으로 확대되었다. 그래서 한동안 기회가 있을 때마다 친구들과 적지 않은 산과 식물원을 돌아다니며 어설픈 솜씨로 인상 깊은 식물들의 사진을 찍어 두기도 하였다. 그때 찍은 사진의 일부는 이 책에서 요긴하게 사용하였는데, 그중에는 별 생각 없이 우연히 찍어 두었던 것들도 있어서 인연의 묘한 작용을 실감하게 한다.

'한국인들이 잘못 알고 있는 중국고전문학 속의 식물'에 대한 관심은 '한국인들이 잘못 알고 있는 중국고전문학 속의 동물'에까지 확장되게 되었고, 기물에 대한 관심으로도 이어졌다. 이 책에서 논한 것들은 대부분의 한국인들이 미처 모르고 있었으리라 짐작하지만, 그중 일부는 필자가 이 책에서 논한 방향으로 인식이 바뀌어 가고 있는 듯하다. 그런 경향을 보면서 필자는 다른 것들도 언젠가는 필자가 논한 방향으로 시정될 수 있을 것이라 기대하게 된다. 이 책의 출간을 계기로 이 책에서 논한 사안들과 유사한 성격의 문제들에 대한 학계의 관심이 좀 더 확산된다면 필자는 학자로서 더없는 보람을 느끼게 될 것이다.

이 책에 수록되어 있는 몇몇 동식물 및 기물에 관한 논술은 이미 다른 학술지에 게재하였던 필자의 논문들을 부분적으로 조정한 것이다. '薇(미)·薤(해)·荇菜(행채)·柏(백)·茱萸(수유)'는 〈한국에서 다른 植物로 인식되는 중국문학 속의 植物 — 薇·荇菜·茱萸·薤·柏의 경우〉(《중국문학》 제81집, 한국중국어문학회, 2014년 11월)의, '杜鵑(두견)·躑躅(척촉)·海棠(해당)'은 〈한국에서 다른 植物로 인식되는 중국문학 속의 植物(2) — 海棠花·杜鵑花·躑躅의 경우〉(《중국어문학》 제67집, 영남중국어문학회, 2014년 12월)의, '桂(계)·蘪(미)·鉏(서)'는 〈중국문헌 중의 物名 번역에서 나타나는 지식정보의 변용〉《한국학논총》제43집, 국민대학교 한국학연구소, 2015년 2월)의, '辛夷(신이)·木蓮(목련)'은 〈王維의 시 '辛夷塢'의 '辛夷'에 대한 연구 — '辛夷'와 관련이 있는 '木蓮'에 대해서도 아울러 논함〉《중국문학》제88집, 한국중국어문학회, 2016년 8월)의, '梧桐(오동)·麒麟(기린)'은 〈중국문학에 등장하는 梧桐과 麒麟의 정체〉《중국학논총》제34집, 국민대학교 중국인문사회연구소, 2018년 2월)의 일부분이었던 것을 부분적으로 수정하고 관련 사진을 첨부한 것이다. 나머지 '蘭(란)·蓬(봉)·菩提樹(보리수)·迎春花(영춘화)·鶩(목)·鱸魚(노어)·木鐸(목탁)·木魚(목어)·塢(오)·湯(탕)·饅頭(만두)·海棠(해당)·홍어' 등의 항목에 관한 글들은 새롭게 작성한 것이다.

이 책에서 중국문학 속의 동식물을 잘못 이해하고 있는 사례로서 특정 글들을 인용하여 적시한 것은 학계의 현황을 구체적으로 드러내기 위함일 뿐, 거기에 어떠한 비난이나 폄훼의 의도는 담겨 있지 않다. 같은 사례가 많을 경우에는 필자가 생각하여 더 권위가 있다고 판단되는 저자나 역자의 글을 채택하였다. 그래서 이 책에 수록한 사례의 선택에는 그 사례의 저자 혹은 역자에 대한 애정과 존경심이 전제되어 있다. 예문의 저자와 역자 중에는 필자와 가까운 분들이 적지 않은 것은 그런 전제 때문이다. '鋤(서)'에 대한 잘못된 이해의 사례로는 필자 자신이 번역하였던 도연명의 시를 예시한 것을 보신다면 필자의 그런 마음을 충분히 이해해 주실 것으로 믿는다. 이 책에 수록되어 있는 모든 예문의 저자와 역자들께 송구한 마음으로 감사의 인사를 올린다.

5년 정도 수행한 '한국에서 잘못 알고 있는 중국문학 속의 동식물'에 대한 연구를 일단락 지으면서 그간의 연구 결과를 한 권의 책으로 묶어 내고자 하는 필자의 뜻을 선뜻 받아 주신 사회평론아카데미의 윤철호 사장님과 보잘것없는 원고를 예쁜 책으로 묶어 주신 고인욱 연구위원님께 심심한 감사를 드린다.

2018년 9월
팽철호

차례

제1장

초본식물

01

蘭 _란

▶ 오늘날의 난초 아닌 등골나물

溱與洧(진여유),	진수와 유수,
方渙渙兮(방환환혜).	지금 넘실거리고 있네.
士與女(사여녀),	총각과 처녀들이,
方秉蕳¹兮(방병간혜).	지금 난초를 들고 있네.
女曰觀乎(여왈관호),	처녀가 "가 보았나요?" 하니,
士曰旣且(사왈기저).	총각이 "가 보았지요." 한다.
且往觀乎(차왕관호),	"우리 또 가볼까요?
洧之外(유지외),	유수의 밖은
洵訏且樂(순우차락).	정말 즐겁고 재미있을 거예요."
維士與女(유사여녀),	총각과 처녀들은,
伊其相謔(이기상학),	서로 장난치며 놀다가,
贈之以勺藥(증지이작약).	작약을 주며 헤어진다.

....

1 한국에서는 대부분 '蕳'을 '蘭'으로 표기하고 있으나, '蕳'이 본래의 글자라고 판단되어 이렇게 바꾸
    었다.

《시경·정풍(詩經·鄭風)》의 〈진유(溱洧)〉라는 작품의 전반부인데, 여기에 '藺(간)'이라는 식물명이 보인다. 중국의 삼국시대(三國時代)에 오(吳)나라 육기(陸璣)가 《시경(詩經)》에 등장하는 동식물을 전문적으로 연구한 책인 《모시초목조수충어소(毛詩草木鳥獸蟲魚疏)》에서는 이 '藺(간)'을 '蘭(란)'과 같은 글자라고 하였다.² 이 '藺'을 '난초 이외의 식물로 본 경우도 있지만,³ 《시경》의 번역서를 출간하여 전문가의 반열에 든 사람들을 위시하여 한국에서는 대부분 이 '藺'을 이처럼 '난초'로 번역하는 경향을 보인다.⁴ 그러므로 한국에서의 '藺'에 대한 번역은 기본적으로 《모시초목조수충어소》의 해설과 궤를 같이한다고 할 수 있다. 그러나 자세히 검토해 보면 《모시초목조수충어소》에서 해설하고 있는 '藺'의 모습은 우리가 통상적으로 알고 있는 난초와는 상당히 다른면이 있다.

藺(간)은 곧 蘭(란)이니 향기가 있는 풀이다. 《춘추전》에서 "蘭을 자르고는 죽었다."라고 한 것과 《초사》에서 "秋蘭(추란)을 묶는다."라고 한 것, 공자가 "蘭은 마땅히 군왕을 위해 향기를 피워야 하는 풀이다."라고 했던 것들이 모두 그것이다. 그 줄기와 잎은 약초인 택란을 닮았으나 넓고 마디가 길다. 마

....
2   《毛詩草木鳥獸蟲魚疏(晉 陸璣 著)》[《毛詩草木鳥獸蟲魚疏(及廣其他三種)》(中國北京: 中華書局, 1985)] 제1쪽: "藺, 即蘭, 香草也."
3   李家源이 감수한 《詩經》(이기석·한백우 역해, 서울: 홍신문화사, 1992) 제167쪽에서는 이 '藺'을 "藺이라는 향초"로 번역하고, "엉거시과에 속하는 다년초"라고 주를 달았다. '엉거시과'는 '국화과'의 다른 이름이므로 陸璣가 묘사하는 그 식물이 국화과의 식물인 것과 일치한다. 그렇지만 '국화과'라는 더 많이 쓰이는 용어를 배제했을 뿐만 아니라, 그 식물의 정체를 좀 더 구체화하여 독자의 이해를 돕는 작업을 하지 않아 오해의 소지를 남기고 있는 점이 아쉽다.
4   《詩經(上)》(禹玄民 역, 서울: 을유문화사, 1978) 제294쪽에서는 '藺'에 대하여 "毛傳에 蘭也."라고 주를 달고서 번역에서는 '들난초'라고 새겼다. 위 〈溱洧〉의 전반부에 대한 번역은 인터넷에서 검색되는 상당수의 블로그에서 찾은 번역의 공통된 부분을 중심으로 하여 문맥을 알기 쉽게 조정한 것이다. '女'의 독음을 '여'로, '且'의 독음을 '차'로 했던 것은 필자가 각각 '녀'와 '저'로 바꾸었다.

디 사이는 붉고 키는 4~5척이다. 한나라의 여러 연못과 원림 및 허창의 궁중에는 모두 그것을 심었다. 얼굴에 바르는 분 속에도 넣을 수 있었는데, 그래서 천자가 제후들에게 白芷(백지, 구릿대)와 蘭을 하사하였다. 옷 속에 넣고 책 속에 끼워 두면 좀벌레를 없앨 수 있다.[5]

보통 난초라고 부르는 식물은 줄기 없이 잎사귀만으로 되어 있다. 꽃이 맺히는 곳도 꽃대이지 줄기는 아니다. 그런데 여기에서 묘사되는 식물은 잎사귀가 넓고 줄기가 있으며 그 줄기에는 마디가 있다고 한다. 잎사귀가 넓다는 것부터가 그 잎이 좁고 긴 보통의 난초와는 다르다. 육기의 학문적인 권위를 인정한다면《시경·정풍》〈진유〉의 그 '蕳' 곧 '蘭'은 오늘날의 난초와는 다른 식물인 것이 분명하다. 실제로 그러한 취지의 육기의 설은 중국의 학계가 충실하게 계승하고 있다.

《당시(唐詩)》·《시경(詩經)》·《초사(楚辭)》등 중국의 옛날 시사(詩詞)에서 거론하는 '蘭'은 모두 澤蘭(택란)의 종류인데, 흔히 보이는 것으로는 세 가지 곧 澤蘭과 華澤蘭(화택란), 佩蘭(패란)의 세 종류가 있다. 택란 종류의 식물은 주로 연못가에서 자라는데, 예부터 저명한 향초(香草)다. 줄기와 잎에는 향기가 있어서 몸에 지니고 있으면 삿된 기운을 피할 수 있다. 품행과 덕성이 고상한 사람만이 그것을 지니고 있을 자격이 있는데, 이것이 바로 "덕이 향기로운 자가 蘭을 지닌다."라는 뜻이다.[6]

....

5 《毛詩草木鳥獸蟲魚疏(晉 陸璣 著)》[《毛詩草木鳥獸蟲魚疏(及廣其他三種)》(中國北京: 中華書局, 1985)] 제 1쪽: "蕳, 卽蘭, 香草也. 《春秋傳》曰: '刈蘭而卒', 《楚辭》云: '紉秋蘭', 孔子曰: '蘭當為王者香草.', 皆是也. 其 莖葉似藥草澤蘭, 但廣而長節, 節中赤, 高四五尺, 漢諸池苑及許昌宮中皆種之. 可著粉中, 故天子賜諸侯蕳蘭. 藏衣著書中, 辟白魚也."

6 《唐詩植物圖鑑》(潘富俊, 中國 上海: 上海書店出版社, 2003) 제7쪽: "中國古詩詞如《唐詩》·《詩經》·《楚辭》 中提到的蘭都是澤蘭類, 常見的有三種, 卽澤蘭·華澤蘭與佩蘭. 澤蘭類植物多生澤旁, 自古卽爲著名的香草. 莖

'중국문학식물학(中國文學植物學)'이라는 새로운 학문의 영역을 개척했다고 칭송되는 반부준(潘富俊)[7]은 이와 같이 중국의 고대 시가 속에 등장하는 '蘭'을 오늘날의 난초와는 다른 식물인 '澤蘭(택란)'의 무리에 속하는 식물이라고 한다. 이러한 관점은 반부준의 책을 기반으로 한 왕사상(王士祥)의《당시식물도감(唐詩植物圖鑑)》에서 계승되고 있을 뿐만 아니라,[8] 인터넷에서도 그러한 설이 정설로 굳어지고 있음을 확인할 수 있다.[9] 곧《시경》의 그 '蕑'은 '蘭'과 같은 글자이고, 그 '蘭'은 오늘날 통상 '蘭草'라고 부르는 것과는 다른 澤蘭 또는 택란 종류의 식물로 규정되는 것이다.

반부준의《당시식물도감》에는 澤蘭의 학명이 'Eupatorium japonicum Thunb.'으로 기재되어 있는데, 인터넷에서 검색해 보면 한국에서는 이것을 '등골나물'이라고 부르는 것으로 되어 있다.

그런데 각기 다른 사진이 실려 있는 반부준의《당시식물도감》과 왕사상의《당시식물도감》에 실려 있는 '蘭'의 모습은 이와 약간 다르다. 꽃의 색깔이

....

葉有香氣, 佩在身上可避邪氣, 而且只有品德高尙者才有資格佩帶, 此卽 "德芬芳者佩蘭" 的意思.

7   위 책의 저자 潘富俊은 2011년에 臺灣 臺北의 猫頭鷹出版社에서《中國文學植物學》이라는 책을 출간한 바 있다.

8   《唐詩植物圖鑑》(王士祥 著, 胡國平 等 撮影, 中國 鄭州: 中州古籍出版社, 2005) 제8~9쪽 참조. 王士祥의《唐詩植物圖鑑》은 그〈前言〉곧 서문에서 밝히고 있듯이 臺灣의 학자 潘富俊이 臺北의 猫頭鷹出版社에서 출간한 책을 부분적으로 조정하고 보완한 것이다. 中國 上海의 上海書店出版社가 臺北의 猫頭鷹出版社의 판권을 사서 2003년 1월에 출간한 潘富俊의《唐詩植物圖鑑》과 비교해 보면, 기본 틀은 유지하고 있으나 내용과 체재상에 상당한 변화가 있음을 알 수 있다. 수록한 식물종에도 상당한 차이가 있다. 특정 식물이 나오는 唐詩를 상당수 찾아서 그 작자와 제목과 함께 해당 식물명이 들어 있는 시구를 두 구씩 소개하는 부분을 새롭게 첨가하기도 하였다. 또 唐詩에 대한 주해도 훨씬 상세해졌고, 사진도 새로 보충된 것들이 더러 있다. 행문의 구어체적 성격을 강화했을 뿐만 아니라 활자의 크기를 키운 것도 눈에 띈다. 160쪽이었던 上海書店出版社의 책이 中州古籍出版社에서는 221쪽이 된 만큼 내용이 보충되면서 가독성과 학술성이 강화되었다고 할 수 있다.

9   臺灣의 環境資訊中心(TEIA)에서도 "蘭의 오늘날의 이름은 澤蘭이다."로 시작하는 정보를 게재하고 있고, 바이두[百度]에서도 그런 내용을 쉽게 확인할 수 있다. [위키피디아(Wikipedia)] 일본어판에서도 같은 관점의 정보를 확인할 수 있다.

순백색이 아니라 약간 붉은 기운이 도는 것이 보라색에 가까운 것을 보면 향등골나물인 듯하다(그림 1.1). 그런데 김종원의《한국식물생태보감1》에서는 등골나물의 학명을 'Eupatorium chinensis var. simplicifolium'이라고 하였고,[10] '한자명이 澤蘭, 약초명이 난초(蘭草)이며 산란(山蘭), 패란(佩蘭) 등'의 이름이 있다고 하였다.[11] 그런 설명과 함께 거기에 실려 있는 그림 속의 식물은 필자가 찍은 등골나물과 같은 종류로 보인다(그림 1.2). 한국과 중국에서 파악하고 있는 중국고전문학 속의 '蘭'의 정체가 아직은 정확하게 일치하지 않는 단계에 머물러 있다는 것을 보여준다.

　　인터넷으로 파악되는 중국의 자료와 일본의 자료들에서도 유사한 양상을 볼 수 있는 것에 비추어 보면, 중국고전문학 속의 '蘭'의 정체를 종(種)의 단계에까지 특정하는 것은 아직 어렵거나 불가능한 것일 수도 있다. 육기의 설이 옳고, 그를 계승한 후대 학자들의 연구가 타당성이 있다면 '중국고대문학 속의 蘭은 등골나물속의 식물이다'라고 하는 정도까지는 옳은 것이 되는 것이다. 그렇다면《시경》이나《초사》등 고대의 문헌에 등장하는 '蘭'을 번역할 때에는 그것을 '등골나물'이라고 하는 것이 마땅할 것이다. 등골나물은 특정 식물의 종명(種名)이지만, 그것을 포함하는 속명(屬名)이기도 하기 때문이다. 물론 난초라고 해 놓고 그것은 오늘날의 등골나물에 해당하는 식물이라고 주를 달 수도 있을 것이다.

　　그런데 옛날에는 등골나물속의 식물을 '蘭'이라고 하다가 오늘날에는 난초과의 식물을 '蘭'이라고 한다는 것은 '蘭'이라는 식물이름이 가리키는 대상이 어느 시기부터 달라졌다는 것을 의미한다. 이 문제에 관심을 가진 학자들

....

10　　《한국식물생태보감1》(김종원 지, 서울: 자연과생태, 2015) 제797쪽 참조.

11　　중국에서는 이와 비슷하게 '佩蘭'을 澤蘭의 한 가지 이명으로 보기도 하지만, 澤蘭屬 곧 등골나무속의 특정 종을 지칭하는 것으로 보는 견해도 있다. 潘富俊의《唐詩植物圖鑑》(中國 上海: 上海書店出版社, 2003) 제7쪽 상단〈植物小檔案〉에서는 '佩蘭'의 학명을 'Eupatorium fortunei Turcz.'로 표기하였다.

그림 1.1 붉은 기운이
도는 향등골나물(가
평군 아침고요수목원
에서 저자 촬영)

그림 1.2 잎줄기가 짧
고 꽃이 상대적으로
덜 풍성한 등골나물
(강원도 곰배령 가는 등산
로 주변에서 저자 촬영)

그림 1.3 북미 원산의
생태계 교란 식물인
서양등골나물(서울 소
재 아파트 단지에서 저
자 촬영)

은 대개 당(唐)나라 이전에는 '蘭'이 국화과의 '澤蘭'을 가리켰지만, 송(宋)나라 시대부터는 오늘날처럼 蘭科(Orchidaceae)의 식물을 지칭하게 되었다고 한다.[12] 그래서 서성(書聖)으로 불리는 왕희지(王羲之)가 쓴 〈난정집서(蘭庭集序)〉 때문에 유명해진 '蘭亭'의 '蘭'도 사실은 澤蘭을 가리키는 것이라고 하였다.[13] 그렇지만 중국 소흥(紹興)에 있는 난정(蘭亭)의 현지 상황은 그런 주장과는 거리가 있다.

〈그림 1.4〉는 필자가 2013년 5월에 중국 소흥의 난정에서 찍은 것인데, 그 난정에서 기념품으로 판매하는 '蘭'은 뜻밖에도 이와 같이 송대 이후에 '蘭'이라는 이름을 갖게 되었다는 오늘날의 '蘭草'였다. '蘭亭'의 '蘭'이 사실은 澤蘭이었다고 하더라도 그 내막을 잘 알 수 없는 관광객들을 위한 궁여지책일 수도 있고, 단순히 장삿속이 발휘된 것이라고도 할 수 있을 것이다. 그 난초를 파는 사람은 고대의 난초의 정체를 몰라서 고대의 난초도 오늘날의 난초와 같은 것이라고 철석같이 믿고 있었을지도 모를 일이다.

이와 같이 고대 문헌 속의 '蘭'을 '등골나물'의 일종으로 규정한다고 하더라도 '蘭'과 관련하여 쉽게 이해되지 않거나 석연치 않은 문제들이 몇 가지 더 있다. 먼저 오늘날의 난초가 송나라 시대에 갑자가 나타난 식물이 아니라면 그것이 '蘭'이라는 이름을 가지기 전에도 존재하고 있었을 것인데, 당시에는 그것을 무엇이라고 불렀는가 하는 것이다. 또 한 가지는 처음으로 '蘭'과 '蕙(혜)'를 구분하여 그 특성을 규정하였다는 송나라 황정견(黃庭堅)은 그

....

12 《中國文學植物學》(潘富俊, 臺灣 臺北: 猫頭鷹出版社, 2012) 제165쪽: "「蘭」原指澤蘭, 宋代後亦指蘭花." 臺灣의 環境資訊中心(TEIA): "唐朝以前,「蘭」指的多是澤蘭. 宋朝以後才稱蘭科(Orchidaceae)植物為「蘭」(인터넷 검색). 〈ランの名前の由来〉: "宋の時代になると現在のラン科の植物である春蘭などの蘭の花が盛んに栽培されるようになります. そして、これらのラン科の植物は偽蘭とされるなど古代の蘭との誤解や混乱が生じたようです. 宋の時代以降は蘭は偽蘭といわれた蘭花すなわちラン科の植物をさし、主に花の姿と香りが愛せられるようになっていきます"(인터넷 검색).

13 《唐詩植物圖鑑》(潘富俊, 中國 上海: 上海書店出版社, 2003) 제7쪽 및 《唐詩植物圖鑑》(王士祥 著, 胡國平 等 撮影, 中國 鄭州: 中州古籍出版社, 2005) 제9쪽 참조.

그림 1.4 중국 소흥의 난정에서 기념품으로 판매되는 '난정의 난'(저자 촬영)

의 글에서《초사》〈이소(離騷)〉의 '蘭'과 '蕙'를 동시에 언급한 구절도 인용하고 있는 것을 보면, 과연 본래 등골나물 종류를 가리키던 '蘭'이 송나라 시대에 이르러서 오늘날의 난초를 가리키게 되었다고 하는 것이 옳은 것인가 하는 의심을 하게 된다. 곧 황정견의 글 〈서유방정기(書幽芳亭記)〉[14]에서는 "한

....

14   난초를 찬미한 글인데 연꽃의 미덕을 칭송했던 周敦頤의 〈愛蓮說〉에 필적할 만한 명문이다. 그러나
      이 글은 周敦頤의 〈愛蓮說〉이 널리 알려져 있는 것과는 달리 그다지 잘 알려져 있지 않다. 게다가 이
      글 속에는 중국에서 최초로 '蘭'과 '蕙'를 구분하여 그 특징을 규정했다는 문장이 들어 있어서 학술적
      가치가 높지만, 그 글이 〈脩竹記〉라는 문장에서 나왔다는 잘못된 정보가 중국뿐만 아니라 한국에서도
      유통되고 있다. 이러한 상황을 고려하여 다음과 같이 전문을 소개하기로 한다(참고의 편의상 이 글의
      주요한 논거가 되는 부분은 활자의 색상을 달리해 시인성을 높이고자 하였다).
      "士之才德蓋一國, 則曰國士; 女之色蓋一國, 則曰國色; 蘭之香蓋一國, 則曰國香. 自古人知貴蘭, 不待楚之逐
      臣而後貴之也. 蘭甚似乎君子; 生於深山薄叢之中, 不爲無人而不芳; 雪霜凌厲而見殺, 來歲不改其性也. 是所謂
      "遯世無悶, 不見是而無悶"者也. 蘭雖含香體潔, 平居與蕭艾不殊. 淸風過之, 其香藹然, 在室滿室, 在堂滿堂,
      所謂含章以時發者也. 然蘭蕙之才德不同, 世罕能別之. 予放浪江湖之日久, 乃盡知其族. 蓋蘭似君子, 蕙似士
      大夫, 大槪山林中十蕙而一蘭也. 《離騷》曰: "予旣滋蘭之九畹, 又樹蕙之百畝." 是以知不獨今, 楚人賤蕙而貴蘭
      久矣. 蘭蕙叢出, 蒔以砂石則茂, 沃以湯茗則芳, 是所同也. 至其發花, 一幹一花而香有餘者蘭, 一幹五七花而香
      不足者蕙. 蕙雖不若蘭, 其視椒則遠矣, 世論以爲國香矣. 乃曰"當門不得不鋤", 山林之士, 所以往而不返者耶."

꽃대에 꽃이 한 송이 피며 향기가 많은 것이 蘭이고, 한 꽃대에 예닐곱 송이의 꽃이 피지만 향기가 부족한 것이 蕙다."[15]라고 한 구절의 앞부분에 "나는 구원[畹, 1원(畹)은 12무(畝) 또는 30무]의 蘭을 심고서 백 무의 蕙를 심었다."[16]라고 한 〈이소〉의 구절을 인용하고 있는 것으로 보아 황정견의 경우에는 고대의 '蘭'과 '蕙'를 송대의 '蘭'과 '蕙'와 다르게 본 흔적을 찾기 어렵기 때문이다.

중국의 고대에 '蘭'으로 표기되었던 '澤蘭' 종류의 식물은 향초의 대표격으로 간주되었다. 그렇지만 택란류의 식물은 그것을 말려야 향기가 난다고 한다.[17] 택란을 향초로 사용할 때에는 그것을 말려서 쓴다는 말인데, 고문헌에서 그런 흔적을 발견하기 어려운 것도 이해하기 힘들다. 물론 등골나물속의 식물 중에는 싱싱한 상태에서도 향기를 풍기는 것이 있을 가능성이 있지만, 이 부분에 대한 검증은 필자의 능력 범위를 벗어난다.

....

15 "一幹一花而香有餘者蘭, 一幹五七花而香不足者蕙."

16 "予旣滋蘭之九畹, 又樹蕙之百畝."

17 《한국식물생태보감1》(김종원 저, 서울: 자연과생태, 2015) 제798쪽에서 "등골나물 종류는 식물체를 건조시키면 향기가 약간 나는데, ……"라고 하였고, [위키피디아] 일본어판에서도 臺灣의 潘富俊이 '澤蘭'이라고 지목한 'フジバカマ(Eupatorium japonicum)'에 대하여 "생풀 그대로는 향기가 없는 것이지만, 건조하면 그 줄기와 잎에 함유되어 있는 쿠마린 배당체가 가수분해되어 올드 쿠마린산이 생겨나기 때문에 사쿠라모치의 잎과 같은 방향을 낸다(生草のままでは無香のフジバカマであるが, 乾燥するとその茎や葉に含有されている, クマリン配糖体が加水分解されて, オルト·クマリン酸が生じるため, 桜餅の葉のような芳香を放つ)."라고 하였다. 필자는 이 사실을 알기 이전에 등골나물 종류가 향기가 좋은 식물이며 옛날에는 '蘭'으로 불렸다는 사실만을 알고서 그것을 확인하고자 했으나 성공하지 못하였다. 아무리 코를 가까이 갖다 대어도 서양등골나물은 물론이고 곰배령 가는 길에서 만났던 등골나물에서도 보통의 풀냄새 이외에 향기라고 할 만한 좋은 냄새를 맡을 수가 없었다. 그래서 '옛날의 蘭이 오늘날 등골나물 종류를 가리킨다'는 설을 의심하기도 하였다. 다만 최근에 살짝 시든 등골나물 잎사귀에서 모 회사의 섬유유연제에 첨가된 방향제의 냄새와 비슷한 향기를 맡을 수 있었는데, 등골나물의 향기는 이것을 두고 하는 말인지 모르겠다.

02

薇미

▶ 고사리 아닌 야생완두

《시경·소남·초충(詩經·召南·草蟲)》편(篇)에는 다음과 같은 구절이 있다.

陟彼南山(척피남산),
言采其薇(언채기미).

이 두 구에 대하여 우현민(禹玄民)과 조두현(曺斗鉉)은 각각 다음과 같이 번역하였다.

우현민: 저 남산에 올라 / 그 고비를 캔다.[18]
조두현: 남산에 올라가 / 고비나물이나 뜯어 볼거나[19]

그리고 《시경·소아·녹명지습(詩經·小雅·鹿鳴之什)》에 들어 있는 〈채미(采薇)〉편에도 비슷한 구절이 보인다.

....

18   《詩經(上)》(禹玄民 譯, 서울: 乙酉文化社, 1978) 제61쪽.
19   《詩經》(曺斗鉉 譯解, 서울: 惠園出版社, 1991) 제32쪽.

采薇采薇(채미채미),

薇亦作止(미역작지).

이 두 구에 대하여 우현민과 조두현은 또 각각 다음과 같이 번역하였다.

우현민: 고비를 캐고 고비를 캐면 / 고비 또한 돋는다.[20]

조두현: 고사리 캐세, 고사리 캐세, / 고사리가 돋아났네.[21]

이 두 가지 예문에 대한 번역문을 살펴보면 우현민은 '薇'자를 한결같이 '고비'로 번역하였다는 것을 알 수 있다. 그러나 조두현은《시경·소남·초충》편에서는 '薇'를 우현민과 마찬가지로 '고비'로 번역했지만,《시경·소아·녹명지습》중의 〈채미〉에서는 무슨 까닭인지 그것을 '고사리'로 번역한 것을 볼 수 있다.

한편 한국에서 간행된 사전 중《대한한사전(大漢韓辭典)》에서는 '薇'를 '고비나물'이라고 풀이하였다.[22] 그리고《한한대자전(漢韓大字典)》에서도 이 글자의 첫 번째 뜻을 '고비'라고 새겼다.[23] 이런 사정을 종합해 보면 '薇'는 '고비'라는 뜻으로 새기는 것이 옳은 듯하다. 그래서 조두현이《시경·소아·녹명지습》중의 〈채미〉에서 그것을 '고사리'로 새긴 것은 착각의 소치인 것처럼 보인다.

그렇지만 한국의 식자층에 두루 알려져 있는 '薇'자의 뜻은 사실 '고사리' 쪽이 우세하다. '백이(伯夷)와 숙제(叔齊)가 수양산(首陽山)에서 고사리를 캐어 먹다 굶어 죽었다'는 중국의 전설이 한국의 식자층에는 상식적으로 널리 알

─────────

20 《詩經(中)》(禹玄民 譯, 서울: 乙酉文化社, 1978) 제466쪽.

21 《詩經》(曺斗鉉 譯解, 서울: 惠園出版社, 1991) 제214쪽.

22 張三植 編著, 서울: 박문출판사, 1975년 수정 초판, 제1298쪽 참조.

23 民衆書林編輯局 編, 서울: 民衆書林, 2005, 초판 제8쇄, 제1791쪽: "① 고비 미. 고비과에 속하는 양치류의 다년초. 산야에 저절로 나며 어린잎은 식용함. ② 백일홍나무 미 ③ 장미 미."

려져 있기 때문이다. 이 전설은 백이와 숙제가 은(殷)나라를 정벌하는 무왕(武王)에 반대하여 수양산에 들어가 굶어 죽기 전에 지었다는 〈채미가(采薇歌)〉[24]와 관련이 있는데, 이 '채미가'의 '薇'자를 대개 '고사리'로 새기기 때문이다.[25] 그래서 조두현이 '薇'자를 '고비'로 새겼던 것은 사전의 풀이와 같은 관점을 드러낸 것이고, '薇'자를 '고사리'로 새겼던 것은 상식화되어 있던 지식이 무심결에 배어나온 것처럼 보인다. 여기에서 '薇'자가 가리키는 사물은 '고비'인데 항간에 '고사리'라고 잘못 알려져 있는 것인지, 아니면 '고비'와 '고사리'는 결국 같은 사물을 나타내는 두 가지의 이름인지를 가리는 문제가 대두된다.

그런데 중국에서는 '薇'자에 대한 인식이 한국과는 판연히 다르다. 바이두[百度]에서 검색해 보면 중국에서는 '薇'를 '野豌豆(야완두)' 곧 '야생완두'라는 식물이라고 하는 것을 확인할 수 있다.[26] 그리고 위 〈채미가〉의 앞 두 구도 "저 서산에 올라 '野豌豆'를 따서 임시로 요기를 한다."[27]라고 번역하는 것을 발견할 수 있다.

중국인들은 오랜 옛날부터 '薇'자를 콩과식물 중의 한 가지를 가리키는 말로 인식하고 있었다는 증거는 사전에서도 확인된다.《중문대사전(中文大辭典)》에서는 '薇'자의 첫 번째 뜻으로 '大巢菜(대소채)' 즉 '野豌豆'를 싣고, 그 예로《설문해자(說文解字)》를 비롯한 고대 전적을 인용하고 있다. 여기서는 '백이와 숙제가 먹었다는 그 薇가 바로 이것'이라고 한 점이 특히 눈에 띈다.[28]

....

24 "登彼西山兮, 采其薇矣. 以暴易暴兮, 不知其非矣. 神農虞夏忽焉沒兮, 我安適歸矣? 於嗟徂兮, 命之衰矣."

25 최근에 나온 논문에서도 백이·숙제와 관련된 '采薇'라는 말을 '고사리를 꺾다'라는 뜻으로 새기고 있는 것을 볼 수 있는데, 강혜정의 〈백이 숙제 고사의 수용 양상과 그 의미〉《한민족문화연구》제34집, 한민족문화학회, 2010. 08)의 제10번 주에서는 〈采薇歌〉의 첫 두 구절 "登彼西山兮, 采其薇矣."를 "저 서산에 올라 산중의 고사리나 꺾자꾸나"로 번역하였다.

26 "又名 '大巢菜'(bush vetch, hedge vetch). 一種一年生或二年生草本植物(*Vicia sepium*), 花紫紅色, 結寸許長扁莢, 中有種子五六粒, 可吃. 又名 '野豌豆'."

27 "登上那西山啊. 采摘野豌豆聊以充饑."

28 《中文大辭典》(林尹·高明 主編, 臺灣 臺北: 中國文化大學出版部, 1973년 초판, 1982년 제6판) 제8권 제

《한어대사전(漢語大詞典)》에서도 '薇'자를 '野豌豆'라고 풀이하면서《시경·소남·초충》편의 구절과《사기·백이열전(史記·伯夷列傳)》에 실려 있는 백이·숙제의 이야기를 그 예로 들고 있다.[29]

중국에서 '薇'자를 콩과식물인 '野豌豆'로 인식한 것은 꽤 오래된 문헌에서도 확인할 수 있다. 중국 삼국시대(220~280년)의 박물학자인 육기가 쓴《모시초목조수충어소(毛詩草木鳥獸蟲魚疏)》에 이미《시경》에 등장하는 '薇'라는 식물은 콩과식물이라는 내용이 기술되어 있다.

> 薇는 산나물이다. 줄기와 잎은 모두 팥을 닮은 덩굴식물이다. 그 맛 역시 팥과 같은데, 잎사귀는 국을 끓여 먹을 수 있고, 날로도 먹을 수 있다. 요즈음 국가 소유의 밭에다 심어 종묘의 제사에 제공하고 있다.[30]

이와 같이 중국에서 '薇'자를 콩과식물의 하나로 인식하는 것은 역사가 오래되었다. 그리고 그 전통은 청(淸)나라시대까지 면면히 이어지고 있다. 단옥재(段玉裁)의《설문해자주(說文解字注)》에서는 '薇'자를 해설하면서 '似藿(사곽)'이라고 한 것에 대하여 "콩잎을 닮았다는 말이다(謂似豆葉也)."라고 주를 단 다음에 "薇, 山菜也. 莖葉皆似小豆"로 시작하는 육기의 해설을 그대로 전재하고 있다.[31] 한국에서는 어떤 근거에서 '薇'를 고사리나 고비라고 생각했는지

....

152쪽 참조.

29　《漢語大詞典》(漢語大詞典編輯委員會漢語大詞典編纂處, 上海: 漢語大詞典出版社, 1989년 초판, 1994년 제3쇄) 제9권 제564쪽 참조.

30　《毛詩草木鳥獸蟲魚疏(及其他三種)》(吳 陸璣 著, 北京: 中華書局, 1985) 제13쪽 '言采其薇' 條: "薇, 山菜也. 莖葉皆似小豆, 蔓生. 其味亦如小豆, 藿可作羹, 亦可生食. 今官園種之, 以供宗廟祭祀."(원문은 白文이지만 필자가 문맥에 따라 句讀點을 찍었다.)

31　《說文解字注》, 漢 許愼 撰, 淸 段玉裁 注, 臺灣 臺北: 黎明文化事業公司, 1974년 초판, 1989년 增訂 5판, 제24쪽 참조.

그림 2.1 구주갈퀴덩굴(저자가 양재천가에서 촬영한 사진인데, 자세히 보면 공교롭게도 구주갈퀴덩굴과 자주 혼동되는 갈퀴덩굴이 왼쪽과 오른쪽에 함께 있음을 알 수 있다. 뒤의 갈퀴덩굴 사진 참조)

는 모르지만 '薇'를 콩과식물의 하나로 보는 정통적 관점에서 벗어나 있는 것만은 분명하다.

바이두에서 검색된 '野豌豆'의 학명 '*Vicia sepium*'을 네이버에서 검색해 보면 '구주갈퀴덩굴'이라는 이름으로 나온다. 그러나 시중에 나와 있는 한국의 식물도감에는 콩과식물로서 '살갈퀴'나 '갈퀴나물' 등은 등재되어 있는 것이 보이지만, 구주갈퀴덩굴은 눈에 잘 띄지 않는다. 네이버에서 구주갈퀴덩굴에 대한 다음과 같은 정보는 얻을 수 있다.

구주완두·구주갈퀴라고도 한다. 목장 주변이나 산과 들에서 자란다. 길이 60~120cm로 뿌리줄기가 벋으면서 퍼지며 줄기에 능선이 있고 털이 약간 난다. 잎은 4~7쌍의 작은 잎으로 이루어진 1회깃꼴겹잎이고 꼭대기의 작은 잎은 덩굴손이 된다. 작은 잎은 좁은 달걀 모양이고 막질이며 길이 15~30mm, 나비 10~15mm로서 끝이 둔하고 가장자리에 털이 난다. 턱잎은 반화살 모양이고 뾰족한 톱니가 있다. 8월에 잎겨드랑이에서 연한 자주색 꽃이 1~2개 피는데, 꽃받침도 자줏빛이 돌며 털이 약간 난다. 꼬투리는 길이 3~4cm, 나비 8~9mm로 6~10개의 씨가 들어 있다. 목초로 재배하려고 들여온 것이 번식한 귀화식물이다. 아시아와 유럽의 난대에 분포한다.[32]

이와 같은 사정을 감안하면 중국에서 '薇'라고 불리던 식물은 한국에는 존재하지 않았던 식물일 가능성이 매우 높다. 그런데 그렇다고 해도 중국의 '野豌豆'가 왜 분류학상 매우 거리가 먼 식물인 고사리나 고비로 인식되었던 것일까? 중국 지역과 일본에서 편찬된 사전의 '薇'자에 대한 해설에서 그런 상황과 관련이 있을 듯한 내용을 발견할 수 있다.

《大漢和辭典》: ①のゑんどう. からすのゑんどう. 大巢菜. 野豌豆. ②ふなばらさう. 白薇. ③薔薇は, ばら. ④紫薇は, さるすべり. ⑤芸薇は, 香菜の名. ……邦:ぜんまい. わらびの一種.[33]

《中文大辭典》: ①大巢菜也. 野豌豆也. ②*Osmunda regalis* var. japonica ③薔薇也. ④紫薇也. ⑤芸薇, 香菜名. ……[34]

《중문대사전(中文大辭典)》이 그에 앞서 출간된 《대한화사전(大漢和辭典)》을 많이 참고한 흔적이 발견된다. 두 사전의 '薇'자에 대한 해설에서 눈길을 끄는 것은 《대한화사전》의 ⑤에서는 일본에서는 '고사리의 일종인 고비'라는 뜻으로도 쓰인다고 하였는데, 《중문대사전》에서는 그에 해당하는 뜻을 두 번

....

32　[네이버 지식백과] 구주갈퀴덩굴(九州一)(두산백과).

33　《大漢和辭典》(諸橋轍次 著, 日本 東京: 大修館書店, 昭和43년: 1968년 縮寫版 제2쇄) 제9권 제942쪽.

34　《中文大辭典》제8권 제152쪽.

그림 2.2 고사리(가평 잣향기푸른숲에서 저자 촬영)　　　그림 2.3 고비(광릉수목원에서 저자 촬영)

째로 올리고 그것을 한자어가 아닌 학명으로 표기했다는 점이다. 학명의 구성으로 보아서 이 이름(*Osmunda regalis* var. *japonica*)이 지칭하는 식물은 고비의 변종 중에서 일본에서 흔히 자라는 것임을 짐작할 수 있다.《한어대사전》에는 이런 내용이 들어 있지 않은 것을 보면《중문대사전》은 중국적 상황과는 다르게《대한화사전》의 내용을 충실히 추종한 것으로 보인다. 그렇지만 [바이두백과(百度百科)]에서도 일반적인 것은 아니지만 중국에서도 '薇' 또는 '薇菜'가 '紫萁' 곧 '고비'를 가리키는 이름으로 쓰이는 경우가 있다는 사실을 확인할 수 있다.[35] 이렇게 보면 '薇'자가 한국에서 '고비' 또는 '고사리'로 이해되는 것이 전혀 엉뚱한 상황인 것만도 아님을 알 수 있다.

　이러한 정황으로 보건대 한국에서 '薇'자가 '고사리' 또는 '고비'로 이해되고 있는 것은 어떤 근거가 있었을 것으로 짐작된다. 그렇지만 그것은 '薇'자의 방언적 용법에 근거한 것이지 보편적인 인식에 근거한 것은 아닐 가능성이 높다. 더욱이 문학작품 속의 '薇'자를 중국에서뿐만 아니라 일본에서도 콩

....

35　[百度百科]: "薇菜在不同地区有不同所指, 存在同名异物现象. 一种为紫萁科多年生草本蕨类植物的嫩叶柄. 另一为诗经《采薇》中所指豆科大野豌豆."

그림 2.4 갈퀴덩굴(서울 양재천변에서 저자 촬영)

과식물인 '野豌豆'로 인식하고 있다는 사실은 한국 측의 인식에 문제가 있음을 시사한다.

참고로 콩과의 구주갈퀴덩굴이 아닌 꼭두서니과 갈퀴덩굴속에 속하는 갈퀴덩굴(*Galium spurium* var. *echinospermon* (Wallr.) Hayek)의 한자명을 '野豌豆'라고 한 것들이 있는데, 이것은 구주갈퀴덩굴과 갈퀴덩굴이라는 식물명이 핵심적인 요소를 공유하는 유사성 때문에 생긴 오류일 것이다.[36]

....

36 《(우리 산과 들에 숨쉬고 있는 보물) 한국의 야생화》(자연을 담는 사람들 엮음, 서울: 문학사계, 2012년 초판 6쇄) 제110쪽. '갈퀴덩굴': "전국의 들이나 밭에서 무리지어 자라며, 덩굴성 잡초로 소가 잘 먹어 예전 시골 아이들의 꼴베기감으로 최고였다. 줄기는 네모지고 가시 같은 털이 박혀 있어 다른 물체에 잘 붙고, 갈퀴모양의 긴 잎이 여섯 개 혹은 여덟 개씩 돌려난다. 어린 순은 식용으로 먹고, 전초 말린 것을 '산완두(山豌豆)'라 하며 약재로 쓴다."
[네이버 지식백과] 갈퀴덩굴 (두산백과): "가시랑쿠라고도 한다. 길가 또는 빈 터에서 흔히 자란다. 원줄기는 길이 60~90cm로 네모지고 각 능선(稜線)에 밑으로 향한 가시털이 있어 다른 물체에 잘 붙는다. …… 열매는 2개가 함께 붙어 있으며 각각 반타원형이고 갈고리 같은 딱딱한 털로 덮여 다른 물체에 잘 붙는다. 봄에 어린 순을 나물로 해서 먹는다. 한방에서 7~9월에 전초를 채취하여 말린 것을 산완두(山豌豆)라 하며, 타박상 및 통증·신경통·임질의 혼탁뇨·혈뇨·장염·종기·암종(癌腫) 등의 치료에 사용한다. 한국·일본·사할린·유럽 등지에 분포한다."

03

蓬 _봉

▶ 쑥 아닌 개망초

靑山橫北郭(청산횡북곽),	푸른 산이 북쪽 성곽을 가로지르고,
白水繞東城(백수요동성),	맑은 물이 동쪽 성을 휘감았는데,
此地一爲別(차지일위별),	이곳에서 한번 이별하게 되면
孤蓬萬里征(고봉만리정).	외로운 쑥은 만 리를 가야 하네.
浮雲遊子意(부운유자의),	뜬 구름은 나그네의 마음이고
落日故人情(낙일고인정).	떨어지는 해는 친구의 정감이라,
揮手自玆去(휘수자자거),	손을 흔들며 이제 떠나갈 때
蕭蕭班馬鳴(소소반마명).	히히힝 무리 떠난 말이 울어대네.[37]

당나라의 이백(李白)이 쓴 〈송우인(送友人)〉이라는 시다. 먼 길을 떠나는 친구를 전송하는 애틋한 마음이 절절하게 드러나 있는 이 시에서 광막한 낯선 세계를 떠돌 친구의 모습을 '孤蓬(고봉)'이라는 사물의 이미지로 표현하고 있음을 볼 수 있다. 그리고 이 '孤蓬'을 '외로운 쑥'으로 번역하고 있는 것도

....

37   《이태백시집》(이백 지음, 이영주·임도현·신하윤 역주, 서울: 학고방, 2015) 제5권 제76쪽. 제77쪽의
     〈주석〉 난에서는 '孤蓬(고봉)'에 대하여 "외로운 쑥. 정처 없이 떠돌아야 하는 벗을 비유한다."라고 설
     명하고 있다.

확인할 수 있다. 이 시에 대한 한국어 번역에서는 대개 이와 같이 이 '孤蓬'을 '외로운 쑥'이라고 번역한다.[38]

한자 공부를 좀 하였고, 그래서 한자 자전을 좀 찾아본 사람이라도 이 시에 나오는 '孤蓬'을 이와 같이 '외로운 쑥'이라고 번역하는 것에 대하여 별다른 의문을 가지지 않을 것이다. 한국에서 출간된 사전류에서는 이 '蓬(봉)'자를 '쑥'이라고 새기고 있기 때문이다.[39] '蓬'을 '쑥 봉'으로 새기는 상황에서 이와 같은 번역에 대하여 의문을 품지 않는 것이 당연하다고 해야 할 것이다.

일본에서도 한국의 경우와 마찬가지로 '蓬'을 '쑥'이라고 새긴다. 야후재팬으로 검색한 [위키피디아(Wikipedia)] 일본어판에서는 '蓬'을 'ヨモギ(요모기)'로 새기고 학명으로 '*Artemisia indica* var. maximowiczii'를 병기하고 있다. 게다가 이 식물의 별명으로 'モチグサ(모치구사: 餅草)'라는 이름을 제시하고 있는데, 그 뜻은 '떡(을 해먹는)풀'이라는 것이다. 그러므로 이 'ヨモギ(요모기)'와 '*Artemisia indica*'가 가리키는 식물은 바로 한국에서 '쑥'이라고 불리는 식물인 것이 틀림없다.

《대한화사전》에서는 '蓬'과 관련하여 '蓬生麻中(봉생마중)'이라는 어구를 수록하고 이에 대하여 "쑥이 삼 가운데에서 자라면 자연히 똑바르게 되는 것. 사람은 환경에 의해서 선과 악 어느 것으로도 감화된다는 비유"[40]라고 해설하였는데, 이것도 한국의 사전에서 "삼밭 속의 쑥은 곧게 자랄 수 있다. 좋은 환경을 맞으면 좋아진다."[41]라고 한 것과 별로 다른 것이 없다.《한국식물생태

---

38 인터넷에서 검색되는 다른 번역본도 대부분 그렇게 번역하고 있다.

39 《漢韓大辭典》(張三植 저, 서울: 교육출판사, 2010) 제1326쪽 '蓬'자 조,《전면 개정 中韓辭典》(고대민족문화연구원 중국어대사전편찬실 편, 서울: 고려대학교민족문화연구원, 2007) 제1464쪽 등에는 '蓬'자의 첫 번째 뜻으로 '쑥'을 올리고 있다.

40 《大漢和辭典》(諸橋轍次, 日本 東京: 大修館書店, 1959년 초판, 1968년 縮寫版 제2쇄) 卷九 제854쪽: "蓬生麻中: よもぎが麻の中に生ずると自然と眞直になること. 人は環境によつて善惡何れにも感化される喩."

41 《전면 개정 中韓辭典》(고대민족문화연구원 중국어대사전편찬실 편, 서울: 고려대학교민족문화연구원, 2007) 제1465쪽.

보감1》의 '쑥'조에도 한국에서의 '쑥'의 한자 표기 중의 하나가 '蓬'이며 일본에서도 그 '쑥'을 '蓬' 또는 '艾(애)'라고 표기한다고 하였다.[42] 그러므로 한국과 일본에서는 모두 한자 '蓬'을 '쑥'이라고 생각하는 것이 분명하다.

그런데 '蓬'자를 바이두에서 검색해 보면 한국과 일본에서 생각하는 것과는 상당히 다른 식물이 나타난다. "다년생 초본식물로서 꽃은 흰색인데 가운데는 노란색이다. 잎은 버드나무를 닮았고, 열매에는 털이 있다. '비봉(飛蓬)'이라고도 한다."[43]라고 그 생태적 특징을 기술하고 있는데, 쑥꽃의 가운데는 노란색이 아닐뿐더러 쑥은 그 잎의 형태가 결각(缺刻)이 심해 대체적으로 그 테두리가 미끈해 보이는 버드나무 잎과는 전혀 다르기 때문이다. 그런데도 [바이두백과]와 [한디엔(漢典)]에서는 이 글자의 용례로 예의 그 '蓬生麻中'을 제시하고 있다. 이러한 정황으로 볼 때, 중국에서 생각하는 '蓬'의 정체가 한국 및 일본에서 생각하는 것과는 서로 다른 것임을 짐작할 수 있다.

실제로 [바이두백과]에서 제시하는 '蓬'에 해당하는 학명은 *Erigeron acris*라고 되어 있는데, 이 *Erigeron acris*를 네이버로 검색해 보면 국립수목원에서 제공하는 '국가생물종지식정보'에서는 그것을 '민망초'라는 이름으로 부르고 있음을 확인할 수 있다. 국화과 개망초속의 식물이라는 말이다. '국가생물종지식정보'와 함께 다른 자료의 내용을 종합해 보면 이 민망초는 강원도 이북의 고산지대에 주로 분포하는 식물종임을 알 수 있다.

일본에서는 *Erigeron acris*를 '昔艾(ムカシヨモギ: 무카시요모기)'나 '柳艾(ヤナギヨモギ: 야나기요모기)', '蓬草子(ヤナギヨモギ: 야나기요모기)' 등의 이름으로 부르는 것이 검색된다. '蝦夷昔蓬(エゾムカシヨモギ: 에조무카시요모기)'로 되어 있는 것도 있다. 어느 것이나 'ヨモギ: 요모기' 곧 '쑥'이라는 이름이 들어

<hr/>

42 《한국식물생태보감1》(김종원 저, 서울: 자연과생태, 2015) 제150~151쪽 참조.

43 바이두에서 검색되는 [百度百科]와 [漢典]에는 공히 "多年生草本植物, 花白色, 中心黄色, 葉似柳葉, 子實有毛 (亦稱'飛蓬')"라고 기술되어 있다.

있다. 일본에서는 끝내 '蓬'을 쑥과 관련이 있는 식물로 보는 것이 분명한 듯
하다. 쑥속에 속하는 쑥과 개망초속에 속하는 식물은 서로 상당한 차이가 있
는 것이지만, 그들이 공히 국화과에 속하는 식물이기 때문에 그 공통성을 인
식한 일본인들이 그 공통성을 'ヨモギ(요모기)' 곧 '쑥'이라는 이름으로 나타내
고 있을 수도 있다. 그런데 'コトバンク(고토반쿠)'라는 사이트에서는 이 '蓬'자
에 대하여 좀 다른 해설을 하고 있다.

[인명용한자] [음] 호오 (漢) [훈] 쑥
1. 풀의 이름. 사막지대에 자라는데 바람에 불리면 뿌리가 빠져서 빙빙 돌며
  나는 풀.「轉蓬(전봉)·飛蓬(비봉)」
2. 풀의 이름. 쑥의 한 종류.「蓬屋(봉옥)·蓬矢(봉시)」
3. 뒤죽박죽으로 어지러운 모양.「蓬頭(봉두)·蓬髮(봉발)」
4. 신선이 사는 곳. 봉래산(蓬萊山).「蓬壺(봉호)·蓬島(봉도)」[44]

이 해설에서 1과 2는 '蓬'의 기본의미이고, 3과 4는 파생의미다. 기본의미
중의 2는 '쑥'이라는 식물을 말하는 것이지만, 그보다 앞세운 1은 분명히 쑥
과는 다른 식물이다. 이 1의 해설과 유사한 내용이 [바이두백과]의 '飛蓬'조의
해설에 보인다.

'蓬'은 '蓬草'인데 속칭으로 '飛蓬'이라고 한다. 그 뿌리는 대나무 뿌리와 유사
하고, 가지와 잎은 버드나무를 닮았는데 빙빙 돈다. 이 풀(蓬草)의 뿌리는 짧
고 얕아서 쉽게 끊어지는데, 가을에 마른 다음에는 몸체가 가벼워 바람을 맞

....

44 "[人名用漢字] [音] ホウ (漢) [訓] よもぎ 1. 草の名. 砂漠地帯に生え, 風に吹かれると根が抜けて転がり飛ぶ
    草.「転蓬·飛蓬」2. 草の名. ヨモギの一種.「蓬屋·蓬矢」3.くしゃくしゃに乱れるさま.「蓬頭·蓬髪」4. 仙人のすみ
    か. 蓬莱(ほうらい)山.「蓬壺(ほうこ)·蓬島」."

으면 뿌리가 끊어져 바람을 따라가므로 "가을 봉초는 그 뿌리를 싫어한다." 는 이야기가 있게 되었다.[45]

"그 뿌리는"으로 시작하는 뒷부분은 'コトバンク(고토반쿠)'에서 '蓬'의 첫 번째 뜻으로 제시한 "사막지대에 자라는데 바람에 불리면 뿌리가 빠져서 빙빙 돌며 나는 풀"을 보충 설명한 것과 같다. 왕사상의《당시식물도감(唐詩植物圖鑑)》에는 '蓬'의 성격이 좀 더 구체화된 설명이 있다.

蓬의 가지와 잎은 사방으로 퍼져서 뿌리부분보다 크다. 그래서 가을이 되면 蓬은 늘상 바람에 의해 뿌리째 뽑혀 바람을 따라 뒹구는데, 사람들은 그것을 '轉蓬'이라고 부른다. 이 식물은 바람을 맞으면 나는 특징이 있기 때문에 그 것을 또 '飛蓬'이라고 부른다.[46]

'蓬'의 특성이 구체화되면서 그것이 때로는 '飛蓬' 또는 '轉蓬'으로도 불리는 이유까지 명확하게 드러난다. 그리하여 중국에서의 '蓬'은 '쑥'과는 다른 식물종임을 분명하게 알 수 있게 한다. 중국에서의 '飛蓬'은 '蓬'의 특정 양상을 나타내는 말이 아니라 '蓬'의 결정적인 특징을 담아내는 '蓬'의 또 다른 이름이라는 사실도 확인할 수 있다.

'蓬'이라는 식물의 특성이 과연 이러하다면, 이 '蓬'에 관한 글의 첫머리에서 소개한 이백의 시 〈송우인〉에서 '孤蓬'이라는 시어가 어떻게 '정처 없는 떠돌이'라는 이미지를 생성하는가가 해명된다. 그와 동시에 그 '蓬'이 쉽게 뿌리

....

45 "「蓬」是蓬草, 俗稱「飛蓬」, 其根類竹根, 枝葉似楊柳, 盤盤旋旋. 蓬草根短淺易斷, 秋季枯幹後, 由於體輕, 遇風根斷, 隨風而走, 所以有「秋蓬惡本根」的說法."

46 《唐詩植物圖鑑》(王士祥 著, 胡國平 等 撮影, 中國 鄭州: 中州古籍出版社, 2005) 제172쪽: "蓬的枝葉是向四周散開的, 比根部要大, 所以一到秋天, 蓬草總是被風連根拔起, 隨着風滾動, 人們把它叫做'轉蓬'. 因爲這種植物有遇到風就飛的特點, 所以又叫做'飛蓬'; ……".

가 뽑히지 않는 '쑥'이 될 수 없는 명백한 증거를 얻게 된다. 중국시에 등장하는 '蓬'을 우리가 흔히 알고 있는 '쑥'이라고 생각하는 것은 이치에 맞지 않는 오해였던 것이다.

그런데 우리 주변에서 흔히 볼 수 있는 망초나 개망초는 상당히 반듯하게 자라는 식물이다. 그에 비하여 쑥은 상당히 어수선하게 자라는 경향이 있다. 그렇기 때문에 '蓬生麻中'의 '蓬'은 개망초속의 식물보다는 쑥속의 식물의 이미지에 근접한다는 생각을 떨칠 수 없다. 이와 관련하여 [바이두백과]의 '飛蓬'조에서는 또 이렇게 설명하고 있다.

봉초는 관성적으로 옆으로 퍼져 나가지만 삼밭 속에서 자라게 되면 삼 한 그루 한 그루가 곧게 자라기 때문에 봉초는 햇빛과 이슬을 받기 위하여 삼에 기대어 똑바르게 위로 생장한다. 그래서 "봉초가 삼 속에서 자라면 붙들어 주지 않아도 곧아진다."라고 한다. 순자는 봉초가 삼에 의지하여 자라는 것으로써 사람에 대한 환경의 영향을 설명하였다.[47]

이로써 중국문학 속의 '蓬'이 쑥이 아니라는 사실이 더욱 분명해진다. 그리고 그 식물은 북미 원산으로서 조선이 망해 가던 19세기말 무렵에 들어왔다고 하여 '망할 망(亡)'자가 이름에 붙은 '망초'나 '개망초'[48]와는 그 성격이 좀 다른 식물종임을 짐작할 수 있다.[49] 그렇지만 중국인들이 '蓬'이라고 부르

---

47 "蓬草慣性向橫蔓生, 但若生長在麻園中, 因黃麻棵棵挺直, 蓬草爲了陽光和露水, 會依附黃麻挺直向上生長, 所以說「蓬生麻中, 不扶而直.」荀子以蓬草依附黃麻而生, 說明環境對人的影響."

48 《한국식물생태보감1》(김종원 저, 서울: 자연과생태, 2015) 제161쪽 참조.

49 "風飄蓬飛, 載離寒暑.(曹植〈朔風詩〉)", "轉蓬離本根, 飄飄隨長風.(曹植〈雜詩〉)", "聖人見飛蓬轉而知爲車.(《淮南子·說山訓》)", "上古聖人, 見轉蓬始知爲輪.(《續漢書·輿服志》)", "蓬生麻中, 不扶而直.(《荀子·勸學篇》)" 등과 같이 고대의 문헌에서 '蓬'이 쓰인 문장이 다수 검색되는 것으로 보아, 그 '蓬'은 근대에 들어온 것으로서 신귀화식물로 분류되는 망초나 개망초와는 다를 수밖에 없다고 생각된다. 그 내막은 분명하지 않으나 《說文解字》에서 "蓬, 蒿也."라고 한 것과 같은 것은 중국 고대의 문헌에 등장하는

그림 3.1 《당시식물도감》에 실려 있는 봉(蓬)

그림 3.2 개망초(가평군 상면에서 저자 촬영)

그림 3.3 개망초(좌)와 쑥을 비교한 사진으로 개망초의 뿌리가 현저히 빈약함을 알 수 있다(저자가 가평군에서 굴채하여 촬영)

는 식물은 개망초와 많이 닮았다.

　　〈그림 3.1〉이 《당시식물도감》에서 '蓬'이라고 제시한 식물의 모습인데,[50] 흰자와 노른자가 선명한 계란을 닮았다고 해서 한국에서 '계란꽃'이라고도 불리는 개망초와 흡사하다. 바이두에서 검색되는 다른 '蓬' 또는 '飛蓬'의 사진도 이와 유사한 것이 많은 것을 보면 중국문학 속의 '蓬'은 개망초와 닮았을 가능성이 크다고 하겠다.

....

　'蓬'이 한국에는 없었거나 흔하지 않은 식물이어서 그에 대한 인식이 선명하지 않은 한국인들에게 오해의 빌미를 주었을 것으로 생각한다.

50　《唐詩植物圖鑑》(王士祥 著, 胡國平 等 撮影, 中國 鄭州: 中州古籍出版社, 2005) 제171쪽의 사진을 저자가 재촬영한 것임.

04

薤 _해

▶ 부추 아닌 염교

薤上露(해상로),

何易晞(하이희)?

露晞明朝更復落(로희명조경부락),

人死一去何時歸(인사일거하시귀)?[51]

이것은 송(宋)나라 곽무천(郭茂倩)이 편집한《악부시집(樂府詩集)》제27권 '상화가사(相和歌辭)'에 수록되어 있는 작품으로 〈호리(蒿里)〉와 함께 상가(喪歌) 곧 장례식 때 쓰던 노래로 널리 알려져 있는 시다. 이 시는 한국에서 다음과 같이 번역되기도 한다.

<u>부추</u> 잎의 이슬,

얼마나 쉽게 마르나?

이슬은 마르면 내일 아침 다시 내리는데,

....

51 《중국문학사》(김학주 지음, 서울: 신아사, 2010년 4판4쇄) 제123쪽의 句讀를 그대로 전재하고 독음을 첨가하였음.

사람은 죽어 한 번 가면 언제 돌아오는가?[52]

여기서 주목되는 것은 이 시의 중요한 소재인 '薤(해)'를 '부추'로 번역하고 있다는 점이다. 그러나 중국에서는 이 '薤'를 '부추(*Allium tuberosum*)'가 아닌 '藠頭(교두)' 곧 '염교(*Allium chinense*)'로 인식한다. 일식집에서 생강 절임과 함께 밑반찬으로 흔히 나오는 것으로서 파대가리처럼 생긴 것이 염교의 뿌리 부분이다. 한국에서 흔히 '락교'라고 하는데, 이것은 '薤'자를 일본식으로 읽은 'ラッキョウ'를 그대로 받아들인 것이다. 한국에서 '부추'라고 하는 것을 중국에서는 '韭(菜)[구(채)]' 또는 '韮(菜)[구(채)]'라고 한다. 일본에서도 마찬가지다.

물론 한국에서도 '韭' 또는 '韮'는 '부추'라는 뜻으로 새긴다. 그러면서도 '薤' 역시 '부추'로 옮기고 있는 것이다. 한국에서 나온 한자 사전의 '薤'자 조에 '염교 해, 부추 해'라는 설명을 달고서 위에 인용한 시 〈해로(가)[薤露(歌)]〉에 대한 설명으로 "인생은 부추잎의 이슬처럼 덧없음을 노래한 것임"이라는 설명을 달고 있는 것을 보면,[53] 한국에서는 통상 부추와 염교의 차이를 인식하지 못한 것은 아닌가 하는 생각이 든다. '부추'의 옛 이름이 '염교'였다는 설[54]에 근거하여 부추와 염교를 같은 것으로 보았다고도 이해할 수 없는 것이 '부추'를 '염교'라고 했다면 말이 될 수도 있겠지만, '염교'를 '부추'라고는 할 수 없을 것이기 때문이다. 더욱이 '염교 해, 부추 해'라는 설명의 근거가 되는 한문 문장 속에 '부추를 닮은 훈채(葷菜)'라는 뜻의 '사구훈채(似韭葷菜)'라는 말이 들어 있는 것을 보면[55] 한국에서는 부추를 닮은 식물을 상정할 수 없었던

....

52 위의 책 제123쪽에서 전재.

53 《大漢韓辭典》(張三植 編著, 서울: 박문출판사, 1975년 수정 초판), 제1300쪽 참조.

54 《국어대사전》(이희승 편저, 서울: 민중서림, 1994년 전면 개정 제3판), 제2648쪽 '염교'조 참조.

55 《大漢韓辭典》(張三植 編著, 서울: 박문출판사, 1975년 수정 초판), 제1300쪽 참조.

그림 4.1 염교

그림 4.2 염교에 비해 뿌리 부분이 현저히 작은
부추(저자가 가평군에서 굴채하여 촬영)

것이 아닌가 하는 의심이 든다. '닮
았다'는 것은 결국 '다르다'는 말인
데 그것을 '같다'라는 뜻으로 이해한
것은 난센스라고 할 것이다.

아마도 중국 원산인 염교가 한
국에서는 흔하지 않아서 한국에서
는 '薤'를 한국인에게 익숙한 '부추'
로 번역했을 것으로 짐작된다. 그러
나 염교의 형태상의 특징은 부추보
다는 파를 더 많이 닮았다. 그래서
한국의 일부 지역에서는 '돼지파'라
는 이름으로 염교가 재배되기도 한
다. 이희승 편저의 《국어대사전》의
'염교'조에는 염교에 대한 상세한 설
명과 함께 염교의 한자말인 '薤菜(해
채)'와 '藠菜(교채)'가 실려 있다는
점에서 보면 '薤'를 '부추'로 번역한
것은 다소 신중하지 못했다는 혐의
를 벗기 힘들 것이다. '염교'를 가리
키는 말인 '薤'를 '부추'로 오인하는
잘못은 마땅히 시정되어야 하는 것
이다.

05

荇菜 행채

▶ 마름 아닌 노랑어리연꽃

關關雎鳩(관관저구), 在河之州(재하지주).

窈窕淑女(요조숙녀), 君子好逑(군자호구).

參差荇菜(참치행채), 左右流之(좌우류지).

窈窕淑女(요조숙녀), 寤寐求之(오매구지).

求之不得(구지부득), 寤寐思服(오매사복).

悠哉悠哉(유재유재), 輾轉反側(전전반측).

參差荇菜(참치행채), 左右采之(좌우채지).

窈窕淑女(요조숙녀), 琴瑟友之(금슬우지).

參差荇菜(참치행채), 左右芼之(좌우모지).

窈窕淑女(요조숙녀), 鍾鼓樂之(종고락지).

《시경》의 첫 편으로 유명한 〈관저(關雎)〉편이다. 이 시를 한국어로 번역한 것 중에는 다음과 같은 것이 있다.

징경이가 정답게 하수 섬가에서 우는고녀

아리따운 고운 임은 군자의 좋은 짝이라네.

올망졸망 마름풀을 물길따라 찾아보네
아리따운 고운 임을 자나깨나 생각하네
부질없는 이 마음 자나깨나 그리면서
이 생각 저 생각으로 밤마다 뒤척이네.

올망졸망 마름풀을 물길따라 캐었다네
아리따운 고운 임과 금슬의 사랑 즐기고파라
올망졸망 마름풀을 물길따라 가려내네
아리따운 고운 임과 풍악 울리며 즐기리.[56]

이 시에도 특별한 식물이 한 가지 등장한다. 다름 아닌 '荇菜(행채)'라는 식물이다. 문맥으로 보아서 이 식물은 물속에서 사는 듯한데, 이 번역에서는 이것을 '마름풀'이라고 번역하였다. 다른 사전에서도 '荇'자에 "마름풀 행, 조아기 행"이라는 해설을 달고, '荇菜'라는 말에는 "마름풀. 용담과(龍膽科)에 딸린 다년생 풀."이라고 하고 있는 것으로 보아[57] '荇菜'를 '마름풀'로 보는 것은 한국에서 상당히 널리 퍼져 있는 인식인 듯하다.

그러나 한국말에 '마름'이라는 식물명은 있지만 '마름풀'이라는 것은 없는 듯하다. 《대한한사전(大漢韓辭典)》에 '마름풀'과 함께 올라 있는 '조아기'라는 말도 찾아지지 않는다. 아무래도 '마름'만으로도 풀이름으로 충분한데 '풀' 이름을 덧붙여 친절을 베푼 결과가 아닌가 한다.[58]

....

56 《詩經》(曺斗鉉 譯解, 서울: 惠園出版社, 1991) 제18~19쪽에서 전재.

57 《大漢韓辭典》(張三植 編著, 서울: 박문출판사, 1975년 수정 초판), 제1263쪽 참조.

58 그러나 위의 사전에서 '菱'에 대한 풀이는 그냥 '마름'이라고 하고 있다. 이런 점에서 보면 사전을 만든 이는 '마름'과 '마름풀'을 다른 식물로 설정하지 않았는가 하는 의문이 들기도 한다. 그렇지만 또 아래아 한글 프로그램의 한자 풀이에서는 '荇'을 "마름 행"이라고 새기고, "마름, 바늘꽃과에 딸린 한 해살이 물풀"이라고 해설하고 있는 것을 보면 '마름풀'과 '마름'은 다른 것이 아닐 수 있다는 생각을

그런데 중국에서는 이 '荇菜'를 한국 사람들이 생각하는 것과는 다른 종류의 식물로 인식한다. [바이두백과]에서는 '荇菜'의 학명을 'Nymphoides peltatum'으로 소개하고 노란 꽃이 피어 있는 수생식물을 참고자료로 올려놓았다. 학명이 'Trapa bispinosa ROXB.'인 마름과는 다른 식물이다. 바로 한국에서 '노랑어리연꽃'이라고 하는 식물이다. 일본에서도 '荇菜'라는 식물에 대하여 중국과 비슷한 인식을 하고 있다. 야후재팬에서 검색되는 [weblio辭書]의 '荇菜'조에서는 '荇菜'를 이렇게 설명하고 있다.

　　　　용담과의 다년생 수초. 소택지에서 자생한다. 잎은 녹색의 넓은 타원형이고 땅속뿌리에서 긴 자루를 내어서 수면에 뜬다. 여름에 노란색의 다섯 잎의 꽃을 물 위에 피운다. 어린잎은 식용한다. 화순채(花蓴菜)다.[59]

　　일본에서도 '荇菜'를 노랑어리연꽃으로 인식하고 있다는 사실이 확인되는 것이다. 그렇다면 '荇菜'에 대한 이해에 있어서 한국 쪽에 문제가 있을 가능성이 높아진다. 그러면 '荇菜'에 대한 중국의 전통적인 인식은 어떠했는가? 그것을 알아보기 위해서 육기의《모시초목조수충어소(毛詩草木鳥獸蟲魚疏)》에서는 '荇菜'를 어떻게 설명하고 있는지를 확인해 보기로 한다. 이 책에서는 '참치행채(參差荇菜)'조에서 다음과 같이 설명하고 있다.

　　　　'荇'은 '接余(접여)'라고도 한다. 흰 줄기에 잎은 보랏빛이 도는 붉은색으로 동그랗게 생겼고, 직경이 한 치 남짓한데 물위에 뜬다. 뿌리는 물 아래에 있는데 물의 깊이와 같고, 크기는 두 갈래 비녀(중국식 머리핀)만한데, 위는 푸

─────────

하게 된다.

59　"リンドウ科の多年生水草. 沼沢に自生する. 葉は緑色の広楕円形で, 地下茎から長い柄を出して水面に浮かぶ. 夏, 黄色の五弁花を水上に開く. 若葉は食用. ハナジュンサイ."

르고 아래는 희다. 흰 줄기를 삶아서 신 술에 담그면 아삭하고 맛이 좋아 술
안주로 할 수 있다.[60]

결정적인 단서가 될 꽃에 관한 언급은 없지만, 잎 모양의 묘사에서 보면
그것이 마름이 아니라는 것이 분명해진다. 게다가 여기서 또 하나의 단서가
발견되는데 그것은 '接余(접여)'라는 荇菜의 이명이다. 허신(許愼)이《설문해
자(說文解字)》에서 '菨餘(접여)'라고 해설하였던 '荇(행)'자와 '菨(접)'자에 대
하여 단옥재(段玉裁)가 다음과 같이 주를 단 것을 보면 저간의 사정이 분명하
게 드러난다.

荇: 菨餘다. (注)《詩經·周南》에 '參差荇菜'라는 말이 있는데,《毛傳》에서 "荇은
接余다."라고 하였다.《爾雅·釋艸》에서는 '荇'을 '莕'으로 썼다.[61]

菨: 菨餘也. (注) 이 세 글자 구는《毛傳》에 대한 陸璣의 疏에서 '接余'라고 하
였다. 荇菜는 지금 江蘇와 浙江 지역의 습지에 많이 있다. 잎은 완전히 둥근
것은 아니고, 꽃이 노란색인데 꽃잎은 여섯 조각이다. 북방 사람들은 '비름
나물'을 그것이라고 생각하고 남방 사람들은 순채를 그것이라고 생각하는데
모두 틀렸다.[62]

....

60 吳 陸璣 著,《毛詩草木鳥獸蟲魚疏(及其他三種)》,北京: 中華書局, 1985, 上卷 제5~6쪽: "荇, 一名接余. 白
    莖, 葉紫赤色, 正圓, 徑寸餘, 浮在水上. 根在水底, 與水深淺等, 大如釵股, 上青下白. 煮其白莖, 以苦酒浸之, 脆
    美, 可案酒." 이 문장은 본래 白文이었던 것을 필자가 이해한 대로 句讀를 베풀고, 僻字의 異體字는 통
    용자로 바꾼 것이다.
61 《說文解字注》,漢 許愼 撰, 淸 段玉裁 注,臺灣 臺北: 黎明文化事業公司, 1974년 초판, 1989년 增訂 5판,
    제36쪽: "菨餘也. 周南參差荇菜, 毛傳荇接余也, 釋艸荇作莕."
62 위와 같음: "菨餘也. 三字句, 毛傳陸疏作接余. 按荇菜, 今江浙池沼閒多有. 葉不正圓, 花黃六出. 北方以人莧
    當之, 南方以蓴絲當之, 皆非也."

그림 5.1 노랑어리연꽃(홍릉수목원에서 저자 촬영)

그림 5.2 마름(양평 세미원에서 저자 촬영)

  곧 '荇菜(행채)'와 '莕菜(행채)'는 같은 말이고, 그것은 '接余(접여)' 또는 '菨餘(접여)'라는 말과도 같은 것임을 알 수 있다. 중국에도 일부 이설이 있는 것이 확인되지만,[63] 일본의 경우까지 함께 생각해 볼 때 '荇菜'를 '노랑어리연

---

63 인용문에서 알 수 있듯이 '荇菜'를 비름나물의 일종으로 본다든지, 순채로 본다든지 하는 것이 그것인

꽃'으로 이해하는 것이 정통의 인식에 부합되는 것이 분명하다. 그런 만큼 '荇菜'를 '마름'이라고 생각하는 것은 荇菜'에 대한 이해에 문제가 있는 것이 틀림없다. 중국에서 노란색의 꽃이 피는 노랑어리연꽃을 소재로 노래한 것을 한국에서는 흰 꽃이 피는 마름을 연상하면서 감상하고 있었던 것이다. 이런 상황에서 민중서림의《한한대자전(漢韓大字典)》에서 '荇'자에 대하여 "노랑어리연꽃 행"이라고 음훈을 새겨 놓은 것은 한국 학계의 오래된 오류를 시정한 학술적 진보라고 할 만하다.[64]

....

데 [百度百科]에서 '莌菜'를 검색해 보면 '莌菜'의 異名으로 "荇菜"와 "莕菜"가 수록되어 있는 것을 확인할 수 있다. 그런데 노랑어리연꽃의 꽃이 육각형(六出) 곧 여섯 장의 꽃잎으로 구성된다고 한 것은 사실에 부합되지 않는다. 노랑어리연꽃의 꽃잎은 5장이다.

64 《漢韓大字典》, 民衆書林編輯局 編, 서울: 民衆書林, 2005(초판 제8쇄), 제1747~1748쪽 및 제1758쪽 참조.

제2장

목본식물

06

桂 계

▶ 한국 계수나무 아닌 목서

중국의 시가에 자주 등장하는 식물 중에 '桂(계)'라는 나무가 있는데, 이 '桂'는 그 나무의 꽃을 나타내는 '桂花(계화)' 또는 '桂華(계화)'라는 형태로 종종 시문에 등장한다. 그 계화가 등장하는 유명한 시 중에 다음과 같은 것이 있다.

蘭葉春葳蕤(난엽춘위유),

桂華秋皎潔(계화추교결),

欣欣此生意(흔흔차생의),

自爾爲佳節(자이위가절),

誰知林棲者(수지임서자),

聞風坐相悅(문풍좌상열)!

草木有本心(초목유본심),

何求美人折(하구미인절)?

바로 당나라 시인 장구령(張九齡)의 연작시 〈감우(感遇)〉12수(首) 중의 첫 수이다. 이 시에 등장하는 '桂華'에 대하여 중화권의 한 학자는 '가을에 달빛같이 희고 향기가 짙은 꽃이 피는 桂花'라고 하였다. '달에 자라고 있다고 하는 나무도 바로 이 나무'라고도 하였다. 그리고 '그 나무는 무늬가 코뿔소 뿔처럼 아름다워서 목서(木樨)라고 한다고도 하였으며, 그 학명은 *Osmanthus fragrans* Lour이며, 현재 중국에서는 이 나무를 桂花라고 한다'고 하였다.[65] 아마도 꽃의 진한 향기가 이 나무의 특징이기 때문에 꽃으로써 이 나무를 대표하게 한 것으로 짐작된다.

이 시에 대한 한국어 번역으로는 다음과 같은 것이 있다.

> 난초 잎은 봄 되면 무성해지고
> 계수나무 꽃은 가을되면 희고 깨끗이 되네.
> 기쁘고 즐거운 이러한 생기는
> 자연히 좋은 계절 이룩하네.
> 그 누가 아랴, 숲 속에 사는 사람
> 바람 소리만 듣고도 앉아서 기뻐하고 있는 것을!
> 풀이나 나무도 본심 간직하고 있거늘
> 어찌 미인이 꺾어 주기를 바라고 있겠는가?[66]

원시 중의 '桂華'의 '桂'를 '계수나무'로 보고, '華'자를 '花'와 같은 것으로 간주하여 '계수나무 꽃'이라고 번역한 것이다. '계수나무'라면 한국인들에게도 친숙한 나무 이름이다. 그 나무가 대부분의 한국인이 익히 알고 있는 한국의 유명한 동요에도 등장하고 있기 때문이다.[67] 이 동요에서도 계수나무는 달

....
65   《唐詩植物圖鑑》(潘富俊, 上海: 上海書店出版社, 2003) 제8~9쪽 참조.
66   《중국문학사》(김학주 지음, 서울: 신아사, 2010년 4판4쇄) 제203쪽의 句讀와 번역문을 그대로 옮김.
67   [네이버 지식백과] 반달 (《국어국문학자료사전》, 한국사전연구사, 1998): 우리나라 창작동요의 효시가 되는 노래로서 1924년에 발표된 윤극영(尹克榮) 작사·작곡의 동요. 가사의 1절은 다음과 같다.

에서 자라고 있다는 전설 속의 나무로 간주되고 있다. 그렇기 때문에 앞의 장구령의 시에 등장하는 '桂' 곧 현대 중국어에서 '桂花'로 부르는 것과 한국에서 '계수나무'라고 부르는 나무는 별다름이 없는 것으로 생각된다.

그런데 한국인들이 계수나무를 친숙한 나무로 생각하지만 정작 그 나무의 구체적인 모습을 정확하게 알고 있는 사람은 별로 많지 않은 듯하다. 그래서 한국에서는 계수나무를 어떻게 설명하고 있는지 확인해 보기로 한다.《두산백과》의 내용을 소개하는 [네이버 지식백과] '계수나무'조에서는 이 나무의 특징을 다음과 같이 소개하고 있다.

학명: *Cercidiphyllum japonicum*……

냇가 등의 양지바른 곳에 모여 산다. 높이 7m,[68] 지름 1.3m 정도로 곧게 자라고 굵은 가지가 많이 갈라지며 잔가지가 있다. 잎은 마주나고 달걀 모양으로 넓으며 잎의 길이는 4~8cm이며 나비는 3~7cm 정도로 끝이 다소 둔하다. 앞면은 초록색, 뒷면은 분백색(粉白色)이고 5~7개의 손바닥 모양의 맥이 있으며 가장자리에는 둔한 톱니가 있다.

꽃은 암수딴그루(자웅이주)에서 피며 5월경에 잎보다 먼저 각 잎겨드랑이에 1개씩 피는데 화피가 없고 소포(小苞)가 있다. 수꽃에는 많은 수술이 있고 수술대는 가늘다. 암꽃에는 3~5개의 암술이 있으며 암술머리는 실같이 가늘고 연홍색이다.

열매는 3~5개씩 달리고 씨는 편평하며 한쪽에 날개가 있다. 가을에는 단풍이 아름답고 개화기에는 향기가 좋다. 정원에 관상용으로 심는다. 한국(중부

………
"푸른 하늘 은하수 하얀 쪽배엔/ 계수나무 한 나무 토끼 한 마리/ 돛대도 아니 달고 삿대도 없이/ 가기도 잘도 간다 서쪽 나라로."
68 필자는 광릉수목원에서 樹高가 10m는 넘어 보이는 '계수나무'를 본 적이 있고, 어떤 사이트에서는 45m까지 자란다고 하는 것으로 보아 이 樹高는 시정되어야 할 것으로 생각된다.

이남), 일본, 중국 등지에 분포한다.

중국에서 인정하는 장구령의 시에 등장하는 '桂'라는 식물의 학명은 '*Osmanthus fragrans* Lour'이었는데, 한국에서 '계수나무'라고 부르는 식물의 학명은 '*Cercidiphyllum japonicum*'이라고 하였다. 이 둘의 속명이 다른 만큼 이 두 가지는 완전히 다른 식물임을 알 수 있다. 놀랍게도 한국인과 중국인들은 달에는 계수나무가 있다는 전설을 공유하고 있지만 정작 그들의 뇌리에 떠올리는 식물은 전혀 다른 식물이었던 것이다.

그러면 현재 중국에서 '桂花'라는 이름으로 불리는 '*Osmanthus fragrans* Lour'는 한국에서는 어떤 이름을 가지고 있으며, 한국에서 '계수나무'라고 부르는 '*Cercidiphyllum japonicum*'은 중국에서는 어떤 이름으로 불

그림 6.2 중국에서 金桂로 불리는
금목서의 꽃과 잎
(중국 杭州에서 저자 촬영)

리고 있는가? 그런데 네이버의 [지식백과]에서는 '*Cercidiphyllum japoni-cum*'는 검색이 되지만, '*Osmanthus fragrans* Lour'는 검색이 되지 않는다. 블로그나 카페를 검색해 보면 '*Osmanthus fragrans* Lour'의 한국식 이름으로 '목서(木犀)'[69]라는 이름이 등장한다. 또 '목서'라는 검색어로 검색하면 '*Osmanthus fragrans*'가 나타난다.[70] 중국에서 '桂'라는 이름으로도 불리고 '木犀(木樨)'라는 이름으로도 부르는 것을 한국에서는 '목서'라는 이름으로만 부르고[71] '桂'라는 이름으로써는 다른 식물을 지칭하고 있는 것이다. 한편 바

....

69 　'木樨'는 흔히 '木犀'로 표기한다.

70 　한국의 인터넷 사전이 아직은 그다지 충실하지 못하다는 한 가지 방증이 될 것이다.

71 　한국에서도 남부지방의 정원에서는 간혹 이 식물을 키우고 있는 것을 볼 수 있다. 흰색의 꽃을 피우는 것을 '은목서'라고 하고 노란색의 꽃을 피우는 것을 '금목서'라고 하는데, 중국에서는 은목서를 '銀

그림 6.3 한국에서 계수나무로
불리는 나무의 전체 모습
(포천 평강식물원에서 저자 촬영)

이두를 검색해 보면 한국에서 계수나무라고 부르는 'Cercidiphyllum japon-
icum'를 중국에서는 '연향수(連香樹)'라고 부른다는 사실을 확인할 수 있다.

　　같은 전설을 공유하므로 같은 나무인 것처럼 보였던 중국의 계수나무와
한국의 계수나무가 다르게 된 까닭은 무엇일까? 이 문제에 대하여 한국에서

....

桂', 금목서를 '金桂'라고 한다. 그리고 붉은빛이 도는 오렌지색의 것은 '丹桂'라고 한다. 장구령의 시
에 등장하는 흰 꽃을 피우는 것은 銀桂 곧 은목서임을 알 수 있다.

그림 6.4 현재 한국에서 계수나무로
불리는 나무의 잎 모양
(포천 평강식물원에서 저자 촬영)

는 그런 문제가 존재한다는 사실을 인식하고 있다는 흔적을 찾아보기 힘들지
만,[72] 일본측의 설명을 들어보면 짐작되는 바가 있다.

일본 각지 이외에 한반도와 중국에도 분포한다. 가로수나 공원수로 이용되
는데, 미국 등에도 식재되고 있다. 일본에 자생하는 것은 너도밤나무 숲 등
냉온대의 개울 등에 많이 보인다.

키는 30m 정도이고 수간의 직경은 2m 정도까지도 된다. 잎은 하트 형태를
닮은 원형이 특징적인데, 가을에 노랗게 단풍이 든다. 낙엽은 달콤한 향(간
장의 좋은 냄새를 닮았다)을 풍긴다. 성장하면 나무줄기가 부러지고 싹이 돋
는 것이 많다. ……

중국의 전설에는 '桂'는 '달 속에 있다고 하는 높은 이상'을 나타내는 나무여
서 '계수나무를 꺾다(折桂)'라는 식으로도 사용된다. 그러나 중국에서 말하
는 '桂'는 목서(木犀)라는 것이고, 일본과 한국에서는 예부터 '가쓰라'와 혼동
되고 있다. ……

·········
72　[위키백과]에서는 "한국과 일본에는 달에 계수나무가 자란다는 설화가 있다. 이는 중국의 목서에 대
　　한 전설이 넘어온 것인데, 중국에서는 목서를 '계수(桂樹)'라 부르기 때문에 혼동이 된 것이다."라고
　　한 것은 이 문제와 일정한 관련이 있으나, 한국에서 '계수나무'라고 부르는 나무의 중국 이름에는 '桂'
　　자가 들어가지 않는다는 중요한 정보는 누락하고 있다.

계피(시나몬)는 똑같은 '桂'자를 사용하지만 녹나무과의 다른 종류의 나무껍질이다.[73]

일본사람들이 일본에서 자생하는 '가쓰라'라는 나무이름에 '桂'라는 한자를 붙였다는 사실을 확인할 수 있다. 그리고 달에 계수나무가 있다는 전설은 중국에서 유래한 것이고 그 나무는 중국인들이 桂花라고 하는 목서이며, 한국과 일본에서는 그것을 가쓰라와 혼동하고 있다는 사실을 일본 학계에서는 잘 알고 있다는 사실을 보여준다.[74] 이러한 정황으로 미루어 짐작컨대 일본사람들이 '가쓰라'에 '桂'라는 이름자를 붙인 것을 한국 사람들이 착각하여 그것이 중국문헌에서 말하는 계수나무라고 여겼을 가능성이 농후하다고 할 것이다.[75]

이상과 같은 논의를 통해서 장구령의 시에 등장하는 '桂華'의 정체가 확인되었고, 그것을 한국 사람들이 엉뚱한 나무로 오인할 가능성이 매우 높다는 사실도 점검하였다. 그러나 중국의 식물 중에 '桂'자가 들어가는 것이 몇 가지 더 있으므로 거기에 대해서도 간단하게 짚어 볼 필요가 있다. 우선 장구령의 경우와 비슷하게 '桂花'라는 시어가 등장하는 시와 그에 대한 한국어 번

....

73 [위키피디아(일본어판)] 'カツラ(桂)'條: "日本各地のほか, 朝鮮半島, 中国にも分布する. 街路樹や公園樹に利用され, アメリカなどでも植栽されている. 日本で自生するものはブナ林域などの冷温帯の渓流などに多く見られる. 高さは30mほど, 樹幹の直径は2mほどにもなる. 葉はハート型に似た円形が特徴的で, 秋には黄色く紅葉する. 落葉は甘い香り(醬油の良いにおいに似ている)を呈する. 成長すると主幹が折れ, 株立ちするものが多い. …… 中国の伝説では, 「桂」は「月の中にあるという高い理想」を表す木であり, 「カツラ(桂)を折る」とも用いられる. しかし中国で言う「桂」はモクセイ(木犀)のことであって, 日本と韓国では古くからカツラと混同されている. …… 桂皮(シナモン)は, 同じ桂の字を使うがクスノキ科の異種の樹皮である."

74 한국어판 [위키피디아]의 '계수나무' 조에도 "계피는 녹나무속(Cinnamomum) 나무의 껍질로, 계수나무와는 관련 없다." 등과 같이 일본어판 [위키피디아]와 같은 정보를 공유하는 것도 있으나, 전반적으로 일본어판의 정보가 훨씬 상세하고 정확하다.

75 일본학계에서는 '가쓰라'에 '桂'라는 이름자를 붙임으로써 중국의 桂樹와 혼동한다는 사실을 자각하고 있으나, 필자로서는 한국 학계에서 그런 기미를 발견할 수 없다.

그림 6.5 한국에서 계수나무로 불리는 나무를 중국 전설 속의 계수나무로 오인하고 있는 현장 1(2017년 9월 포천 평강식물원에서 저자 촬영)

그림 6.6 한국에서 계수나무로 불리는 나무를 중국 전설 속의 계수나무로 오인하고 있는 현장 2(우측 사진은 좌측 사진 설명판 부분을 확대한 것임; 2016년 5월 서울 성동구 서울숲에서 저자 촬영)

역을 살펴보기로 한다.

　　人閑桂花落(인한계화락),
　　夜靜春山空(야정춘산공).
　　月出驚山鳥(월출경산조),
　　時鳴春澗中(시명춘간중).

바로 당나라 시인 왕유(王維)의 〈조명간(鳥鳴澗)〉이라는 작품이다. 이 시
에 대한 한국의 번역 중에는 다음과 같은 것이 있다.

　　사람은 한가한데 계수나무 꽃이 지고
　　밤은 고요한데 봄 산이 텅 비었네.
　　달이 뜨자 산새들이 깜짝 놀라서
　　때때로 봄 산골에서 우네.[76]

장구령 시의 '桂華'를 번역할 때와 마찬가지로 이 시 속의 '桂花' 역시 '계
수나무 꽃'으로 번역하고 있음을 볼 수 있다. 그런데 뭔가 이상한 부분이 있
다. 장구령의 시에서는 그 꽃이 가을에 핀다고 했는데, 왕유의 이 시에서는 봄
에 꽃이 핀다고 한 것이 그것이다. 왕유의 이 '桂花'는 장구령의 '桂華'와는 다
른 것임이 분명하다.

왕유의 이 '桂花'에 대한 설이 분분한데, 어떤 이는 桂花 중에서 사철 꽃
을 피우는 품종인 사계계(四季桂, *Osmanthus fragrans* var. semperflorens)

....

76　인터넷에서 검색한 번역문 중에서 직역에 가까운 것을 채택하되 마지막 구 중의 '산골 속에서'라고
　　한 것은 '산골에서'로 고쳐 실었다. 번역문들은 모두 '桂花'를 '계수나무 꽃'으로 번역하고 있다.

가 바로 그것이라고 한다. 학명에서 알 수 있듯이 계화의 한 가지 변종이라는 말이다. 또 어떤 이는 중국에서 '春桂'로도 불리는 산반(山礬, *Symplocos sumuntia*)이 바로 그 식물이라고 한다. 그런가 하면 일반적인 桂花를 염두에 두고서 '그것은 문학적인 표현이지 구체적인 식물을 지칭한 것이 아니다'라는 설을 펴는 이도 있다.[77] 모두 일리가 있는 말이지만 확인하기는 쉽지 않다.[78]

....

77　바이두에서 '鳥鳴澗'을 검색해 보면 이런 여러 가지 설이 있음을 확인할 수 있다.

78　그러나 열대지방에서 주로 자라는 肉桂(*Cinnamomum cassia* Presl)나 지중해 지역 원산인 月桂(*Laurus nobilis*)는 이에 해당할 가능성이 적은 듯하다. 그런데 ≪漢韓大字典≫(民衆書林編輯局 編, 서울: 民衆書林, 2005년 초판 제8쇄) 제1005쪽 '桂'자 條에서는 "계수나무계 녹나무과(科)의 상록 교목. 껍질은 계피(桂皮)."라 하였고, 그 아래의 '桂樹' 項에서는 "녹나무과(科)에 속하는 열대 지방(熱帶地方)에 나는 상록교목(常綠喬木). 근간(根幹)의 두꺼운 껍질은 육계(肉桂)라 하여 약재로 씀. 계수나무."라 하였다. '桂月' 項에는 "①달(月)의 이칭(異稱). 달 속에 계수나무가 있다는 전설(傳說)에서 나온 말. 계륜(桂輪). 계백(桂魄). 계섬(桂蟾). ②음력 8월의 이칭(異稱)."이라 하였는데, 이것은 '桂'라는 글자의 공통성에 현혹되어 중국 원산인 桂花와 열대 지방의 식물인 肉桂를 뒤섞어 해설한 것임을 알 수 있다. 桂花 곧 木犀는 음력 8월경에 향기로운 꽃을 피우지만, 양력 6월에서 8월 무렵에 꽃을 피우는 육계와는 달리 잎이나 수피에는 향기가 없기 때문이다.

07

杜鵑 두견

▶ 진달래 아닌 영산홍

이백(李白)의 시 중에는 〈선성견두견화(宣城見杜鵑花)〉라는 작품이 있는데, 최근 한국에서 출간한 책에서는 그것을 다음과 같이 번역하고 있다.

蜀國曾聞子規鳥(촉국증문자규조),　　　예전에 촉 땅에서 자규 소리 들었는데

宣城還見杜鵑花(선성환견두견화).　　　선성에서 또 다시 두견화를 보는구나.

一叫一回腸一斷(일규일회장일단),　　　한 번 울면 한 번씩 애간장 끊어지고

三春三月憶三巴(삼춘삼월억삼파).　　　늦은 봄 삼월에 고향을 그리워하네.[79]

이 번역에서는 작품의 제재가 되는 '杜鵑花(두견화)'와 그와 관련된 '子規鳥(자규조)'를 그대로 한국 발음으로 옮겨 놓은 것이 눈에 띈다. 원시의 어휘를 그에 대응하는 한국말로 일일이 바꾸지 않고 한자의 발음을 한국 발음으로 옮기기만 한 것이다. 무리를 하지 않으려는 역자의 조심스러운 태도로 볼 수도 있으나, 한편으로는 다소간 무성의한 느낌도 든다. 역자도 그런 느낌을 가졌던지, 아니면 작품에 '두견화'와 '자규조'가 같이 등장하는 것은 중국의

....

79　《李太白名詩文選集》(황선재 역주, 서울: 도서출판 박이정, 2013) 제309쪽에서 전재.

유명한 전설과 관련되어 있기 때문에 설명을 해야 할 필요성을 느꼈기 때문인지, '자규조' 아래에 주를 달아서 자규조와 두견화에 관련된 전설을 다음과 같이 소개하고 있다.

중국 고대 전설에 의하면, 주대(周代) 말엽 촉국(蜀國) 국왕인 두우(杜宇)는 망제(望帝)라 불렸는데, 후에 제위를 재상인 개명(開明)에게 전위하고 산중에 은거하였다. 그가 죽은 후 백성들은 그를 사모하면서 그의 혼령이 두견새라고도 부르는 자규(子規)가 되었다고 믿었다. 이 새는 매년 음력 삼월이 되면 '불여귀거(不如歸去), 불여귀거(不如歸去)'라고 처량하게 울 때 주둥이에서 피가 나는데, 그 선혈이 온산의 꽃을 붉게 물들였으므로 사람들은 이 붉은 꽃을 두견화(진달래)라고 불렀다.[80]

이 주에서 주목되는 것은 '두견화(진달래)'라는 부분이다. '두견화는 곧 진달래라는 뜻'이라는 표현이다. 사실 한자 말 '두견화'를 우리말의 '진달래'와 같은 말이라고 생각하는 것은 한국의 식자들 사이에서는 상식으로 되어 있는 듯하다. 한국의 유명한 국어사전에도 '두견화(杜鵑花)'라는 말이 실려 있고, 거기에 '진달래꽃'이라는 풀이가 달려 있는 것이 그러한 정황을 뒷받침한다.[81] 그러면 과연 중국의 시에 등장하는 '杜鵑花'는 한국인이 너무나도 잘 알고 있는 그 진달래와 같은 것인가?

위에서 인용한 주의 '두견화'에 대한 해설은 '杜鵑花'에 대한 중국에서의 설명과 유사하지만,[82] 이것은 한국 사람들이 익히 알고 있는 진달래의 속성과

....

80   위의 책 같은 쪽 제1번 각주 참조.

81   《엣센스 국어사전》(이희승 감수, 민중서림 편집국 편, 서울: 민중서림, 1974년 초판, 2002년 제5판 제3쇄) 제645쪽 '두견화'조 참조.

82   [百度百科] '杜鵑花·植物文化·典故': "關於杜鵑花和杜鵑鳥, 還有個優美而離奇的傳說. 相傳遠古時蜀國國王

다소 차이가 있다. 한국에서 흔히 볼 수 있는 진달래의 색깔은 핏빛과는 얼마
간 거리가 있기 때문이다. 한국에 흔한 진달래의 색깔은 분홍색이 위주고 얼
마간 꽃분홍색이 섞여 있다. 그런 빛깔의 진달래를 보고서 핏빛을 연상하는
것은 그다지 자연스러운 일이 아닐 것이다.

　그런데 바이두에서 찾아보면 900종이 넘는다는 杜鵑花의 품종 중에서 대
표격으로 제시한 것은 그 색깔이 선홍색의 핏빛에 가깝다. 중국에서 그런 전
설과 직접 관련이 있는 두견화 품종은 그런 색을 띤 것임을 암시하는 듯하다.
그리고 중국에서 두견화라고 불리는 그 식물의 학명은 ‘*Rhododendron sim-
sii* Planch.’로 되어 있는데, 한국의 네이버에서는 이 식물을 ‘진달래과의 한
가지 식물’이라고 설명한 것만 찾아볼 수 있지, 그것의 구체적인 이름은 발견
할 수 없다. 중국의 이 두견화는 한국에서는 자라지 않는 식물이거나 적어도
흔하지 않은 식물임이 분명하다.

　한편 한국에서 ‘진달래’라고 부르는 식물의 학명은 ‘*Rhododendron mu-
cronulatum*’인데,[83] 이것을 중국에서는 ‘金達萊’라고 하고 ‘迎紅杜鵑’으로 부
른다고도 한다. 그리고 ‘金達萊’는 한국어의 ‘진달래’를 음역한 것이라고 하였
다.[84] 곧 한국에서 ‘진달래’라고 하는 식물은 한국에는 흔한 것이지만 중국에
는 그다지 흔하지 않은 것임을 짐작할 수 있다. 일본측에서도 한국에 흔한 진
달래는 한국의 고유 수종에 가까운 것이라고 설명하고 있다.

　3~4월에 걸쳐서 분홍빛의 보라색 꽃을 피운다. 한반도와 중국의 동북부에

....

杜宇, 很愛他的百姓, 禪位後隱居修道, 死了以後化爲子規鳥(有名子鵑), 人們便把它稱爲杜鵑鳥. 每當春季, 杜
鵑鳥就飛來喚醒老百姓‘塊塊布穀! 快快布穀!’嘴巴啼得流出了血, 鮮血灑在得上, 染紅了漫山的杜鵑花.” 이
문장 중의 괄호 안에 들어 있는 “有名子鵑”은 “又名子鵑”의 잘못인 듯하고, “灑在得上”도 “灑在土上”의
잘못이 아닌가 의심되지만, 대체적인 의미 파악에는 문제가 없는 듯하여 그대로 두었다.

83　[네이버 지식백과] 진달래 [korean rosebay] (두산백과).

84　[百度百科] ‘金達萊’ 條 참조.

그림 7.1 중국문학 속의 두견화와 같은 종으로 생각되는 영산홍(가평군에서 저자 촬영)

그림 7.2 진달래(서울 소재 아파트 주변에서 저자 촬영)

자생한다. 일본에는 거의 자생하지 않는데, 일본에서 볼 수 있는 것은 식물원 등에서 재배하고 있는 것으로 대부분 한정된다. 일본의 쓰시마와 규슈 북부, 주코쿠 지방 등에 분포하는 玄海躑躅(현해척촉, *Rhododendron mucronulatum* var. ciliatum)은 그것의 변종이다.[85]

　　이러한 정황으로 보아 중국에서 杜鵑花 중에서 꽃 색이 핏빛에 가까운 선홍색의 것을 '杜鵑花'의 대표로 삼아 전설을 만들었지만, 한국에서는 그것을 그 꽃 색이 핏빛과는 거리가 있을 뿐만 아니라 중국의 정통적인 판도에는 자생하지 않는 한국의 고유 수종인 진달래와 관련된 전설이라고 생각한 것이 분명하다. 그러므로 중국문학에 등장하는 '杜鵑花'를 한국의 진달래로 이해하는 것은 사리에 어긋나는 일이다.

....

85　[위키피디아(일본어판)] 'カラムラサキツツジ(唐紫躑躅, 学名: *Rhododendron mucronulatum*)': "3~4月にかけて桃紫色の花をつける. 朝鮮半島·中国東北部に自生. 日本にはほとんど自生しておらず, 日本で見られるのは植物園などで栽培しているものにほぼ限られる. 日本の対馬や九州北部·中国地方などに分布するゲンカイツツジ(玄海躑躅, *Rhododendron mucronulatum* var. ciliatum)はこれの変種である."

08

柏 _백

▶ 잣나무 아닌 측백나무

承相祠堂何處尋(승상사당하처심),

錦官城外柏森森(금관성외백삼삼),

映階碧草自春色(영계벽초자춘색),

隔葉黃鸝空好音(격엽황리공호음),

三顧頻煩天下計(삼고빈번천하계),

兩朝開濟老臣心(양조개제노신심),

出師未捷身先死(출사미첩신선사),

長使英雄淚滿襟(장사영웅루만금).

이 시는 〈촉상(蜀相)〉이라는 작품으로서 시성(詩聖) 두보(杜甫)가 중국 성도(成都)에 있는 제갈량(諸葛亮)의 사당을 소재로 하여 쓴 것인데, 작품성이 뛰어날 뿐만 아니라 작가의 세계관이 잘 드러나 있어서 널리 인구에 회자되고 있다. 이 작품의 언해(諺解)가 한국의 고등학교 국어 교과서에 실리기도 해서 한국에서도 이 시의 지명도는 상당히 높다. 이 시를 현대 한국어로 번역한 것 중에는 다음과 같은 것이 있다.

승상의 사당 어디메뇨

금관성 밖 잣나무 울창한 곳.

섬돌에 비친 푸른 풀 절로 봄빛이고

나뭇잎 사이 꾀꼬리 저대로 예쁜 소리일세.

초려를 세 번이나 찾아 자주 천하를 논했나니

두 대에 걸쳐 충성으로 봉사했던 늙은 신하 마음 서려 있네.

군대 이끌고 싸움터에 나가 승리하기 전에 몸이 먼저 죽으니

두고두고 영웅들의 심금 울리고 옷깃에 눈물 적시게 하네.[86]

　　이 시에는 '柏(백)'이라는 식물이 등장하는데, 이 '柏'이 '잣나무'로 번역되어 있는 것을 볼 수 있다. 인터넷에서 이 시의 한글 번역문을 검색해 보면 다른 곳에서도 대부분 이렇게 번역하고 있음을 알 수 있다. 사실 한국에서 이 '柏'을 '잣나무'로 번역한 것은 어제오늘의 일이 아니다. 조선시대인 1481년에 초간되고 1632년에 중간되었다고 하는 《두시언해(杜詩諺解)》에서도 이 '柏'을 '잣 남기' 곧 '잣나무'라고 하고 있으니 그 역사가 매우 오래되었음을 알 수 있다.

　　《논어 · 자한(論語 · 子罕)》편의 "세한, 연후지송백지후조야(歲寒, 然後知松柏之後凋也)."라는 말도 널리 알려져 있는 명구(名句)다. 고등학교 교과서에도 등장한 적이 있는 구절이라서 한국에서 글줄깨나 읽은 사람이라면 대개 다 잘 알고 있다. 이 구절 역시 오랫동안 "날씨가 추워진 후에야 소나무와 잣나무가 늦게 시듦을 안다."로 해석되었다. 이 구절에 등장하는 '柏'자도 '잣나무'로 해석되고 있는 것이다. 《국어대사전》에도 '송백(松柏)'조에 "소나무와 잣나무"라고 새기고 있음을 볼 수 있다.[87] 이와 같은 정황을 종합해 보면 한국에서 '柏'

....
86 　《唐詩選》(李炳漢 · 李永朱 譯解, 서울: 서울대학교출판부, 1998) 제 210쪽에서 轉載.
87 　《국어대사전》(이희승 편저, 서울: 민중서림, 1994년 전면 개정 제3판) 제2130쪽.

을 '잣나무'로 보는 것이 정설로 굳어져 있다고 해도 과언이 아니다.

이 밖에도 한국에서 '柏'을 '잣나무'라고 하는 것이 정설이 되어 있는 듯한 흔적은 여러 곳에서 발견된다. 대표적인 것이 한국에서 잣으로 가장 유명한 지역인 가평에서 잣을 '柏'으로 표기하는 것일 것이다. 가평의 축령산 자락에 있는 잣나무 숲을 테마로 한 휴양 공간 '잣향기푸른숲'에 잣에 관한 것들을 전시해 놓은 건물을 설치하고 거기에 '백림관(柏林館)'이라고 이름을 붙인 것을 두고 하는 말이다.

두보의 시나 《논어》에 등장하는 '柏'을 한국에서는 '잣나무'라고 이해하고 있지만, 중국에서는 사정이 다르다. 중국에서는 '柏'을 측백(側柏)나무과의 식물이라고 하고 있다. 〈중국의 유명한 柏을 얼마나 아는가(神州名柏知多少)〉

그림 8.2 陝西 黃陵 軒轅柏

그림 8.3 측백나무(공교롭게도 이 사진의 좌
상방에는 측백나무와 혼동되는 잣나무가 선명
하게 보인다; 가평군 아침고요수목원에서 저
자 촬영)

라는 글에는 황제 헌원씨(黃帝軒轅氏)가 손수 심어서 수령이 5000년에 달한다
는 헌원백(軒轅柏)[88]을 위시한 유명한 柏들이 소개되고 있는데, 거기에는 '무
후백(武侯柏)'이라 하여 앞의 두보 시의 소재가 된 그 '柏'도 들어 있다.[89] 그런
데 아래의 각주 88에서 보다시피 헌원백은 측백속(側柏屬)으로 설명되고 있
다. 곧 중국에서 '柏'이라고 불리는 나무는 측백나무속의 식물인 것이다. 인터
넷에서 그 사진을 확인해 보아도 그것은 확실히 측백나무 계통의 형태를 띠
고 있다. 중국의 柏은 한국에서 '잣나무'라고 부르는 나무와는 전혀 다른 성격
의 나무인 것이다.

　　사실 잣나무는 한국의 고유 수종이라고 해도 무방한 식물이다. 이 잣의
학명은 'Pinus koraiensis'인데, 영어로는 'Korean Pine' 또는 'Corean Pine'
으로 부른다고 한다.[90] 일본에서도 이 잣나무를 '조선송(朝鮮松)'이라고 부른
다.[91] 요즘말로 하면 '한국 소나무'라는 뜻이다. 그래서 잣나무의 씨인 '잣'을
일본에서는 '소나무의 열매'라는 뜻의 '松の實' 또는 '한국 소나무의 열매'라
는 뜻인 '朝鮮松の實'로 부른다고 한다.[92] 중국에서는 잣나무를 '紅松'이라고
하는데, 역시 잣나무의 목재적 특성에 초점을 맞춘 명명이라고 생각된다.

　　잣나무의 중국어 표기가 '柏'이 아닐 뿐만 아니라 한국과 중국의 동북부,
그리고 일본의 일부 지역에 많이 자란다고 하는 잣나무를 두보가 사천성 성
도의 무후사(武侯祠)에서 보고 그것을 '柏'라고 했을 리는 만무하다. 그런데도

....

88　[百度百科] "軒轅柏, 陝西省黃陵軒轅廟中的 '黃陵古柏', 又叫 '軒轅柏'. 據傳爲軒轅皇帝親手所植. 軒轅柏聳
　　立在橋山脚下的軒轅廟內, 側柏屬, 樹高20米以上. 胸圍7.8米. 側柏爲單種屬植物. 雖經歷了5000餘年的風霜,
　　至今幹壯體美, 枝葉繁茂, 樹冠覆蓋面積達178平方米, 樹圍號稱 '七摟八鴿半, 疙裏疙瘩不上算'. 由於世界上
　　再無別的柏樹比它年代久遠, 因此英國人稱它是 '世界柏樹之父'.

89　[人民網] (人民日報海外版 第六版 中華文物 2003年02月24日) 〈神州名柏知多少〉: "武侯柏四川成都武侯祠
　　前一棵古柏, 相傳爲諸葛亮親手所栽. 杜甫有詩詠之: '丞相祠堂何處尋? 錦官城外柏森森'."

90　[네이버 지식백과] 잣나무(두산백과).

91　《日本國語大辭典(縮刷版)》(日本大辭典刊行會, 日本 東京: 小學館, 1980) 제7권 제520쪽 참조.

92　《프라임 한일사전》(두산동아 사서편집국 편, 서울: (주)두산동아, 1994년 초판, 2001년 8쇄) 제1645쪽.

그림 8.4 잣나무
(가평 백련사 부근에서 저자 촬영)

한국에서는 중국의 '柏'을 한국의 '잣나무'로 오해해 왔고 지금도 그렇게 오해하고 있는 것이다.[93] 그나마 다행한 일은 현재 [네이버 지식사전]에서는《논어》의 그 구절을 "날씨가 추워진 후에야 소나무와 측백나무가 늦게 시듦을 안다."고 번역하고 있다는 것이다. 잘못된 정보가 오랫동안 전해져 오면서 정

....

93 한국의 국어사전에서 '잣'이라는 뜻의 한자어로 '송자(松子)'와 함께 '백자(柏子)'라는 말을 싣고 있는 것은 잣의 정통 한자어 표기와 한국적 오해의 소산인 한자어 표기를 동시에 인정한 것인데, 송(松)과 백(柏)은 다른 수종이므로 하나는 삭제해야 될 것이다.

그림 8.5 사명을 '잣'을 뜻하는 '코리안파인'으로 정한 농업회사법인 건물(가평 상면에서 저자 촬영)

설로 굳어진 것도 후세의 각성과 노력에 의해 바로잡힐 수 있는 가능성을 보게 되는 것이다. 한국에서 '柏'을 '잣나무'로 오역한 까닭이 무엇인지 그리고 그 역사가 왜 그렇게 길었던지에 대해서는 좀 더 깊이 있는 연구가 필요할 것이다.

09

菩提樹 보리수

▶ 피나무과 아닌 뽕나무과의 나무

《경덕전등록(景德傳燈錄)》에 실려 있는 중국 선종사의 극적인 사건 중의 하나가 육조(六祖) 혜능(慧能)의 등장이다. 오조(五祖) 홍인대사(弘忍大師)가 자신의 법통을 잇기 위한 후계자를 정하기 위한 방편으로 제자들에게 자신이 깨달은 바를 게송(偈頌)으로 표현하게 하자, 당시 수제자 격이었던 신수(神秀)가 먼저 자신의 생각을 담은 게송을 벽에다 썼다. 이에 혜능이 신수가 지은 그 게송을 이용하여 자신의 게송을 지어 자신의 깨달음을 증명하고, 마침내 육조가 되었다는 이야기다. 그때 신수가 지었다는 게송은 다음과 같다.

身是菩提樹(신시보리수),　　　　몸은 보리수요,

心如明鏡臺(심여명경대).　　　　마음은 명경대로다.

時時勤拂拭(시시근불식),　　　　부지런히 털어내어,

勿使惹塵埃(물사야진애).　　　　먼지가 앉지 않도록 할지니.[94]

그리고 이 게송을 듣고서 慧能이 지었다는 게송은 다음과 같다.

....

94　[네이버 지식백과]《두산백과》'본래무일물(本來無一物)'조의 번역을 전재함.

菩提本無樹(보리본무수),   보리에는 본래 나무가 없으며,

明鏡亦非臺(명경역비대).   명경 또한 대(臺)가 아니다.

本來無一物(본래무일물),   본래 하나의 물건도 없는 것이니,

何處惹塵埃(하처야진애).   어디서 티끌이 일어나리오?[95]

이 두 게송에는 불교에서 매우 큰 의미를 지니는 '菩提樹(보리수)'라는 나무가 등장한다. 석가모니는 무우수(無憂樹) 아래에서 마야부인의 옆구리를 통해서 탄생하여 나중에 보리수 아래에서 득도를 하고, 마지막에는 사라쌍수(沙羅雙樹) 아래에서 열반에 들었다고 전해지고 있다. 그만큼 불교에서 보리수라는 나무가 가지는 상징적 의미는 크다. 번역하는 사람에 따라 다소간의 차이가 있을 수 있겠지만 대체적으로 무난한 번역이라고 생각되는 위 번역문에서 원문의 '菩提樹'는 문자 그대로 음역되어 있다. 그리고 이 보리수에 대하여 별다른 해설을 첨부하지 않았다. 널리 알려져 있는 나무라서 굳이 설명이 필요하지 않은 것처럼 여겨지게 한다.

사실 우리나라 사찰의 곳곳에서는 '보리수'라는 나무를 심어 놓고 매우 중시하고 있는 것을 볼 수 있다. 과연 그 나무가 석가모니가 그 아래에서 득도했다는 나무와 같은 종류라면 불교 수행의 궁극적 지향[96]을 상징하는 나무인 만큼 그런 대접을 받을 만할 것이다.

〈그림 9.1〉은 2014년 8월경 필자가 충북 영동 지방을 여행하다가 어느 절에서 찍은 사진인데, 키가 상당히 큰 나무 옆에 '보리수(菩提樹)'라는 글자가 보이는 안내판이 서 있는 것을 볼 수 있다.

---

95 위와 같으나, 첫 구의 번역만은 "보리에는 본래 나무가 아니요,"를 "보리에는 본래 나무가 없으며,"로 고쳤다.

96 '위로는 최상의 지혜를 구하고 아래로는 중생을 교화한다(上求菩提, 下化衆生)'는 보살행의 전반부를 말함.

그림 9.1 '보리수'라는 이름을 붙이고 있는 우리나라 어느 사찰의 나무(충북 영동에서 저자 촬영)

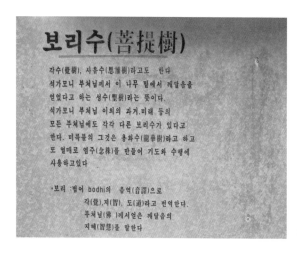

보리수(菩提樹)

각수(覺樹), 사유수(思惟樹)라고도 한다
석가모니 부처님께서 이 나무 밑에서 깨달음을
얻었다고 하는 성수(聖樹)라는 뜻이다.
석가모니 부처님 이외의 과거,미래 등의
모든 부처님에도 각각 다른 보리수가 있다고
한다. 미륵불의 그것은 용화수(龍華樹)라고 하고
또 열매로 염주(念珠)를 만들어 기도와 수행에
사용하고있다

∙보리 : 범어 bodhi의 음역(音譯)으로
각(覺),지(智), 도(道)라고 번역한다.
부처님(佛)께서얻은 깨달음의
지혜(智慧)를 말한다

그림 9.2 그림 9.1의 설명문

그림 9.3 2014년 인도 정부로부터
기증받은 광릉 국립수목원 보리수

"각수(覺樹), 사유수(思惟樹)라고도 한다. 석가모니 부처님께서 이 나무 밑에서 깨달음을 얻었다고 하는 성수(聖樹)라는 뜻이다."라는 설명문의 내용으로 보아 석가모니가 그 아래에서 득도한 그 나무가 분명하다. 그런데 석가모니가 수행했던 곳은 열대지방에 속하는 곳으로 우리나라와는 위도에 상당한 차이가 있다. 그럼에도 불구하고 우리나라에도 그 나무가 이렇게 무성하게 자라고 있다는 것이 못내 미심쩍다. 그것이 사실인지 검증할 필요가 있는데, 다행히 그것을 검증할 시금석으로 쓸 만한 자료가 있다.

위의 〈그림 9.3〉은 "2014년 1월 한·인도 정상회담 후속조치의 일환으로, 인도 정부가 우리 정부에 기증키로 한 보리수 묘목 증정식을 3월 19일(수) 오전 국립수목원에서"[97] 한 다음 광릉 국립수목원에서 집중관리를 받고 있는

....

97   산림청 공식 블로그에 2014년 3월 18일 16시 22분에 게시된 글의 일부.

그림 9.4 우리나라에서 '보리수'라고 불리는 나무의 잎(충북 영동에서 저자 촬영)

보리수의 모습이다.[98] 그런데 이 나무 잎사귀의 모양은 앞에서 본 바와 같이 필자가 충북 영동 지방의 어느 사찰에서 본 그 보리수의 잎사귀와 상당한 차이가 있다. 그 둘 사이의 차이를 비교하기 위해서 필자가 찍은 두 장의 사진을 비교해 보기로 한다.

〈그림 9.4〉는 앞에서 제시한 사진과 같은 시점인 2014년 8월경 필자가 충북 영동의 사찰에서 그 보리수의 잎 부분에 초점을 맞추어 찍은 것이고, 〈그림 9.5〉는 2015년 4월경 필자가 광릉 국립수목원의 온실에서 인도에서 온 그 보리수와 같은 수종의 큰 나무의 잎 부분을 강조해서 찍은 사진이다. 영동 사찰의 보리수 잎은 둥글고 넓은 모양으로 특별히 이색적인 요소가 없으나 인도에서 온 보리수의 잎사귀는 끝부분이 상당히 길게 뾰족하게 나와 있는 것

....
98 2015년 4월경 필자가 광릉 국립수목원에 갔을 때 인도에서 온 보리수는 집중관리실에 들어 있어서
   실물을 볼 수 없었고, 그 나무에 대하여 설명하고 있는 안내판만 볼 수 있어서 그것을 촬영했다(그림
   9.6). 여기서 소개한 인도에서 온 보리수의 사진은 그 실물을 보지 못해 안타까워하고 있던 필자를 본
   직원이 연구에 보탬이 되었으면 좋겠다면서 자신의 휴대전화에 들어 있던 사진을 전송해 준 것이다.
   지금은 이름도 가물가물해진 그 직원의 호의에 감사한다.

그림 9.5 보리수(광릉 국립수목원에서 저자 촬영)

이 이채롭다. 한국에서 볼 수 없는 나무의 잎사귀임이 분명하다. 국가 간의 귀중품으로 다루어지는 석가모니의 고향에서 온 나무가 보리수가 아닐 수 없는 것이 명백한 이상, 한국 영동의 어느 사찰에서 '석가모니가 그 밑에서 깨달음을 얻은 보리수'라고 한 나무는 사실 석가모니와 관련이 있는 진짜 보리수가 아닌 것이 확실하다. 광릉 국립수목원의 인도에서 온 보리수에 대한 설명문에도 그 점을 지적하고 있다.

〈그림 9.6〉의 설명문 맨 아래쪽에 "뽕나무과의 식물로 높이가 30m까지 자라는 큰 키 나무이며, 우리나라 사찰 주변에서 보리수 또는 보리장나무로 불리는 찰피나무와는 다른 수종이다."라는 설명이 보인다. 한국에서는 찰피나무(*Tilia mandshurica* Rupr. & Maxim.)를 보리수(*Ficus religiosa* L.)로 착각했다는 말이다. 그렇기 때문에 신수와 혜능의 게송에 나오는 '보리수(菩提樹)'를 한국에서 보리수라고 부르는 식물이라고 생각한다면 그것은 작품의 원의를 곡해하는 것이다.

식물에 관한 한 한국에서는 상당한 권위가 있는 것으로 생각되는 국립수목원에서 작성한 설명이지만 여기에는 두 가지 재고해야 할 문제점이 있다.

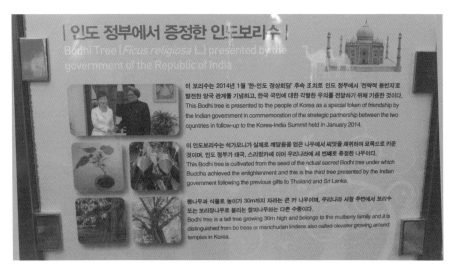

그림 9.6 인도에서 기증한 보리수에 대한 설명문(광릉 국립수목원에서 저자 촬영)

우선 '보리장나무'는 '보리자나무'로 바꾸어야 할 것 같다. 한국에서 보리장나무로 불리는 나무는 학명이 'Elaeagnus glabra Thunb.'로서 덩굴성 떨기나무의 일종으로 앞의 사진에서 보는 것처럼 사찰에서 보리수로 불리는 나무가 10m 전후까지 자라는 것과는 큰 차이가 있다.

한국에서 보리자나무로 불리는 나무는 학명이 'Tilia miqueliana Maxim.'이고 찰피나무는 학명이 'Tilia mandshurica Rupr. & Maxim.'로서 속명(屬名)은 'Tilia'로서 같지만 종명(種名)이 다른 식물이다. 곧 보리자나무와 찰피나무는 공히 피나무속에 속하는 나무이지만 종은 서로 다른 나무인 것이다. 같은 속이기 때문에 형태는 서로 비슷하다.

보리자나무와 찰피나무는 그 형태가 비슷하기 때문에 한국의 사찰에서 보리수 또는 보리수나무로 불리는 나무 중에는 찰피나무도 있는 것으로 생각되지만, 대개는 보리자나무를 가리키는 것으로 여겨진다.

다음의 〈그림 9.7〉은 필자의 친구(백남수)가 일본 교토(京都)의 덴류지(天龍寺)에서 촬영했다며 보내준 것인데, 이 팻말에는 보리수(菩提樹)라 불리

그림 9.7 일본에서 발견한 보리수 나무 명패(일본 교토에서 백남수 촬영)

는 나무가 학명은 '*Tilia miqueliana*'이고, 중국명은 남경단(南京椴)이며, 한국명은 '보리자나무'라고 되어 있다. 이것까지 고려해서 본다면 한국의 사찰에서 '보리수'라고 부르는 나무는 '보리자나무'라고 하는 것이 옳을 가능성이 높은데, 일본에서도 한국과 비슷하게 보리자나무를 보리수라고 부른다는 점이 재미있다.

〈그림 9.8〉[99]에 보이는 커다란 고목은 보호수인 듯 콘크리트 울타리가 둘러져 있고, 거기에 그 나무를 소개하는 팻말이 달려 있는 것이 보인다. 〈그림 9.9〉는 그것을 확대한 것인데, 거기에는 그 나무의 이름이 '보리수(菩提樹)'이며 '석가모니께서 2천 5백년 쯤 전에 그 아래에서 깨달음을 얻은 보리수'라는 내용이 기록되어 있음을 확인할 수 있다. 일본에서도 한국과 마찬가지로 진짜 보리수인 뽕나무과 용속(榕屬)의 나무가 아닌 피나무과 피나무속의 나무

....
99 이 사진은 필자의 또 다른 친구(이현규)가 2015년 11월경 일본 교토(京都)의 에이칸토(永觀堂)라 불리는 젠린지(禪林寺)에서 촬영한 것을 필자에게 제공한 것이다.

그림 9.8 일본의 보리수(일본 교토에서 이현규 촬영)

그림 9.9 그림 9.8의 하단에 보이는 팻말을 확대한 사진(이현규 촬영)

인 보리자나무를 석가모니가 그 아래에서 득도했던 나무 곧 보리수라고 생각
한다는 사실을 한 번 더 확인하게 된다.

　　이와 같이 한국과 일본에서는 공히 엉뚱하게도 보리자나무를 석가모니

그림 9.10 피나무속의 나무에 '보리수나무'라는 이름이 붙어 있는 모습(서울 성북구의 한 사찰에서 저자 촬영)

가 그 아래에서 득도했다는 그 보리수로 생각하고 있다. 그런데 중국에서도 보리자나무를 보리수의 일종으로 생각한 흔적이 있다. 보리자나무를 '천태보리수(天台菩提樹)'로 부르기도 하는 것이 그것이다. 다만 중국에서는 이 나무를 석가모니의 득도와 관련 있는 나무로는 보지 않는 듯하다. 이 나무가 중국에서 '천태보리수'로 불리는 것은 불교의 천태종(天台宗)과 관련이 있으며, 그 열매로써 염주의 알로 삼았기 때문일 것으로 생각된다. 그렇기 때문에 그 나무를 '보리수'로 부르는 것은 문제가 있지만, 불교에서 사용하는 염주의 알을 '보리자(菩提子)'라고 하기 때문에 그 나무를 보리자나무라고 부르는 것은 합리성이 있어 보인다.[100]

　〈그림 9.10〉은 그림 속의 내용에서 알 수 있듯이 서울 성북구의 어느 사찰에서 찍은 사진이다. 이 사진에 있는 나무의 잎을 찍은 〈그림 9.11〉을 보면

....

100　한국에서는 '보리자나무'라는 이름과 '보리수'라는 이름을 함께 사용하는 데 비하여 일본과 중국에서는 이 나무를 '보리자나무'로 부르는 기미를 찾아보기 힘들다는 점에서 한국의 합리성이 중국과 일본보다 나은 경우로 보아도 무방할 것이다.

끝부분에 뾰족한 부분이 길게 나온 것이 없는 것 외에는 형태상 뽕나무과의 진짜 보리수 잎과 많이 닮은 듯하다. 그래서 열대 기후에 속하는 중국 남부에서 자라는 진짜 보리수의 형상을 잘 알고 있는 어떤 사람이 그보다 북쪽에서 자라는 나무로서 보리수의 잎과 유사한 잎을 가진 나무인 보리자나무를 보리수의 일종으로 생각했을 수도 있을 것으로 보인다.

그런데 위의 사진에 기재되어 있는 보리자나무의 학명은 좀 엉뚱하다. 학명 '*Elaeagnus umbellata*'가 가리키는 나무는 한국에서 '보리수나무'라고 불리기는 하지만, 그 나무는 키가 3~4m 정도밖에 되지 않는 관목이다. 열매는 보리알 크기 정도 되는데, 먹을 수 있는 이 열매는 새콤하고 단 맛에 떫은맛이 약간 비친다. 한국에서 '보리수'라는 이름이 여러 종의 나무에 적용되기 때문에 생긴 착오라고 생각된다. 그렇지만 한국 불교계에서 상당히 명망이 있는 사찰에서 이런 오류를 범했다는 것은 좀 아쉬운 일이라고 하지 않을 수 없다.

〈그림 9.12〉는 어느 식물원에서 찍은 것인데, 뜰보리수의 한자명을 '菩提樹'라고 기재하고 있는 것을 볼 수 있다. 그러나 식물명으로서의 '菩提樹'는

그림 9.12 한자명을 '菩提樹'로 표기한 뜰보리수의 명패(서울의 식물원에서 저자 촬영)

뽕나무과의 그 나무에만 적용되어야 할 것이고, 뜰보리수의 한자명은 '木半夏(목반하)'로 기재했어야 했다. 식물원이라는 상당히 전문적인 곳에서도 이런 오류를 범하는 것을 보면 한국에서의 '보리수'와 관련된 정보의 난맥상은 심각한 수준이라고 해야 할 것이다.

보리수에 대해 논하다 보면 슈베르트(Franz Peter Schubert, 1797~1828)의 가곡 〈보리수〉의 '보리수'에까지 생각이 닿기 마련이다.

'보리수'는 식물의 이름이지만, 어쩌면 '보리수'라는 말로써 구체적인 식물의 모습을 환기하는 한국인보다는 슈베르트의 가곡 〈보리수〉를 기억해 내는 사람이 더 많을 것이다. 한국인의 대부분이 중고교 재학 시절 음악시간에 이 가곡을 배웠을 것이기 때문이다. 그렇지만 슈베르트의 〈보리수〉에 등장하는 보리수가 어떤 식물이며 불교에서 신성시하는 보리수와는 어떤 관계인지에 대해서는 별로 관심을 가지지 않는 듯하다.

슈베르트의 가곡 〈보리수〉는 독일의 시인 빌헬름 뮐러(Wilhelm Müller: 1794~1827)의 시 〈Der Lindenbaum〉에 슈베르트가 곡을 붙인 것이다. 이 Lindenbaum의 학명은 'Tilia europaea'다. 이 학명의 앞부분인 속명(屬名) 'Tilia'는 앞에서 논했듯이 '피나무속'을 나타내는 말이다. 그러므로 Lindenbaum의 학명 'Tilia europaea'는 Lindenbaum이 '유럽에서 나는 피나무'라는 것을 의미한다. 그래서 어떤 사람들은 이 Lindenbaum을 '유럽피나무'라고 부르기도 한다.

이와 같이 그 유명한 가곡 〈보리수〉에 등장하는 '보리수'도 진정한 의미의 보리수가 아니다. '보리(菩提)'를 숭상하는 불교에서 소중히 여기는 보리수(菩提樹), 곧 뽕나무과에 속하는 그 보리수가 아니라는 말이다. 그런데도 이 Lindenbaum이 '보리수'로 번역된 것은 그것이 피나무속에 속하는 나무이기 때문임을 Lindenbaum의 학명 'Tilia europaea'을 통해서 알 수 있다. 한국과 일본에서 피나무 종류의 나무를 보리수로 인식했던 것과 같은 맥락이다.

한국과 일본에서 피나무 종류를 보리수로 인식했던 것과는 달리 중국에서는 그렇지 않았던 것에 비추어 보면, 처음으로 슈베르트의 가곡 〈Lindenbaum〉을 〈보리수〉로 번역한 사람은 한국인이거나 일본인일 가능성이 높다. 현재의 필자 능력으로는 그 사람을 특정할 방법이 없지만, 슈베르트 가곡의 가사를 번역하여 소개하면서 〈Lindenbaum〉을 〈菩提樹〉로 번역하였던 일본인 곤도 사쿠후(近藤朔風: 1880~1915)가 그 사람일 가능성을 조심스럽게 제기해 본다. 중국에서는 보리수와 피나무를 구분하였고, 한국의 당시 상황을 고려해 보면 한국에서 먼저 슈베르트의 가곡을 번역하여 일본으로 유통시켰을 가능성이 크지 않기 때문이다.

중국에서도 슈베르트의 가곡 〈Lindenbaum〉만은 〈菩提樹〉로 번역하는 경우가 많은 것은 아이러니라 할 수 있다. 개화기 한자문화권 학술계의 주도

권을 쥐고 있던 일본의 번역을 중국에서 무비판적으로 수용했기 때문일 것이다. 물론 곤도 사쿠후 이전에 식물학 용어를 한자어로 번역한 누군가가 Lin-denbaum을 '菩提樹'로 번역한 것을 곤도 사쿠후가 그대로 추종했을 가능성도 배제할 수 없다.

10

茱萸 _{수유}

▶ 산수유 아닌 식수유

獨在異鄕爲異客(독재이향위이객),

每逢佳節倍思親(매봉가절배사친),

遙知兄弟登高處(요지형제등고처),

遍揷茱萸少一人(편삽수유소일인).

　　당나라 시대의 유명한 시인 왕유(王維)의 명작 〈구월구일억산동형제(九月九日憶山東兄弟)〉라는 시다. 이 시는 중국인들의 입에 회자하는 정도는 아니어도 한국에서도 많은 사람들이 좋아하는 유명한 작품이다. 그만큼 이 시를 한국말로 번역한 것이 적지 않을 것이지만, 편의상 필자의 눈에 띈 두 가지의 번역을 살펴보기로 한다. 주안점은 역시 이 시 속에 등장하는 '茱萸(수유)'라는 식물을 어떻게 이해하고 있는가 하는 것이다.

　　홀로 타향에서 낯선 나그네 되어

　　명절 때마다 가족 생각 배로 나네

　　멀리서 알리라 형제들 산에 올라서

수유를 꽂는데 오직 한사람만 없는걸[101]

이 번역에서는 '茱萸'를 그냥 한글로 '수유'라고만 옮기고 있다. 혹시 이 식물이 어떤 특징을 가진 것으로 설명되어 있는지 확인하기 위해서 주석을 살펴보니 시 제목에 보이는 '구월 구일'이라는 말에 대하여 다음과 같은 주를 달았다.

중양절(重陽節). 이 명절 때는 사악한 기운을 쫓기 위해 높은 산에 올라가 수유 가지를 꽂고 국화주를 마시며 장수를 빌었다고 함.[102]

역시 '수유 가지'라는 말만 보이고 그에 대한 특별한 설명은 보이지 않는다. 시어를 한글로 그대로 옮겼으니 시비를 따질 문제는 없어 보이지만, 그 수유가 무엇인지에 대해서는 궁금증이 떨어지지 않는다. 한국에서 흔히 접할 수 있는 말은 '산수유'이지 '수유'라는 말은 아니기 때문이다. 그런 면에서 그 '수유'가 많은 사람들이 익히 알고 있는 '산수유'와 같은 것인지 아닌지에 대해서는 설명이 있어야 할 것이었다. 그런 면에서 다음과 같은 경우는 매우 친절한 번역이라고 할 수 있을 것이다.

홀로 객지에서 나그네가 되어
언제나 명절이면 친지들 생각 더하네
고향의 형제들 높은 산에 오를 때
산수유 머리에 꽂으며 한 사람 적다 하겠지[103]

....
101 《황하에 흐르는 명시(「시경」에서 「서상기」까지)》(이해원 지음, 서울: 현학사, 2004) 제159쪽에서 전재.
102 위의 책 같은 쪽.
103 《한시교양115》(이규일 역해, 서울: 리북, 2013) 제52쪽에서 전재.

칭찬을 받을 만하게 원문의 '茱萸'를 '산수유'라고 특정하였다. '산수유'는 당연히 '山茱萸'일 것이다. 그리고 이 시에 대한 해설 중에는 다음과 같은 말도 들어 있다.

형제들은 꽃을 꺾어 머리에 꽂으며 사람 수를 셀 것이다. 그러다가 발견한다. 아, 오늘은 사람이 한 명 적구나.[104]

원문의 '茱萸'를 한국 사람들이 익히 알고 있는 '산수유(山茱萸)'라고 특정해서 말하니 시적 이미지가 선명하게 떠오르는 듯하지만, '꽃'이라는 말은 뭔가 어색하다. 산수유 꽃은 초봄에 피는 것인데, 제법 한기가 느껴질 계절인 음력 9월 9일에 그 꽃을 꽂는다고 하니 자연의 이치에 맞지 않기 때문이다. 차라리 가을에 빨갛게 익는 '산수유 열매를 꽂는다'고 했더라면 말이 되었을 것이다.

그런데 중국계 학자의 말로는 '茱萸'라는 이름을 가진 식물은 식수유(食茱萸) · 산수유(山茱萸) · 오수유(吳茱萸)의 3종이 있는데, 이 시에 나오는 '茱萸'는 산수유가 아닌 '식수유'라는 식물이라고 한다.[105] 그래서 식수유의 학명을 검색하니 'Zanthoxylum ailanthoides'라는 이름이 나타난다. 이 학명에 해당되는 식물을 한국에서는 '머귀나무'라고 한다. 한국과 중국의 해설에서는 공히 이 식물이 무환자나무목 운향과에 속한다고 하였다.

중국의 옛날 사람들은 가지와 잎에 짙은 향기가 있는 이 식물로써 벽사(辟邪)의 도구로 삼았다고 한다. 특히 중양절에 산에 오를 때 이 나무의 가지와 잎을 넣은 향주머니로써 재앙을 물리쳤다고 한다.[106] 네이버에서 검색되는

....

104 위의 책 제53쪽.
105 《中國文學植物學》(潘富俊 著, 臺灣 臺北: 猫頭鷹, 2011년 초판, 2012년 2판) 제122, 123, 136쪽 참조.
106 위의 책 제122쪽 참조.

그림 10.1 식수유의 잎사귀 모습(출처: [바이두백과])

그림 10.2 머귀나무
(천리포수목원에서 저자 촬영)

그림 10.3 산수유(선암사에서 저자 촬영)

한국의 해설과 [바이두백과]에서 검색되는 중국의 해설은 모두 이 나무에는 가시가 있다고 하였다. 통상 가시가 있는 나무에 귀신을 쫓는 기능을 부여하는 관행에 비추어 보면 그 설명이 매우 그럴듯하게 보인다. 그러므로 왕유의 위 시에 나오는 '茱萸'는 한국말로는 '머귀나무'라고 하는 것이 시 속에 등장하는 식물의 실체를 정확하게 드러내는 것이 될 것이다.

II
辛夷 신이

▶ 백목련 아닌 자목련

1) 한국에서의 '辛夷(신이)'에 대한 인식

木末芙蓉花(목말부용화),

山中發紅萼(산중발홍악).

澗戶寂無人(간호적무인),

紛紛開且落(분분개차락).

바로 당나라 시인 왕유(王維)의 작품인 〈신이오(辛夷塢)〉라는 시다. 이 작품은 한국에서도 자주 번역되는데, 이 시를 번역한 것 중에 다음과 같은 것들이 눈에 띈다.[107]

....

107 이 작품의 제목에 등장하는 '辛夷'를 어떤 사물로 인식하는가를 확인하기 위하여 원문에 대한 번역뿐만 아니라 제목의 의미를 번역한 것과 주석도 함께 수록하기로 한다.

목련 둑

가지 끝에 달린 목련 꽃,

산 속에 붉은 봉오리 터뜨린다.

냇가 오두막에 고요히 인적 없는데,

어지러이 꽃들만 피고 지도다.

주) 辛夷塢(신이오): 목련 우거진 둑·제방. 신이: 목련·목란.[108]

신이오

나무 끝의 부용화,

산중에서 붉은 꽃이 피었네.

개울가 집엔 적막히 사람도 없는데,

어지럽게 피었다가 지네.

주) 辛夷(신이): 목련(木蓮)의 별칭. 芙蓉花(부용화): 연꽃의 별칭. 목련은 연꽃과 비슷하
　　기 때문에 목부용(木芙蓉)이라고도 함.[109]

목련화 핀 언덕

나무에 피는 연꽃,

붉은 목련화,

꽃봉지 터뜨렸네.

....
108 《왕유시선》(류성준 편저, 서울: 도서출판 민미디어, 2001) 제23쪽.
109 《당시선 上》(기태완 선역, 서울: 보고사, 2008) 제270~271쪽.

이 산중에서 —.

개울가 집에는,

인적적人寂寂한데,

흐드러지게도 어지러이,

피면서 지네.

주) 辛夷塢(신이오): 신이는 목련. 혹은 '개나리'로 잘못 알려져 있기도 함. '塢'는 언덕.[110]

위 세 가지의 번역을 보면 모두 '辛夷'를 '목련'이라고 새긴 공통점이 발견된다. 그러나 자세히 살펴보면 이 세 가지 번역 사이에는 약간의 차이도 있다. 주목할 만한 것은 다음과 같은 몇 가지이다.

첫째, 류성준의 주에서 신이를 목련 또는 목란이라고 할 수 있다고 한 것이다. 목련과 목란이 같은 식물명인가 하는 것인데, 중국에서도 목련과 목란이 같은 말로 사용되는가에 대한 검토가 필요한 부분이기도 하다. 둘째, 시의 내용에 따라 신이는 붉은 색깔의 꽃으로 번역하고 주석에서는 그것을 '목련'이라고 설명하고 있는데, 그것이 한국에서의 '목련'에 대한 일반적인 인식에 부합하는지 검토해 볼 필요가 있다. 손종섭의 주석에서는 한국에서는 신이가 개나리로 인식되기도 한다고 했는데, 그러한 인식에는 어떤 사정이 있는지도 살펴볼 필요가 있다.[111]

'辛夷'를 단순히 '목련'으로 번역한 것은 다른 책에서도 발견되지만[112] 사전

....

110 《노래로 읽는 당시》(손종섭, 경기도 파주: 김영사, 2014) 제103~104쪽.

111 이 시의 제목에 보이는 '塢'자를 '언덕'이라고 새기고 있는데, 이것이 과연 옳은 것인가 하는 것에 대해서도 검토해 볼 필요가 있다. 이에 대해서는 나중에 '연구 시야의 확장' 중 '기물과 지형' 편에서 다시 언급하기로 한다.

112 예컨대 《두보 위관시기시 역해》(이영주 외, 서울: 서울대학교출판부, 2004) 제133쪽의 주 17번에서는 〈偪側行贈畢四曜〉 제21구 "辛夷始花亦已落"에 나오는 '辛夷'에 대하여 해당 시의 역해자인 김만원은 "辛夷(신이)—꽃 이름. 목련꽃."이라고 하고 있다.

류의 문헌에서는 이와는 달리 특정 색상의 목련으로 특정하는 경우가 많다.

　　《국어대사전》(이희승 편): "신이(辛夷): ①백목련(白木蓮). ②개나리의 잘못
　　된 말."[113]

　　《大漢韓辭典》(장삼식 편저): "辛夷(신이): ①개나리의 잘못된 말. ②白木蓮."[114]

　　《漢韓大字典》(民衆書林編輯局 編): "辛夷(신이): 목련과(木蓮科)에 속하는 낙
　　엽 교목. 봄에 희고 큰 꽃이 핌. 백목련(白木蓮)."[115]

　　'辛夷'에 대한 사전류의 이러한 해설을 정리해 보면 "辛夷는 백목련이다.
辛夷가 한때 개나리를 가리키는 이름으로 사용되었으나 그것은 잘못된 것이
다."라는 결론을 얻을 수 있다. 그러므로 앞에서 살펴보았던 왕유의 〈신이오〉
에 등장하는 辛夷, 곧 붉은색의 꽃을 피운다는 辛夷에 대한 한국인의 번역은
사전에서 '신이'를 '백목련'이라고 하여 그 색이 흰색이라고 규정한 것을 무
시한 것이거나, 목련의 흰색과 붉은색은 종의 구별에 영향을 주지 않는 것이
라고 생각한 것으로 볼 수 있다. 또 손종섭이 각주에서 "혹은 '개나리'로 잘못
알려져 있기도 함"이라고 했던 것도 위 이희승의 《국어대사전》과 장삼식의
《대한한사전(大漢韓辭典)》에서 "개나리의 잘못된 말"이라고 했던 것과 관련이
있는 것임을 알 수 있다.
　　이와 같은 사정으로 보건대 한국에서의 '辛夷'에 대한 인식을 고찰함에
있어서 주의해야 할 점은 '목련(木蓮)'과 '목란(木蘭)'은 같은 개념인가의 여

....

113　《국어대사전》(이희승 편, 서울: 민중서관, 1961) 제1817쪽.
114　《大漢韓辭典》(張三植 編, 서울: 博文出版社, 1964년 초판, 1975년 수정 초판) 제1504쪽.
115　《漢韓大字典》(民衆書林編輯局 編, 서울: 民衆書林, 2005년 초판 제8쇄) 2037쪽.

부, 색깔은 신이의 특성을 규정하는 데에 있어서 의미가 없는가 하는 문제, 그리고 신이와 개나리 사이에는 어떤 관련이 있는가 하는 것으로 정리된다고 할 수 있겠다.

2) 중국에서의 '辛夷'에 대한 인식

왕유의 〈신이오〉에 등장하는 '辛夷'와 '부용화(芙蓉花)'의 구체적인 정체를 파악하는 것이 중국인들에게도 쉬운 일이 아닌 듯하다. 그래서인지 중국에서도 이에 대하여 해설을 덧붙인 경우가 자주 눈에 띈다. 중국사회과학원 문학연구소에서 편찬한《당시선(唐詩選)》에서는 '辛夷'에 대하여 '목필수(木筆樹)'라고 하였고, '부용화'에 대해서는 "신이화(辛夷花)를 가리킨다."라고 하였다. 그리고 "부용과 신이화는 색이 비슷해서 그렇게 불렀다."라고 하였으며, 그에 대한 근거로 왕유의 〈신이오〉에 대한 배적(裴迪)의 화시(和詩) 중에 "하물며 신이화 있으니, (그) 색이 부용과 헛갈린다."라고 한 구절을 들었다.[116]

한편《중문대사전(中文大辭典)》에서는 '辛夷'에 대하여 다음과 같이 해설하고 있다.

(*Magnolia kobus*) 식물명, 목란과. 낙엽교목으로 높이는 2~3장(丈)이다. 잎은 거꿀달걀꼴로 끝은 뾰족하고 어긋난다. 꽃은 크고 6장의 꽃잎으로 되어 있으며 흰색인데 붉은 기운이 돈다. 열매는 구불구불하며 긴둥근꼴이다. '목필(木筆)'이라고도 하는데 그 꽃이 막 필 때 꽃봉오리의 길이가 반 촌(寸) 정도이고 뾰족한 것이 붓끝을 닮았기 때문이다. 또 이름을 '신치영춘(新雉迎

116　《唐詩選》(中國社會科學院 文學研究所 編, 北京: 人民文學出版社, 1978) 제118쪽: "'辛夷', 卽木筆樹" "'芙蓉花', 指辛夷花. 芙蓉與辛夷花色相近, 故稱. 裴迪〈輞川集〉和詩有'況有辛夷花, 色與芙蓉亂.'可證."

春'이라고도 한다.[117]

그리고《한어대사전(漢語大詞典)》의 '辛夷'에 대한 해설은 다음과 같다.

식물명. 신이수(辛夷樹) 혹은 그 꽃을 가리킨다. 신이수는 목란과(木蘭科)에
속하는데 낙엽교목으로서 높이가 수 장(丈)에 이르고 나무에는 향기가 있다.
가지 끝에서 꽃이 처음 나올 때 꽃봉오리의 길이는 반 촌(寸) 정도 되는데,
뾰족한 것이 마치 붓끝과 같기 때문에 속칭으로 목필(木筆)이라고 한다. 꽃
이 피게 되면 연꽃 같으나 종지만한 정도로 작은데 보라색 꽃봉오리에 붉은
빛을 띠고서 연꽃과 난초꽃의 향기를 낸다. 또 흰색의 것도 있는데 사람들은
그것을 또 옥란(玉蘭)이라고 부른다. 오늘날에는 대개 '辛夷'를 목란(木蘭)의
별칭으로 여긴다.[118]

이와 같이 '辛夷'에 대한 중국 측의 몇 가지 해설 중에서도《중문대사전》
과《한어대사전》의 해설에서는 '辛夷'라는 꽃의 특징이 비교적 선명하게 드러
난다.《중문대사전》에서는 학명이 *Magnolia kobus*인 나무로서 붉은빛이 도
는 흰색의 꽃을 피운다고 하였는데, *Magnolia kobus*는 중국에서 추엽목란
(皺葉木蘭)으로 번역되고 있는 듯하다.[119] 그리고《한어대사전》에서는 '보라색
꽃을 피우는 나무로서 목란의 별칭으로도 여긴다'고 하였다.

....

117 《中文大辭典》(林尹·高明 主編, 臺北: 中國文化大學出版部, 1973년 초판, 1982년 第6版) 제1779쪽:
"(*Magnolia kobus*) 植物名, 木蘭科. 落葉喬木, 高二三丈. 葉倒卵形, 先端尖, 互生. 花大, 六瓣, 白色, 有紅
暈. 果實爲彎曲之長圓形. 又名木筆, 以其花初出時, 苞長半寸而尖銳似筆頭也, 亦名新雉迎春."

118 《漢語大詞典》(漢語大詞典編輯委員會漢語大詞典纂處, 上海: 漢語大詞典出版社, 1994) 제478~479쪽:
"植物名, 指辛夷樹或它的花. 辛夷樹屬木蘭科, 落葉喬木, 高數丈, 木有香氣. 花初出枝頭, 苞長半寸, 而尖銳儼
如筆頭因而俗稱木筆. 及開則似蓮花而小如盞, 紫苞紅焰, 作蓮及蘭花香, 亦有白色者, 人又呼爲玉蘭. 今多以
'辛夷'爲木蘭的別稱."

119 바이두에서 '*Magnolia kobus*' 참조.

3) 일본에서의 '辛夷'에 대한 인식

일본에서 출간된《연명·왕유전시집(淵明·王維全詩集)》이라는 책에서는 왕유의 그 〈신이오〉 시에 등장하는 '辛夷'에 대하여 다음과 같이 설명하고 있다.

일본식 이름으로는 '고부시(コブシ)'인데 큰키나무로 낙엽이 진다. 그것이 처음 필 때의 모양이 붓의 끝과 같아서 북방 사람들은 그것을 목필(木筆)이라고 하고, 그 꽃이 가장 먼저 피므로 남쪽 사람들은 그것을 영춘화(迎春花)라고 부른다.[120]

이 설명에는 일본인들이 생각하는 '辛夷'의 특성으로 나무의 성격과 꽃봉오리의 형태, 그리고 꽃이 피는 시기와 '고부시(コブシ)'라는 이름이 전부다. 그 꽃의 색상에 대한 정보는 나타나 있지 않다. 이에 대하여《대한화사전(大漢和辭典)》의 '辛夷'에 대한 해설은 이 책의 해설과 많은 공통분모를 가지면서도 꽃의 색상에 대한 언급이 있어서 주목되는 바가 있다.

'辛夷'는 갈잎큰키나무의 이름이다. '고부시(コブシ)'다. 산과 들에 자생하는데 여름에 봉오리가 생기고 다음해 봄 늦게 흰색의 큰 꽃을 피운다. 관상용으로 재배된다. 목필(木筆)이다.[121]

....

120 《淵明·王維全詩集》(釋 清潭 譯, 日本 東京: 日本圖書, 昭和 53년, 곧 1978년) 제544쪽: "辛夷, 和名「コブシ」喬木にて落葉す, 其初發の狀筆尖の如し, 北人呼んで木筆と爲し, 其の花最も早開なれば南人は呼んで迎春花と爲す."

121 《大漢和辭典(縮寫版)》[諸橋轍次, 日本 東京: 大修館書店, 昭和34년(1959년) 初판, 昭和43년(1968년) 縮寫版 제2쇄] 제10권 제1072쪽: "辛夷: 落葉喬木の名. こぶし. 山野に自生し, 夏蕾を生じ, 翌年の春末, 白色大形の花を開く. 觀賞用として栽培される. 木筆."

이 해설에 의하면 일본에서 생각하는 '辛夷'는 흰색의 꽃을 피우는 나무인 것을 알 수 있다. 그런데《대한화사전》보다 늦게 출간된《일본국어대사전(日本國語大辭典)》에서는 "(일본에서) '고부시(コブシ)'라고 일컫는 식물의 관용적인 중국식 이름"이라고만 하였다. 이 항목의 '보주(補注)'에서도 "정확하게는 목련의 중국식 이름"이라고만 하고 있다.[122] 이와 같이 일본 측의 '辛夷'에 대한 해설에만 의지해서는 일본인의 '辛夷'에 대한 인식을 정확하게 파악하기 어렵다. 정황상 'コブシ(고부시)'와 'モクレン(모쿠렌: 木蓮)'에 대한 일본인의 인식을 확인해야만 일본인들이 생각하는 '辛夷'의 정체가 좀 더 뚜렷하게 드러날 듯하다.

《일본국어대사전》의 'コブシ(고부시)'와 'モクレン(모쿠렌: 木蓮)'조의 해설은 각각 다음과 같다.

> 고부시(こぶし):【辛夷·拳】[名] 목련과의 갈잎큰키나무. 각지의 산지에서 자라고 관상용으로서 널리 재배된다. 높이는 6~9m. 잎은 잎자루를 가지고 있고, 잎몸은 길이가 약 10cm인 넓은 거꿀달걀꼴인데 끝은 돌출되어 뾰족하고 아랫부분은 쐐기꼴이다. 3~4월에 잎보다 앞서 많은 가지 끝에 하나씩 향기가 있는 흰 꽃이 피는데 그 아랫부분에는 각기 하나씩의 잎이 있다. 꽃잎은 길이가 약 10cm인 주걱 모양으로 약간 비틀린 6장이 있다. 꽃이 진 후 한쪽으로 치우친 긴 타원형으로 모인 열매를 맺는데, 나중에 쪼개져서 흰 실로써 붉은 종자를 늘어뜨린다. 목재는 기구와 건축용으로 쓴다. 꽃에서 향수를 만들고 나무껍질에서 고부시 기름을 얻는다. 꽃봉오리가 벌어지기 직전의 모양이 아이의 주먹을 닮은 것에서 이 이름이 있다. '신이'는 본래 목련의 중국식 이름이지만 관용적으로 쓰이고 있다.[123]

....

122 《日本國語大辭典(縮刷版)》(日本大辭典刊行會, 日本 東京: 小學館, 1980) 제6권 제122쪽: "しん-い[辛夷]植物 「こぶし(辛夷)」の慣用漢名." (補注): "正しくはモクレンの漢名."

123 위의 책 제4권 제1041쪽 'こぶし'조:【辛夷·拳】[名] モクレン科の落葉高木. 各地の山地に生え, 觀賞用とし

목련:【木蓮·木蘭】[名] 목련과의 갈잎작은키나무. 중국 원산으로 관상용으로 정원 등에 심어진다. 높이 2~4m. 잎은 잎자루를 가지고 있고 넓은 거꿀달걀꼴로서 길이는 10~15cm. 봄에 잎보다 먼저 짙은 홍자색으로 여섯 장의 큰 종 모양의 꽃이 핀다. 꽃잎은 거꿀달걀꼴의 긴 타원형이다. 열매는 달걀꼴의 긴 타원형인데 갈색을 띠고, 붉은 종자가 흰 실에 매달려 늘어진다. 일본식 이름은 '목란(木蘭)'의 발음에 의한다. 중국식 이름은 '신이(辛夷)'이고, '목란(木蘭)'은 과(科)의 중국식 이름이다. 자목련, 목련화, 목란, 무쿠란, 모쿠라니 (등의 이름으로도 불린다).**124**

한편 [위키피디아] 일본어판을 통해서도 'コブシ(고부시)'와 '목련'에 대한 일본 측의 정보를 검색할 수 있는데,《일본국어대사전》의 해설과는 다소 다른 점이 있다. 편의를 위해서 'コブシ(고부시)'의 경우 이것에 대한 총괄적인 해설과 '특징(特徵)'과 '산지(産地)' 두 항목에 실려 있는 내용을, 목련의 경우에는 총괄적인 해설과 함께 '원산지(原産地)'와 '형태(形態)' 두 항목에 실려 있는 내용을 검토해 보기로 한다.

....

て広く栽植される. 高さ六~九メートル. 葉は柄をもち, 葉身は長さ約10センチメートルの広倒卵形で, 先は突出してとがり基部はくさび形. 三~四月, 葉に先だって多數の枝先に一個ずつ芳香のある白い花が咲き, その基部にはしばしば一枚の葉がある. 花弁は長さ約10センチメートルのへら形でややねじれ六枚ある. 花後, 偏長楕圓形に集まった果實を結び, のち裂けて白い絲で赤い種子を垂下する. 材は器具·建築用. 花から香水をつくり, 樹皮から油をとる. 蕾(つぼみ)開く直前の形が子どものこぶしに似ているところからこの名がある. 「辛夷」は本來モクレンの漢名だが, 慣用的に用いられる."

124 위의 책 제10권 279쪽 'もくれん'조: "もくれん:【木蓮·木蘭】[名] モクレン科の落葉低木. 中國原産で觀賞用に庭などに栽植される. 高さ二~四メートル. 葉は柄をもち広倒卵形で長さ10~15センチメートル. 春, 葉に先だって暗紅紫色で六弁の大きな鐘形花が咲く. 花弁は倒卵狀長楕圓形. 果實は卵狀長楕圓形で褐色を帯び, 赤い種子が白い絲で垂れ下がる. 和名は「木蘭」の字音による. 漢名は辛夷で, 木蘭は科の漢名. しもくれん. もくれんげ. もくらん. むくらん. もくらに."

고부시(辛夷, 학명: *Magnolia kobus*)는 목련과 목련속의 갈잎넓은잎의 큰키나무다. 이른 봄에 다른 나무들에 앞서서 흰 꽃을 가지 가득히 피운다. 별명은 다우치사쿠라(田打ち桜)다.

특징: 열매는 집합과로서 주먹 모양으로 울퉁불퉁하다. 이 열매의 형태가 '고부시(コブシ)'라는 이름의 유래다. 키는 18m이고 줄기의 직경은 대개 60cm에 달한다. 3월부터 5월에 걸쳐서 가지 끝에 직경 6~10cm의 꽃을 피운다. 꽃은 순백색인데 기부에는 분홍색을 띤다. 꽃잎은 6장이다. 가지는 굵지만 쉽게 부러진다. 가지를 꺾으면 향기가 풍긴다. ……

산지: 규슈, 혼슈, 홋카이도 및 제주도에 분포한다. 고부시(コブシ)가 그대로 영문명과 학명으로 되어 있다. 일본에서는 '신이(辛夷)'라는 한자를 쓰고서 '고부시'라고 읽지만 중국에서 이 말은 목련을 가리킨다.[125]

목련[木蓮, 木蘭, *Magnolia quinquepeta* 또는 *Magnolia liliiflora*, 중국에서는 자옥란(紫玉兰)으로 표기하지만, 木蘭, 辛夷, 木筆, 望春, 女郎花로도 불린다]은 목련目 목련科 목련属의 갈잎작은키나무. 꽃이 보라색이므로 자목련(紫木蓮)이라는 별명도 있다. 당체화, 목련화로 불리는 일도 있다. 옛날에는

....

125 [위키피디아(일본어판)] '그ブシ'조: "그ブシ(辛夷, 学名 : *Magnolia kobus*) はモクレン科モクレン属の落葉広葉樹の高木. 早春に他の木―に先駆けて白い花を梢いっぱいに咲かせる. 別名「田打ち桜」.
特徴: 果実は集合果であり, にぎりこぶし状のデコボコがある. この果実の形状がコブシの名前の由来である. 高さは18m, 幹の直径は概ね60cmに達する. 3月から5月にかけて, 枝先に直径6-10cmの花を咲かせる. 花は純白で, 基部は桃色を帯びる. 花弁は6枚. 枝は太いが折れやすい. 枝を折ると, 芳香が湧出する. (アイヌ地方では「オマウクシニ」「オプケニ」と呼ばれる. それぞれ, アイヌの言葉で,「良い匂いを出す木」「放屁する木」という意味を持つ. 樹皮は煎じて茶の代わりや風邪薬として飲まれる. 果実は5-10cmで, 袋菓が結合して出来ており, 所々に瘤が隆起した長楕円形の形状を成している. 北海道のコブシは「キタコブシ」と呼ばれることもある. 遠くより見ると桜に似ていること, 花を咲かせる季節が桜より早いことから, ヒキザクラ, ヤチザクラ, シキザクラなどと呼ばれる. これらの呼称は北海道、松前地方を中心に使われる.)
産地: 九州, 本州, 北海道および済州島に分布.「コブシ」がそのまま英名·学名になっている. 日本では「辛夷」という漢字を当てて「コブシ」と読むが, 中国ではこの言葉は木蓮を指す."

목란(木蘭)으로 불렸던 적도 있는데, 이것은 꽃이 난초를 닮은 것에서 유래한다. 오늘날에는 난초보다도 연꽃을 닮았다고 하여 목련(木蓮)이라고 부르게 되었다.

원산지: 중국의 남서부(雲南省, 四川省)가 원산지다. 영어권에 소개되었을 때에 'Japanese magnolia'로 불렸기 때문에 일본이 원산지라고 오해되는 경우가 있다.

형태: 소형으로 수고(樹高)는 3~5m 정도. 잎은 어긋나고 넓은달걀꼴인데 길이는 8~10cm이고 끝은 뾰족하다. 꽃이 피는 시기는 봄(4~5월경)이다. 꽃은 짙은 붉은색에서 분홍색이며 꽃잎은 6장이고 꽃받침은 3장이다. 수술과 암술은 다수가 나선형으로 달린다. 좋은 강한 향기를 뿜는다. 백목련과는 다르게 꽃잎은 혀 모양으로 길다. 열매는 붉다.[126]

이와 같이 'コブシ(고부시)'와 'モクレン(모쿠렌: 木蓮)'에 대한《일본국어대사전》과 [위키피디아]의 해설을 비교해 보면 둘 사이에는 상당한 공통점과 함께 홀시할 수 없는 차이점도 발견된다. 가장 주목할 만한 공통점은 'コブシ(고부시)'는 흰색의 꽃을 피우고 'モクレン(木蓮)'은 보라색의 꽃을 피운다고 한 점이다. 그리고 'コブシ(고부시)'는 갈잎넓은잎큰키나무 곧 낙엽활엽교목(落葉闊葉喬木)인데 대하여 목련은 갈잎작은키나무 곧 낙엽활엽관목(落葉

....

126 [위키피디아(wikipedia)] 일본어판 'モクレン'조: "モクレン(木蓮, 木蘭, *Magnolia quinquepeta* もしくは *Magnolia liliiflora*, 中国では紫玉兰と表記するが木兰, 辛夷, 木笔, 望春, 女郎花とも呼ばれる.)は, モクレン目モクレン科モクレン属の落葉低木. 花が紫色であることから, シモクレン(紫木蓮)の別名もある. ハネズ, モクレンゲと呼ばれることもある. 昔は「木蘭(もくらん)」と呼ばれていたこともあるが, これは花がランに似ていることに由来する. 今日では, ランよりもハスの花に似ているとして「木蓮(もくれん)」と呼ばれるようになった. 原産地: 中国南西部(雲南省, 四川省)が原産地である. 英語圏に紹介された際, Japanese magnoliaと呼ばれたため, 日本が原産国だと誤解されている場合がある. 形態[編集]: 小型で樹高3-5m程度. 葉は互生で, 広卵型, 長さ8-10cm, 先は尖る. 花期は春(4-5月頃). 花は濃い紅色から桃色で, 花弁は6枚, がくは3枚, 雌しべと雄しべは多数が螺旋状につく. 上品な強い芳香を放つ. ハクモクレンとは異なり, 花びらは舌状で長い. 実は赤い."

闊葉灌木)[127]이라고 한 점도 서로 일치한다. 그러므로 일본에서 인식하는 'コブ シ(고부시)'의 기본적인 특징은 흰색의 꽃을 피우는 낙엽활엽교목이고, 'モク レン (모쿠렌: 木蓮)'은 보라색의 꽃을 피우는 낙엽활엽관목으로 정리될 수 있 다. 그러므로 일본에서는 'コブシ(고부시)'와 'モクレン(모쿠렌: 木蓮)'을 기본적 으로 다른 물종으로 인식한다고 할 수 있다.

두 사전의 해설에서 눈에 띄게 차이가 나는 점은 '주먹'이라는 뜻을 가진 'コブシ(고부시)'라는 이름의 유래에 관한 설명이다. 《일본국어대사전》에서는 "꽃봉오리가 벌어지기 직전의 모양이 아이의 주먹을 닮은 것에서 이 이름이 있다."라고 한 데 대하여 [위키피디아]에서는 "열매는 집합과로서 주먹 모양으 로 울퉁불퉁하다. 이 열매의 형태가 '고부시(コブシ)'라는 이름의 유래다."라고 명칭의 유래에 대하여 서로 다른 근거를 제시하고 있는 것을 확인할 수 있다.

'コブシ(고부시)'에 대해서 《일본국어대사전》에서는 단순히 흰 꽃을 피운 다고 했으나 [위키피디아]에서는 흰 꽃이되 기부 곧 아랫부분이 약간 분홍색 을 띤다고 한 점에서도 두 사전의 해설의 차이를 확인할 수 있다. [위키피디 아]는 꽃의 미세한 특징까지 언급한 데 대하여 《일본국어대사전》에서는 다 소 소략하게 기술하였으나 두 사전이 해설하는 대상 식물은 같은 것일 수도 있다. 그러나 이른바 목련의 범주에 드는 꽃 중에는 순백색의 꽃을 피우는 것 도 있기 때문에 두 사전이 공통으로 'コブシ(고부시)'라고 일컫는 식물이 실상 은 다른 것일 수도 있어서 논란의 여지는 남아 있다.

이상과 같은 검토를 종합해 보면 일본에서는 '辛夷'를 'コブシ(고부시)'라 고 읽고, 그것을 낙엽활엽교목으로서 흰 꽃이 피는 목련의 한 종류를 가리키 는 이름으로 인식하고 있음을 알 수 있다. 그리고 그것은 그대로 국제적으로

....

127 '낙엽활엽저목(落葉闊葉低木)'이라는 일본어적인 표현을 우리에게 익숙한 '낙엽활엽관목(落葉闊葉灌木)' 으로 바꾸었음.

통용되어 '*Magnolia kobus*'라는 학명으로 정착되었다는 사실도 확인할 수 있다. 그렇다면 일본에서 '辛夷'라고 부르는 식물의 꽃은 전체적으로 흰빛이지만 꽃의 아랫부분에는 약간 붉은빛을 띠는 것이라고 판단할 수 있다. 그런 특징을 갖춘 꽃이 '*Magnolia kobus*'라는 학명으로 지칭되는 식물의 꽃이기 때문이다.

4) '辛夷'의 정체

지금까지 검토한 내용을 종합해 보면 '辛夷'라는 식물명에 대한 한·중·일 삼국의 인식에는 상당한 차이가 있음을 알 수 있다. 한국에서는 흰 꽃이 피는 목련 곧 백목련(白木蓮)이라고 하는 설이 유력하다. 그것은 방금 살펴본 '辛夷'에 대한 일본 측의 인식과 큰 차이가 없다. 중국에서 출간된 사전 중에서 《중문대사전》도 이와 같은 관점을 표명하고 있음이 확인되고 있다. 그러므로 "보라색 꽃봉오리에 붉은빛을 띤" 꽃을 피운다고 한 《한어대사전》의 해설을 예외로 친다면 '辛夷'를 '흰색의 꽃이 피는 목련' 또는 '백목련'으로 보는 것이 동양 삼국의 일치된 관점이라고 할 수 있을 듯하다.

그런데 이 글의 논지 전개의 출발점이 된 왕유의 시 〈신이오〉의 둘째 구에서는 분명히 "산중발홍악(山中發紅萼)"이라고 하여 이 '辛夷'가 붉은색 계통의 꽃을 피운다고 하였다. 그런데도 불구하고 한국과 일본의 이 시에 대한 해설에서는 '辛夷'라는 식물이 피우는 꽃의 색깔을 특별히 언급하지 않았다. '辛夷'라는 식물이 흰색의 꽃을 피운다고 알고 있었을 가능성이 농후한 한국과 일본의 해설자들은 자신들의 '辛夷'에 대한 이해와 시의 내용 사이에서 발생하는 괴리를 고의로 눈감은 것이라고 의심할 만하다. 물론 좋게 해석하여 꽃의 색상은 '辛夷'의 정체를 특정하는 데에 큰 의미가 없다고 생각한 결과라고 생각할 수도 있다. 그러나 지금까지 논의한 것처럼 '辛夷'의 정체 판별에서 그 꽃의 색깔이 중요한 의미를 가지는 것이 분명하다면, '辛夷'를 '흰 꽃을 피우는 목련'으로 여기는 동양 삼국의 공통된 견해는 재고의 여지가 있다고 할 것이다.

　다만 한 가지 《한어대사전》의 '辛夷'에 대한 해설만은 왕유의 시 〈신이오〉에 등장하는 '辛夷'의 특징과 부합한다. 그래서 도리어 《한어대사전》의 '辛夷'에 대한 해설이 유별난 것처럼 보인다. 그런데 '辛夷'에 대한 일본 측의 해설을 눈여겨보면 그 말미에 뜻밖의 반전이 숨어 있는 것을 확인할 수 있다. 《일본국어대사전》의 'コブシ(고부시)' 조에서 "'신이'는 본래 목련의 중국식 이름이지만 관용적으로 쓰이고 있다."라고 한 것과 [위키피디아]의 'コブシ(고부시)' 조에서 "일본에서는 '辛夷'라는 한자를 쓰고서 '고부시'라고 읽지만 중국에서는 이 말은 목련을 가리킨다."라고 한 것이 바로 그것이다.

　일본에서는 흰 꽃을 피우는 목련과(木蓮科)의 나무의 이름을 관행적으로 '辛夷'라고 적고 그것을 'コブシ(고부시)'라고 읽지만, 중국에서는 '辛夷'가 '목련(木蓮)' 곧 '붉은 꽃을 피우는 목련과의 나무'를 가리킨다는 사실을 알고 있다는 것을 표명한 것이다. 일본의 '辛夷'는 흰 꽃을 피우는 식물이지만 중국의 '辛夷'는 붉은색 계통의 꽃을 피우는 식물을 가리키는 말이라는 것이다. 그렇다면 일본 측의 '辛夷'에 대한 인식은 궁극적으로 《한어대사전》의 관점과 다르지 않은 것이 된다. 중국 문헌에 등장하는 '辛夷'는 '붉은색의 꽃을 피우는 목련과의 식물'이라는 데에 중국과 일본이 인식을 같이 하고 있는 것이다. 그렇다면 유독 한국에서만 대부분이 '辛夷'를 '흰 꽃을 피우는 목련의 한 종류'라고 인식하고 있는 것이 된다. 한국식 개념으로 표현하자면 중국 문헌에 등장하는 '辛夷'를 중국과 일본에서는 자목련의 한 종류로 인식하지만 한국에서는 대부분 백목련의 한 종류로 인식한다는 말이 된다. 중국 문헌에 등장하는 '辛夷'에 대한 한국에서의 이해에 문제가 있다는 말이다.

그림 11.1 신이(자목련)의 꽃(중국 항주에서 저자 촬영)

그림 11.2 글에서 논한 백목련의 특징이 잘 드러나 있는 백목련(홍릉수목원에서 저자 촬영)

5) 辛夷와 개나리

앞에서 '辛夷'에 대한 한국 사전의 해설을 검토할 때, "개나리의 잘못된 말"이라고 하여 부정되기는 했으나, '辛夷'를 개나리와 관련시키는 것을 본 적 있다. 이희승의 《국어대사전》과 장삼식의 《대한한사전》에서 그렇게 해설하였고,

손종섭의《노래로 읽는 당시》에서도 그런 취지의 해설을 한 주를 본 바 있다.

이렇게 '辛夷'를 개나리의 이칭으로 보는 관점이 부정되기는 하지만, 최근에 간행된 식물학 전문서적에서도 개나리의 한자명이 '辛夷'라고 하는 것이 있다.[128] 인터넷에서 검색되는 자료에도 개나리의 이칭(異稱)으로 '신이화'를 기재한 것이 있는 것을 볼 수 있다.[129] '辛夷'를 개나리의 이칭으로 보는 관점은 아직까지도 그 힘을 잃지 않고 있는 것이다. 필자도 학창 시절에 접한 적이 있는 이 '辛夷는 개나리'라는 정보의 생성 배경에는 어떤 까닭이 있는 것이 분명하다.

1880년에 간행되었던《한불ᄌᆞ뎐(韓佛字典)》의 '신이화'조에는 한자로는 '莘荑花'로 쓰고, 그 풀이로 "개나리, 어셔리"를 제시하고 있다.[130] 이것은 '辛夷' 또는 '莘荑'가 '개나리'로 인식되는 데에는 어떤 연유가 있다는 것을 시사하는 정보라고 할 수 있다. 지금까지 여러 문헌을 검토한 바에 의하면, '辛夷'라고 불리는 식물의 꽃이 이른 봄에 핀다고 하여 '영춘화(迎春花)'로도 불렸는데, 한국에서 '영춘화'가 개나리로 오해됨으로 해서 생긴 현상일 수도 있다고 생각된다. 영춘화와 개나리의 관계에 관한 것은 '13 영춘화' 절에서 논하기로 한다.

....

128 《한국식물생태보감1》(김종원 저, 서울: 자연과생태, 2015) 제1086쪽: "봄의 전령사 영춘화(迎春化)로 알려진 지금 개나리의 본래 최초 한글명은 개나리가 아니다. 한자명은 신이(辛夷)이고, 한글명은 ……." 본문 중의 '迎春化'는 '迎春花'의 잘못으로 생각된다.

129 [네이버 지식백과]《한국민족문화대백과》'개나리'조 참조.

130 《한불자전》(서울: 國學資料院, 1995. 1880년 요코하마에서 출간된 ≪한불ᄌᆞ뎐(韓佛字典)≫의 영인본) 제418쪽: "신이화, 莘荑花. ᄀᆡ나리, 어셔리."

I 2

木蓮 목련

▶ 낙엽수 한국 목련 아닌 상록수 중국 목련

앞에서 '辛夷(신이)'에 대하여 논의하면서 거기서 인용한 한국의 문헌은 모두 신이를 백목련으로 인식하고 있음에도 '한국에서는 대부분 백목련의 한 종류로 인식한다'고 하여 예외의 존재 가능성을 열어 놓았다. 그것은 한국에 서도 신이를 자목련의 일종으로 인식하는 경우가 있기 때문이다. 바로《한한 대사전(漢韓大辭典)》이 그 경우다. 이 사전에서는 '辛夷'에 대하여 이렇게 해설 하고 있다.

> 자목련(紫木蓮). 목련과의 낙엽 교목. 3·4월에 종 모양의 자주색 꽃이 잎보 다 먼저 핀다.[131]

한국의 사전류로서는 보기 드물게 앞 '辛夷'조에서 본 바 있는《한어대사 전(漢語大詞典)》과 같은 취지의 해설을 하고 있다. 한국에서도 근래에 '辛夷'에 대한 인식에 변화가 생겼다는 의미로 볼 수 있을 듯하다. 그렇지만 이러한 변 화를 한국 학계의 학문적 충실화의 한 가지 증표로 보기에는 아쉬운 점이 있

....
131 《漢韓大辭典(13)》(단국대학교 부설 동양학연구소 편, 용인: 단국대학교출판부, 2008) 제760쪽.

다. 이《한한대사전》의 '木蓮(목련)'에 대한 해설 때문이다.《한한대사전》에서는 '木蓮'에 대해서 이렇게 해설하고 있다.

> 상록 교목. 잎은 타원형이고 꽃은 연꽃 모양이며, 열매는 둥근 모양에 붉은 빛깔을 띈다. 속명 황심수(黃心樹). 木饅頭.[132]

'목련'에 대한 해설의 첫머리가 '상록 교목'으로 시작한다. 그러나 한국에서 '목련'이라는 이름이 붙는 여러 가지 식물 중에 상록 교목은 없다. 교목의 목련은 있어도 상록의 목련은 없다. 혹시 하는 마음으로《한어대사전》의 '木蓮'조를 살펴보기로 한다.

> ①상록교목. 잎은 장타원상의 피침형인데, 꽃은 연꽃 같고, 열매는 구형이며 익을 때에는 자색이 된다. 속칭 '황심수'라고 한다. ②부용의 별칭 ③곧 벽려(뽕나무과의 덩굴성 식물)다.[133]

과연 중국에는 '상록수인 목련'이 있다고 한다. 그리고 '木蓮은 상록 교목'이라고 하였던《한한대사전》의 '木蓮'에 대한 해설은 중국에서 출간된《한어대사전》의 '木蓮'에 대한 해설과 대동소이한 것임을 확인할 수 있다.

한국에는 잘 알려져 있지 않지만 중국의 목련은 시의 제재로도 사용되었다. 당나라 시인 백거이(白居易)의 시 제목만 해도 '木蓮'을 언급한 것이 두 개

....

132 《漢韓大辭典(6)》(단국대학교 부설 동양학연구소 편, 서울: 단국대학교출판부, 2003) 제1065쪽("붉은 빛깔을 띈다"의 '띈다'는 '띤다'의 잘못으로 보아야 할 듯하다).

133 《漢語大詞典(제4권)》(漢語大詞典編輯委員會漢語大詞典編纂處, 上海: 漢語大詞典出版社, 1994) 제676~677쪽: '木蓮': "①常綠喬木. 葉子長橢圓狀披針形, 花如蓮, 果穗球形, 成熟時紫色. 俗稱黃心樹. ②木芙蓉的別稱 ③卽薜荔."

있다. 하나는 〈목련수도병서삼수(木蓮樹圖幷序三首)〉이고, 또 다른 하나는 〈화목련화도기원랑중(畵木蓮花圖寄元郎中)〉이다. 그러므로 도합 4수가 비록 그림에 있는 것이기는 하나 '木蓮'을 읊은 것이 된다. 이 네 수의 시는 여러 고운 꽃들에 비유하여 '木蓮'꽃을 묘사하고 있지만, 그것만으로는 그 목련의 특징이 선명하게 파악되지 않는다. 대신 〈목련수도병서삼수〉의 서문 중에 기술되어 있는 이 목련의 생태적 특징이 비교적 자세하다.

목련나무는 파협(巴峽)의 산골짜기 사이에서 자라는데 그 지역 사람들은 그것을 '황심수(黃心樹)'라고도 부른다. 큰 것은 높이가 5장(丈)에 이르는데, 겨울이 되어도 잎이 시들지 않는다. 몸통은 청양(버드나무의 일종)같이 흰 무늬가 있으며, 잎은 계수나무처럼 두껍고 크지만 잎맥[134]이 없다. 꽃은 연꽃 같은데 향기와 색깔이 고운 것이 모두 같지만 꽃술 부분만은 다르다. 4월 초에 피기 시작하는데, 피어서 지기까지 20일밖에 안 된다. 충주(忠州) 서북쪽 10리쯤에 명옥계(鳴玉谿)가 있는데, 거기에서 자라는 것은 무성하여 더욱 뛰어나다. 원화(元和) 14년 여름에 도사 무구원지(毋丘元志)에게 그리게 하였는데, 그것이 멀고 구석진 곳에 있는 것을 안타깝게 생각하다가 절구 세 수를 쓴다.[135]

이 서문은 백거이가 언급한 목련이 어떤 식물인지를 파악하는 데에 도움을 준다. 목련의 특성으로서 겨울에도 잎이 지지 않는다는 것과 '황심수'라는

....

134 원문의 '脊'자를 이렇게 번역했는데, 가운데 주맥 이외에는 葉脈이 선명하지 않은 木蓮 잎의 특성을 지적한 것이라고 생각하였다.

135 《白樂天全詩集(第二卷)》(佐久 節 역, 日本 東京: 日本圖書センター, 昭和53年 곧 1978년) 제781~782쪽: "木蓮樹生巴峽山谷間, 巴民亦呼爲黃心樹. 大者高五丈, 涉冬不凋. 身如靑楊有白文, 葉如桂, 厚大無脊. 花如蓮, 香色艶膩皆同, 獨房蕊有異. 四月初始開, 自開迨謝僅二十日. 忠州西北十里有鳴玉谿, 生者穠茂尤異. 元和十四年夏, 命道士毋丘元志寫, 惜其退僻, 因題三絶句云."(句讀는 필자가 파악한 문맥에 따라 베풀었음.)

별명이 있다고 한 것이 중요한 포인트다. 그것은《한어대사전》과《한한대사전》에서 강조하는 목련의 특성이기도 하다. 여기서《한어대사전》과《한한대사전》의 목련에 대한 해설은 근현대에 들어서 새로운 내용을 보충한 것이 아니라 오랜 세월 동안 전래되어 온 정보를 그대로 반영한 것임을 알 수 있다.

이와 같이 중국에는 한국과는 달리 상록수의 목련이 존재한다. 중국의《한어대사전》의 '木蓮'에 대한 해설은 중국에서의 '木蓮'의 특성을 제대로 반영한 것이라는 사실이 확인된 것이다. 그렇지만 한국의《한한대사전》의 '목련'에 대한 해설은 문제가 있다. 한국의 기존 인식과 크게 차이가 나는 해설을 하면서도 그 까닭을 설명하지 않았기 때문이다. 목련이라고 불리는 나무는 주위에 흔하지만 그중에 상록수인 것을 본 적이 없는 한국 사람에게 목련을 상록수라고 설명한다면 수긍하기 힘들다.

중국의 그 목련은 양자강(揚子江) 이남에서 주로 자라는 식물로서 우리나라에서는 자라기 힘들다. 그래서 그 나무는 한국 사람들에게 생소할 수밖에 없다. 그래서《한한대사전》의 '木蓮'에 대한 해설은 한국의 그러한 현실과 무관하게《한어대사전》의 내용을 맹목적으로 추종한 것이거나 기계적으로 번역한 것이라고 의심받을 여지가 충분하다.《한한대사전》이 겨냥한 독자층이 중국인이 아니라 한국인인 것이 분명하다면 한국에서 '木蓮'이라고 불리는 식물과 중국에서 '木蓮'이라고 불리는 식물은 어떻게 다른지에 대한 언급이 있었어야 했다. 어쨌든 한국 사람들이 중국 고전문학에서 '木蓮'이라는 말을 발견하고 한국에서 '목련'으로 불리는 식물을 연상한다면 오류를 범하게 된다는 사실을 새롭게 확인하게 된다.

이상과 같은 논의를 통해서 한국에서 흔히 쓰는 '목련'이라는 말이 지칭하는 식물은 같은 한자문화권에 속하는 중국과 일본의 그것과 다르다는 사실도 알게 되었다. 한국에서는 소위 '목련' 종류에 속하는 모든 나무를 통칭하는 이름으로 '목련'이라는 말을 쓰지만, 중국에서는 한국에서는 자라지 않는 상

그림 12.1 중국 목련의 꽃 모양
(중국 항주 절강대학교 자금항
캠퍼스에서 저자 촬영)

그림 12.2 중국 목련의 나무 모습(중국 항주 절강대학교 자금항캠퍼스에서 저자 촬영)

록수의 한 종류를 가리키는 말로 쓰고, 일본에서는 붉은 꽃을 피우는 목련과의 식물로서 한국에서 '자목련'이라고 부르는 식물을 가리킨다는 것이다. 그러므로 중국문학 작품에서 '木蓮'이라는 말을 직접 만날 때뿐만이 아니라 중국문학을 번역한 일본의 문헌에서 '木蓮'이라는 말을 만날 때에도 섣불리 한국에서 흔히 말하는 목련을 연상하는 것을 삼가고, 그것이 과연 어떤 식물을 가리키는 것인지 잘 살펴보아야 할 것이다.

I3

迎春花 영춘화

▶ 개나리 아닌 녹색 줄기의 덩굴성 나무(의 꽃)

한국에는 迎春花(영춘화)를 개나리의 한자말이라고 생각하는 경향이 있다. 이희승이 편집 또는 감수한 것으로 되어 있는《국어사전》에서는 '迎春花'를 "개나리" 또는 "'개나리'를 달리 이르는 말"이라고 하였고,[136] 고려대학교 민족문화연구원에서 출간한《중한사전(中韓辭典)》에서도 '영춘화'로 새길 뿐만 아니라 '속어(俗語)'로서 '개나리'를 가리키는 말로 쓰인다고 하였다.[137] 속어로서 '개나리'라는 뜻으로 쓰인다고 한 것은 중국인들이 '迎春花'라는 말로써 한국에서 '개나리'라고 부르는 식물을 가리키기도 한다는 말인지, 아니면 한국 사람들이 일반적으로 '迎春花'라는 말을 개나리로 인식하고 있다는 말인지 분명하지 않다. 그렇지만 '迎春花'라는 말과 '개나리'라는 말이 상당히 밀접한 관계가 있는 것은 분명하다.

최근에 간행된 한국 식물 전문서적에서도 한국에서 '迎春花'로 불리기도

....

136 《국어대사전》(이희승 편, 서울: 민중서관, 1961) 제2067쪽: "영춘(迎春): ①봄을 맞이함. ②개나리."
《엣센스 국어사전》(이희승 감수, 민중서림 편집국 편, 서울: 민중서림, 1974년 초판, 2002년 제5판 제3쇄) 제1667쪽: "영춘(迎春): ①봄을 맞이함. ②'개나리'를 달리 이르는 말."

137 《中韓辭典》(고대민족문화연구원 중국어대사전편찬실, 서울: 고려대학교 민족문화연구원, 2007) 제2438쪽: "迎春花: 〈植〉①영춘화. ②(俗)개나리. ③옥란, 백목련."

그림 13.1 개나리(서울 소재 아파트단지 주변에서 저자 촬영)

한다고 한 개나리[138]는 매우 흔한 식물이다. 개나리는 약간의 덩굴성이 있는
식물로서 줄기는 회색 또는 회갈색을 띠고, 이른 봄에 잎보다 먼저 노란색으
로 피는 꽃은 네 갈래로 갈라져 있다.

　　한국에서 개나리로 인식되기도 하는 '迎春花'를 제재로 노래한 작품이 중
국고전시가 중에 더러 보이는데, 영춘화라는 식물을 가장 실감나게 묘사한
작품은 아마 다음과 같은 시일 것이다.

　　覆闌纖弱綠條長(복란섬약녹조장),

　　　　　　난간을 덮고 있는 가늘고 여린 녹색 가지가 길고,

　　帶雪沖寒折嫩黃(대설충한절눈황),

....

138　《한국식물생태보감1》(김종원 저, 서울: 자연과생태, 2015) 제1086쪽: "봄의 전령사 영춘화(迎春化)로
　　알려진 지금 개나리의 본래 최초 한글명은 개나리가 아니다." 이 문장의 괄호 안에 들어 있는 '迎春化'
　　는 '迎春花'의 오타인 것이 분명하다.

눈을 이고 추위를 이기며 부드러운 노란색이 휘어 있네.

迎得春來非自足(영득춘래비자족),

봄을 맞이해와 자신만 만족하지 않고,

百花千卉共芬芳(백화천훼공분방),

온갖 꽃들과 함께 향기롭네.

송나라 사람 한기(韓琦, 1008~1075)의 〈영춘(迎春)〉 또는 〈영춘화(迎春花)〉라는 작품이다. 여기서 묘사하는 영춘화의 외관상의 특징은 가늘고 길게 뻗는 녹색의 가지와 노란색으로 피는 꽃에 있다고 할 수 있다. 그리고 꽃이 피는 시기는 이른 봄이라서 눈 내리는 추위를 무릅쓰기도 하지만, 이 꽃이 피면 잇달아 많은 봄꽃이 함께 피어난다는 것도 알 수 있다. 이 영춘화를 난간 주위에 심어 그 가지와 꽃이 난간을 덮게 하여 장식용으로 활용하며 감상한다는 정보도 얻을 수 있다. 덩굴성이 강하다는 말이다.

이 영춘화의 특징 중 몇 가지는 개나리의 성격에 부합하지만, 몇 가지는 개나리의 특징이라고 하기에 무리가 있다. 이른 봄에 추위를 무릅쓰고 노란색 꽃을 피운다는 말은 앞에서 말한 개나리의 특징에 부합하지만, 녹색의 줄기는 앞의 사진에서도 보다시피 개나리의 특징이라고 할 수 없다. 개나리가 약간의 덩굴성은 있지만, 난간이 덮이도록 늘어뜨릴 정도는 아니라는 점도 위의 시에서 강조하는 덩굴성과는 거리가 있다.

〈그림 13.2〉에 보이는 식물이 바로 영춘화다. 덩굴성의 줄기에 달린 노란색 꽃이 개나리와 유사하나, 자세히 보면 영춘화의 가지는 녹색이고 그 가지의 덩굴성도 개나리보다 현저히 크다. 바로 한기의 〈영춘화〉에서 읊은 그대로다. 그 꽃의 모습이 비슷하여 서로 혼동하기도 하지만, 이와 같이 迎春花(*Jasminum nudiflorum* Lindl.)와 개나리(*Forsythia koreana*)는 전혀 다른 식물이다.

그림 13.2 영춘화(서울 홍릉수목원에서 저자 촬영)

　사실 좀 더 자세히 살펴보면 영춘화와 개나리의 차이점은 더 있다. 영춘화의 가지가 모가 나 있는 것에 비하여 개나리는 둥근 편이고, 개나리의 꽃이 네 갈래로 갈라지는 것과는 달리 영춘화의 꽃은 여섯 갈래로 나누어지는 것도 서로 크게 다른 점이다. 그럼에도 꽃의 색깔과 크기 및 나무의 대략적인 형태가 유사한 점에 근거하여 영춘화를 개나리로 오인한 것은 한국에는 영춘화가 잘 자라지 않아 옛날에는 그것을 보기 힘들었기 때문일 것이다.

14

梧桐 오동

▶ 오동나무 아닌 벽오동

梧桐(오동)은 중국문학에서 출현빈도가 상당히 높은 식물로서 흔히 시가의 소재가 된다. 만당시대 온정균(溫庭筠)의 사(詞) 〈경루자(更漏子)〉에도 오동이 등장하는데, 이 작품이 역대로 인구에 회자되는 명작인 까닭에 그 오동의 이미지도 많은 사람들에게 깊은 인상을 남긴다.

玉爐香(옥로향),	옥 향로에 향기 피어나고,
紅蠟淚(홍랍루).	붉은 초는 눈물 흘리며,
偏照畫堂秋思(편조화당추사).	가을의 우수 가득한 고운 대청을 비춘다.
眉翠薄(미취박),	눈썹은 예쁘고 얇은데,
鬢雲殘(빈운잔).	귀밑머리는 흐트러져 있고,
夜長衾枕寒(야장금침한).	밤은 길어도 이불과 베개는 차갑네.
梧桐樹(오동수),	오동나무에,
三更雨(삼경우),	삼경의 비가 오니,
不道離情正苦(부도리정정고).	이별의 심정이 정말 괴롭다 말하지 않는다.
一葉葉(일엽엽),	잎사귀 하나하나에,
一聲聲(일성성),	울리는 소리들,

空階滴到明(공계적도명).　　　　　　빈 계단에 날이 밝도록 떨어지네.

　작품의 후반부를 지배하는 주요 소재로서의 역할을 하고 있는 이 오동은 한국말로 번역할 때에도 '오동'이라고 새기는 것이 자연스럽게 보인다. 한국에도 오동이라는 식물이 있고, 그 식물의 넓은 잎은 위 작품의 내용과도 잘 어울릴 것이라고 생각되기 때문이다. 실제로 중국문학 속의 梧桐을 별다른 해설 없이 오동(나무)으로 옮긴 경우가 있다.

登高望四海(등고망사해),	높은 산에 올라 사해를 바라보니,
天地何漫漫(천지하만만).	천지가 어찌나 아득한지.
霜被群物秋(상피군물추),	서리 덮인 만물은 가을을 알리고,
風飄大荒寒(풍표대황한).	회오리바람 불어 대지가 차갑구나.
榮華東流水(영화동류수),	영화는 동쪽으로 흐르는 물과 같고,
萬事皆波瀾(만사개파란).	만사는 돌아오지 않는 물결 같도다.
白日掩徂輝(백일엄조휘),	밝은 해 가려져 광채도 지는 듯
浮雲無定端(부운무정단).	뜬구름은 바른 자리 찾지 못하네.
梧桐巢燕雀(오동소연작),	오동나무에 연작이 깃들이고
枳棘棲鴛鸞(지극서원란).	가시나무에는 원앙과 난새가 머무르네
且復歸去來(차부귀거래),	다시 돌아가려 하노니
劍歌行路難(검가행로난).	검 두드리며 〈행로난〉노래 부르리라.[139]

　바로 이백의 연작시 〈고풍(古風)〉의 제39수를 번역한 것인데, 이 시에 등장하는 '梧桐'을 '오동나무'로 새기고 있음을 볼 수 있다. 그리고 이 '梧桐'에

....

139 《이태백 명시문 선집》(황선재 역주, 서울: 박이정, 2013) 제45쪽에서 전재.

대하여 별다른 해설을 하지 않은 것으로 보아 이 '梧桐'을 한국에서 '오동(나무)'이라고 하는 나무와 동일시하고 있다는 것을 짐작할 수 있다.

중국의 시가에 등장하는 梧桐의 분위기는 우리가 흔히 알고 있는 오동나무와 별로 다른 것이 없어 보인다. 그래서 중국문학에 등장하는 梧桐은 한국에서 오동나무라 일컬어지는 그 식물일 가능성이 높을 것이라 생각할 수 있다. 그렇지만 같은 이름으로 다른 식물을 지칭하는 경우가 적지 않았던 경험에 비추어 보면 그런 추론의 진실 여부도 확인해 볼 필요가 있다.

《두산세계대백과사전》의 '오동나무'조에는 다음과 같은 이창복의 글이 실려 있다.

Paulownia coreana 현삼과의 낙엽교목. 촌락 근처에 심는다. 높이 15m에 달한다. 잎은 마주나고 난상 원형 또는 아원형이지만 흔히 오각형으로 끝이 뾰족하며 밑은 심장저이고 길이 15~23cm, 나비 12~19cm로서 표면에 털이 거의 없다. 뒷면에 갈색 성모(星毛)가 있으며 가장자리에 톱니가 없다. 그러나 맹아(萌芽)에는 톱니가 있고 잎자루는 길이 9~21cm로서 잔털이 있다. 꽃은 5~6월에 피고 가지 끝의 원추꽃차례에 달리며 꽃받침은 5개로 갈라진다. 갈래조각은 긴 난형이며 끝이 뾰족하고 서기도 하고 퍼지기도 하고 양면에 잔털이 있다. 화관은 길이 6cm로서 자주색이지만 후부(喉部)는 황색이고 내외부에 성모와 선모(腺毛)가 있다. 2강수술은 털이 없고 씨방은 난형으로서 털이 있다. 열매는 난형이고 끝이 뾰족하며 털이 없고 길이 3cm로서 10월에 익는다. 목재는 장롱·상자·악기 등을 만든다. 한국 특산종으로 평남·경기 이남에 분포한다.[140]

....

140 《두산세계대백과사전》(두산동아백과사전연구소 편, 서울: 두산동아, 1996년 초판, 1998년 재판) 제19권 제260쪽.

오동나무에 대한 해설 중 첫머리의 'Paulownia coreana'라는 학명이 먼저 눈길을 끈다. 오동나무의 학명을 구성하는 'coreana'라는 말은 이 식물이 한국 특산종일 가능성을 강력하게 시사하는데, 과연 해설문의 끝에서 '한국 특산종'이라는 말을 발견할 수 있다. 그렇다면 중국에서는 오동나무를 어떻게 설명하고 있는지 《두산세계대백과사전》의 해설과 대비해서 확인할 필요가 있다.

중국에서 출간된 《한어대사전(漢語大詞典)》의 '梧桐'조에는 "나무 이름. 낙엽교목. 종자는 먹을 수 있다. 또 기름을 짤 수도 있다. 비누를 만들거나 윤활유를 만드는 데에 사용된다. 목질이 가볍고 질겨서 가구 및 악기를 만들 수 있다. 고대에는 봉황이 머무는 나무라고 생각하였다."[141]라고 한 간략한 해설과 역대 문헌에서의 용례만을 싣고 있어서 그 정체를 정확하게 파악하기 어렵다. 다행히 [바이두백과]에서 검색되는 중국 梧桐(나무)의 특징은 다음과 같이 비교적 자세하게 설명되어 있다. 개요 부분의 중요한 내용을 소개한다.

오동나무(오동나무과 오동나무속의 식물)
오동나무다. '중국오동'은 오동나무과 오동나무속의 식물로서 영문명은 'Phoenix Tree'이고 별명은 '청동(青桐)' 또는 '동마(桐麻)'라고 하는데 역시 낙엽대교목에 속한다. 높이는 15m에 달하며 나무줄기는 곧고 나무껍질은 녹색이고 매끈하다. 원산지는 중국으로 남북의 각 성에서 모두 재배하는데 보통의 가로수 및 정원녹화용의 관상수이기도 하다. …… 오동나무는 생장이 빠르고 목재는 악기를 만드는 데에 적합하다. 나무껍질은 종이를 만들거나 노끈을 만드는 데에 쓸 수 있고, 종자는 식용하거나 기름을 짤 수 있다. 그

....
141 《漢語大詞典(제4권)》(漢語大詞典編輯委員會漢語大詞典編纂處, 上海: 漢語大詞典出版社, 1994) 제1035쪽:
"木名. 落葉喬木. 種子可食. 亦可榨油. 供制皂或潤滑油用. 木質輕而韌, 可制家具及樂器. 古代以爲是鳳凰棲止之木."

나무줄기가 매끈하며 잎이 크고 아름답기 때문에 저명한 관상수종이다. 중국의 고대 전설에 봉황은 "오동나무가 아니면 깃들지 않는다."고 하였다. 많은 전설 중의 옛 거문고는 모두 오동나무로 만들었기에 오동나무는 중국문화에 중요한 작용을 한다.[142]

중국에서 '청동(靑桐)'을 오동나무의 별칭으로 쓴다는 대목이 우선 눈에 띄는데, 여기에서 중국의 梧桐과 한국의 오동이 다를 수 있는 가능성이 감지된다. "나무줄기는 곧고 나무껍질은 녹색이고 매끈하다"는 해설에 이르면 중국의 梧桐이 한국의 오동나무와 다를 가능성이 더 짙어진다. 사실 이 해설 아래에 간략하게 정리되어 있는 부분에는 '중국의 학명은 梧桐'이고, '라틴 학명은 *Firmiana platanifolia*'라는 사실이 기재되어 있다. 그리고 그 아래의 '형태특징(形態特徵)' 항목의 첫머리는 "오동나무는 낙엽교목으로 높이는 15m에 이른다. 나뭇잎은 청록색으로 매끄럽다. 잎은 심장 모양을 나타내는데, 손바닥 모양으로 3~5개로 갈라지고 ……"[143]로 시작한다. 그런데 이런 특징을 가진 식물을 한국에서는 벽오동(碧梧桐)이라고 하며 오동나무와 구분한다.

사실 한국의 오동나무를 나타내는 학명 중의 속명(屬名)에 해당하는 'Paulownia'는 한국에서 '오동나무'라고 하는 식물을 가리키고, 중국에서 '梧桐'이라고 하는 식물의 학명 중의 속명 'Firmiana'는 한국에서 벽오동이라고

....

142 "梧桐樹(梧桐科梧桐屬植物) 梧桐樹, '中國梧桐'是梧桐科梧桐屬的植物, 英文名爲Phoenix Tree, 別名靑桐, 桐麻. 也屬落葉大喬木. 高達15米, 樹幹挺直, 樹皮綠色, 平滑. 原産中國, 南北各省都有栽培,也爲普通的行道樹及庭園綠化觀賞樹.(我們所說的法國梧桐其實就是懸鈴木中的一種, 只是因爲葉子似梧桐, 而被大家誤以爲是梧桐). 梧桐生長快, 木材適合制造樂器, 樹皮可用於造紙和繩索, 種子可以食用或榨油, 由於其樹幹光滑, 葉大優美, 是一種著名的觀賞樹種. 中國古代傳說鳳凰'非梧桐不棲'. 許多傳說中的古琴都是用梧桐木制造的, 梧桐對於中國文化有重要的作用.(作家豊子愷的同名文章《梧桐樹》堪稱佳篇. 梧桐已經被引種到歐洲·美洲等許多國家作爲觀賞樹種.)"

143 "梧桐樹是落葉喬木, 高達15米; 樹葉靑綠色, 平滑. 葉呈心形, 掌狀3~5裂 ……."

부르는 식물이다.《두산세계대백과사전》에서 잎 모양이 오각형으로 생겼다고 한 것은 한국에서 오동나무라고 부르는 나무의 잎 모양이고, [바이두백과]에서 '나무껍질이 녹색'이고 잎이 '손바닥 모양으로 3~5개로 갈라진다'라고 한 것은 바로 한국에서 벽오동이라고 부르는 식물의 특징과 부합하는 것이다. 곧 중국의 梧桐은 한국의 벽오동(碧梧桐)으로서 한국의 오동과는 동일시할 수 없는 식물임을 알 수 있다.

한국에서 일반적으로 오동나무라고 부르는 식물과 중국의 梧桐이 서로 다른 식물인 까닭에 중국문학에 등장하는 梧桐을 번역할 때 특별한 주석을 가하지 않고 그냥 '오동'이나 '오동나무'로 옮긴 것은 원의를 곡해할 위험성이 크다. 번역자는 중국문학 속의 오동을 한국의 오동나무라고 생각하면서 번역하고, 그 번역을 접하는 독자 역시 중국문학 속의 오동을 한국의 오동나무로 오해할 가능성이 크기 때문이다. 그런 가능성은 다음과 같은 자료에서 상당히 구체적으로 확인할 수 있다.

> 옛말에 "매화는 아무리 추워도 함부로 그 향기를 팔지 않고, 오동은 천년을 묵어도 항상 아름다운 곡조를 간직한다."라는 말이 있고, 봉황새는 오동나무가 아니면 둥지를 틀지 않고 대나무 열매가 아니면 먹지 않는다는 전설이 있으며, 풍수지리설로 보면 동에는 유수, 남에는 택소, 서에는 대도, 북에는 고산이 있어야 명당인데 동에 흐름이 없으면 버드나무 9주를 심고 남에 택소가 없으면 오동나무 7주를 심으면 봉황새가 와서 살게 되어 재난이 없고 행복이 온다고 했듯이 오동나무는 우리 선조들이 생활에 유용하고 복을 주는 상서로운 고급목재로 애용하였다.

[네이버 지식백과]에서 검색한 '오동(Korean paulownia)'의 일부인데, 농림수산식품교육문화정보원에서 작성한 《농식품백과사전》에 있는 것이라

그림 14.1 벽오동
(전북 부안 내소사 경내에서 저자 촬영)

고 하였다. 여기서 주목되는 것은 "봉황새는 오동나무가 아니면 둥지를 틀지 않고"라며 전설을 인용한 부분이다. 그것은 [바이두백과]에서 중국의 梧桐을 해설할 때, "중국의 고대 전설에 봉황은 '오동나무가 아니면 깃들지 않는다' 고 하였다."라고 했던 것과 같은 내용이다. 곧 한국에서는 중국의 梧桐인 벽오동(碧梧桐)을 한국의 오동나무로 오해하는 경우가 없지 않음을 알 수 있다.

　《일본국어대사전(日本國語大辭典)》에서 'きり(기리)' 곧 '桐'을 검색하여 보면 '현삼과의 낙엽교목'으로 시작하는 해설[144]이 실려 있는데, 그 내용을 종

....

144　《日本國語大辭典》(日本大辭典刊行會, 日本 東京: 小學館, 1980) 제3권 제91쪽 참조.

그림 14.2 오동나무(소백산 자락에서 저자 촬영)

합해 보면 그 식물은 한국에서 오동나무라고 하는 나무와 일치한다. 그런 까닭에 일본의 경우도 한국처럼 중국문학 속의 梧桐을 한국의 오동나무와 같은 것으로 오해했을 가능성이 커 보인다. 한국에서 오동나무라고 하는 것을 일본에서는 그냥 'きり(기리)'라고 부르고, 한국에서 벽오동이라고 하는 것은 일본에서는 '푸른 오동'이라는 뜻의 'あをぎり(아오기리)' 곧 '벽오동'이라고 하는 명명법에서도 그럴 가능성이 점쳐진다. 과연 [위키피디아] 일본어판의 'きり(기리)'조에서 "옛날부터 오동은 봉황이 머무는 나무로서 신성시되고 있고"[145]라고 해설한 부분은 오동에 대한 일본의 인식이 한국과 매우 유사하다는 점을 보여준다.

　　그러나 바로 이 해설 부분에 단 주(注)에서 반전이 일어난다. "다만 중국 본래의 전설에 봉황이 머무는 나무는 벽오동(中:梧桐)이라고 하는, 오동(中:泡桐)과는 완전히 다른 나무다."[146]라고 하였기 때문이다. 일본에서도 한국과 유

....

145 　"古くから桐は鳳凰の止まる木として神聖視されており."

146 　"ただし中國本來の伝説では鳳凰の止まる木はアオギリ(中:梧桐)という、キリ(中:泡桐)とはまったく異なる樹木である."

사하게 중국의 梧桐을 한국의 오동나무와 같은 식물로 오해한 적이 있었으나, 적어도 지금은 그것이 그렇지 않다는 사실을 잘 알고 있다는 것을 보여준다. 《대한화사전(大漢和辭典)》에서 '梧桐'에 대하여 "식물의 이름. 벽오동(あをぎり). 靑桐"[147]이라고 새긴 다음 그것이 봉황이 깃드는 식물임을 보여주는 예문을 예거한 것에서도 그런 정황을 짐작할 수 있다.[148] 한국에서는 중국의 오동을 한국의 오동나무로 오해하는 것과 달리 일본에서는 중국의 오동은 벽오동이라는 사실을 분명히 인식하고 있는 것이다.

....

147 《大漢和辭典》(諸橋轍次, 日本 東京: 大修館書店, 昭和34년 곧 1959년) 제6권 제377쪽: "樹木の名. あをぎり. 靑桐."
148 같은 책 같은 쪽 참조.

15

躑躅 척촉

▶ 철쭉 아닌 노란 꽃의 영산홍

진달래와 유사한 식물 중에 철쭉이라는 것이 있다. 철쭉꽃은 진달래꽃과 비슷해 보이지만 자세히 보면 진달래와 다른 몇 가지 특징이 있다. 가장 눈에 띄게 다른 점은 꽃이 피고 잎이 나는 순서인데, 진달래가 꽃이 핀 다음에 잎이 나는 것과는 달리 철쭉은 잎이 돋아난 다음에 꽃을 피운다. 꽃이 피는 시기도 다소 차이가 있어서 진달래꽃이 질 무렵에 철쭉이 꽃을 피운다. 진달래꽃은 그렇지 않은데 철쭉의 꽃잎에서는 끈적이는 점액이 느껴지는 것도 이 두 가지 식물을 분간하는 차이점이 된다. 그리고 진달래꽃은 그냥 먹거나 꽃지짐을 부쳐 먹을 수 있지만, 철쭉에는 독이 있어서 먹을 수 없다고 알려져 있는 것도 양자 간의 큰 차이점이다.

철쭉은 한자말 '躑躅(척촉)'의 한국식 발음이다. 躑躅은 현대 중국어에서도 쓰이는 말이다. 곧 중국에 躑躅이라는 식물이 있다는 말이다. 물론 우리의 철쭉이 한자말 躑躅에서 나왔으므로 한국에서 철쭉이라는 이름이 붙은 식물과 중국에서 躑躅이라는 이름이 붙은 식물은 같은 것일 가능성이 있다. 그렇지만 결론적으로 말하자면 한국에서 철쭉이라고 부르는 식물과 중국에서 躑躅이라고 부르는 식물은 같은 것이 아니다.

한국에서 '철쭉'이라고 불리는 식물은 학명이 *Rhododendron schlip-*

그림 15.1 한국의 철쭉(북한산에서 저자 촬영)

penbachii Maxim.'인 '진달래과(Ericaceae)'의 식물이다. [네이버 지식백과]
에서는 이 식물에 대하여 "위쪽에 피는 꽃에는 붉은 자주색 반점이 있다. 꽃
자루와 씨방에 끈끈한 잔털이 있어 만져 보면 끈적하다. 꽃이 아름다워 발걸
음을 머뭇(척, 躑) 머뭇(촉, 觸)하게 한다고 철쭉이다."라고 설명하였으며, '생
약명은 양척촉(羊躑觸)'이라고 한 것도 눈에 띈다.[149]

그러나 연한 분홍색으로 흰빛이 강하게 도는 이 한국의 철쭉을 중국에서
는 '대자두견(大字杜鵑)'이라는 이름으로 부른다. 그리고 그것은 중국 전역에
흔한 식물이 아니라 중국의 요령(遼寧)지역과 내몽고와 한반도, 그리고 일본
에 주로 분포하는 것이라고 설명한다.[150] 일본에서는 중국의 이 설명과는 약간
다르게 이 식물이 '중국의 북동부와 러시아의 극동부, 그리고 한반도에 자생
하는 식물로서 일본에는 에도시대 초기인 1668년에 한반도에서 일본으로 건

....

149   [네이버 지식백과] 철쭉[약초도감, 2010.7.5, (주)넥서스].

150   [百度百科] '大字杜鵑': "常生於低海拔的山地陰山闊葉林下或灌叢中. 分布於中國遼寧和內蒙古·朝鮮·日本.
      該物種因花朵美麗, 顏色鮮豔, 人工栽培, 具有較高的園藝價值."

너갔다'고 하고 있다.[151] 그렇다면 한국에서 '철쭉'이라고 하고 중국에서 '대자두견'이라고 부르는 식물은 거의 한국의 고유 수종에 가까운 것이라고 해도 무방하다.

이와는 달리 중국의 '躑躅'에 대하여 [바이두백과]에서는 '躑躅花(척촉화)'라는 표제 아래에 다음과 같이 설명을 붙이고 있다.

영산홍, 만산홍, 산척촉, 홍척촉, 산석류 등으로도 부른다. 두견화과에 속한다. 두견화는 중국 남방에 야생하는 것이 많은데, 품종과 유형이 매우 많다. 귀주성 경내의 고산 두견의 원시림은 나무의 몸체가 커서 상당히 장관이다. 사람이 관상용으로 재배하는 것은 대개가 관목 형태의 두견이다. 철쭉꽃은 두견화의 일종이나 철쭉꽃은 노란색의 야생 두견화를 특별히 가리키는데, 통상적으로 재배하는 두견 중에는 노란색의 것이 없다.(흰색, 붉은색, 분홍색, 보라색만이 있다.) 이 노란색의 두견에는 독이 있어서 산에 방목하는 양이 잘못하여 그 꽃과 잎을 먹은 후에는 걸음걸이가 비틀비틀해지므로 '羊躑躅'이라고 부른다.[152]

위의 설명으로 보면 중국에서 '철쭉꽃' 곧 '躑躅花'는 노란색의 꽃을 피우는 식물을 지칭하며, 그것을 '羊躑躅'이라고도 한다는 사실을 알 수 있다. 학명을 첨부하지 않았던 '躑躅花'의 경우와는 달리 '羊躑躅'조에는 'Rhododen-

....

151 [위키피디아(일본어판)] 'クロフネツツジ(黒船躑躅, 学名: *Rhododendron schlippenbachii*): "中国東北部, ロシア極東部および朝鮮半島に自生する. 日本には江戸時代初期の1668年に朝鮮半島から渡来したとされており, 栽培されている."

152 [百度百科] '躑躅花': "又名映山紅, 滿山紅, 山躑躅, 紅躑躅, 山石榴等. 屬杜鵑花科. 杜鵑花在我國南方多有野生, 品種及類型很多. 貴州省境內的高山杜鵑的原始林, 樹身高大, 頗爲壯觀. 人們栽培觀賞的多爲灌木狀的杜鵑. 躑躅花是杜鵑花的一種, 但是躑躅花特指黃色的野生杜鵑, 而通常栽培的杜鵑是沒有黃色的(僅有白, 紅, 粉, 紫), 這種黃色的杜鵑有毒, 在山上放牧的羊誤食它的花和葉後會躑躅蹣跚, 步履不穩, 故名'羊躑躅'."

dron molle (Blume) G. Don'라는 학명을 소개하였는데, 다음과 같은 설명
도 덧붙이고 있다.

> 이 종은 유명한 유독식물 중의 하나이다. 《신농본초(神農本草)》 및 《식물명실
> 도고(植物名實圖考)》에서는 그것을 독초류에 넣고 있는데, 풍습성 관절염과
> 타박상을 고칠 수 있다. 민간에서는 통상 '뇨양화(鬧羊花)'라고 한다. 식물체
> 각 부분은 '鬧羊花毒素(rhodo japonin)', 아세보 독소(asebotoxin), ericolin,
> andromedotoxin 등의 성분을 함유하고 있어서 사람이 잘못 먹으면 설사를
> 하고 구토를 하거나 경련을 일으키게 하는데, 양이 먹을 때에는 종종 비틀거
> 리다가 죽게 되므로 이런 이름을 얻었다. 의약 공업에서는 마취제나 진통제
> 로 쓰는데, 식물체 전체는 농약이 될 수도 있다.[153]

　　그런데 이 양척촉이라는 식물종에 대하여 한국에서는 한두 블로그에서
중국의 것을 빌어서 언급하고 있는 것이 확인되지만, 비교적 형식을 갖춘 형
태의 설명은 찾아지지 않는다. 일본의 경우에도 그 양상은 한국과 비슷하다.
이러한 정황으로 보면 '양척촉'이라는 식물은 한국에서는 자생하지 않는 중
국의 고유 수종일 가능성이 높다.

　　그런데 앞에서 살펴본 한국의 철쭉도 '羊躑躅'이라는 이름을 쓴다고 하
였다. 그러나 한국의 철쭉은 학명이 '*Rhododendron schlippenbachii* Max-
im.'이었고, 중국의 羊躑躅은 '*Rhododendron molle* (Blume) G. Don'으로
되어 있다. 이 두 가지는 서로 종(種)이 다른 식물인 것이다. 게다가 한국의 철

....

153　[百度百科] '羊躑躅': "該種爲著名的有毒植物之一. '神農本草' 及 '植物名實圖考' 把它列入毒草類, 可治療
　　風濕性關節炎, 跌打損傷. 民間通常稱 '鬧羊花'. 植物體各部含有鬧羊花毒素(rhodo japonin) 和馬醉木毒
　　素(asebotoxin), ericolin和andromedotoxin等成份, 誤食令人腹瀉, 嘔吐或痙攣; 羊食時往往躑躅而死亡,
　　故此得名. 在醫藥工業上用作痲醉劑, 鎭疼藥; 全株還可做農藥."

그림 15.2 중국의 척촉(중국 항주 서계습지에서 저자 촬영)

쭉은 거의 한국의 고유 수종이라고 할 만한 것이며, 중국의 羊躑躅은 중국의
고유 수종일 가능성이 높다. 이런 상황에서 이 두 가지가 '羊躑躅'이라는 이름
을 공유한다면 한국과 중국 어느 한쪽에서 착각을 했을 가능성이 높다. 아
무래도 '羊躑躅'이라는 이름의 구성으로 보아 '양이 그것을 잘못 먹고 중독되
어 비틀거린다'라고 한 중국 측의 해설이 '꽃이 아름다워 발걸음을 머뭇(척,
躑) 머뭇(촉, 躅)하게 한다고 철쭉이다'라고 한 한국 측의 해설보다는 훨씬 합
리적으로 보인다. 한국 측의 해설을 羊躑躅에 대입하면 '양이 그 꽃을 보고서
하도 예뻐서 발걸음을 머뭇머뭇한다'라는 이해하기 힘든 뜻이 될 것이기 때
문이다.

간혹 시가에 등장하는 '躑躅'이라는 말이 한국에서 어떻게 번역되는지는
필자의 과문으로 아직 확인한 바 없지만, 번역을 하는 경우에는 아마도 '철쭉'
이라고 옮기게 될 것이다. 한국인들은 그것을 '철쭉'으로 번역하면서 흰빛이
강한 그 연분홍 꽃을 연상할 것이지만, 그 내용을 잘 아는 중국인이라면 문학

그림 15.3 한국의 산철쭉(북한산에서 저자 촬영)

작품에서 '躑躅'이라는 말을 만날 때 노란색 꽃을 떠올릴 것이다.[154] 결국 중국 문학 속에 등장하는 '躑躅'이라는 식물을 한국에서는 중국인들이 생각하는 것과 다른 식물로 인식할 가능성이 매우 높다는 말이다.

물론 '躑躅'이라는 말이 노란색이 아닌 붉은색 꽃을 지칭하는 경우도 있다.[155] 한국에도 진달래를 닮은 꽃 중에 붉은 빛이 강한 것에 '철쭉'이라는 이름이 붙은 것이 있다. 바로 산철쭉이다. 그렇지만 중국 시가에 붉은색의 꽃으로 등장하는 그 躑躅은 한국에서 흔히 자생하는 그 산철쭉과도 다를 것으로 생각된다.

붉은 꽃을 피우는 것으로서 한국에 흔히 자생하는 산철쭉은 학명이 'Rhododendron yedoense var. poukhanense (Lev.) Nakai'인데, 여기에 들

....

154　潘富俊의《中國文學植物學》(臺灣 臺北: 貓頭鷹出版社, 2011년 초판, 2012년 재판)에서는 '躑躅'조에서 '躑躅'의 어원을 '양이 그것을 잘못 먹고서 중독되어 비틀거린다'라고 한 것을 소개하고, 그 대표식물로 '羊躑躅'을 제시하면서 노란색 꽃을 피운 식물의 사진을 첨부하고 있다. 아울러 시가에 나타나는 躑躅은 경우에 따라서 노란색의 꽃을 피우는 식물일 수도 있고, 붉은색의 꽃을 피우는 것일 수도 있지만, 노란색이 진짜 躑躅이라고 하였다.(潘富俊의《中國文學植物學》제144쪽 참조.)

155　唐나라 白居易의 시《題元十八溪居》에는 '晚蕊尚開紅躑躅'이라는 구가 있는데, 여기서 躑躅이 붉은색을 띤 꽃으로 묘사되어 있는 것을 볼 수 있다. 宋나라 王奇의 시〈題修仁縣群峰驛〉"檻前流水面前山, 幽鳥孤雲自往還. 農父不知佳景好, 使車才得片時閑. 桃椰樹暗寒溪上, 躑躅花紅暮雨間."의 마지막 구"躑躅花紅暮雨間"에도 '躑躅花紅' 곧 '躑躅의 꽃이 붉다'는 말이 보인다.

그림 15.4 한국 철쭉의 생약명이 '양척촉'이라고 하여 한국의 철쭉과 중국의 척촉을 같은 것으로 본 산림청의 안내문(2016년 8월 점봉산 곰배령에서 백남수 촬영)

어 있는 '*poukhanense*'는 서울의 북한산을 의미하는 것이다. 그 학명에서 그 것이 한국의 고유 수종임을 드러내고 있듯이,[156] 산철쭉은 통상적인 중국 판 도[157]에서는 사생하기 힘든 한국 고유의 수종에 가까운 것이다. 그러므로 '躑 躅'이 중국문학에 붉은 꽃을 피우는 식물로 등장하는 경우에도 그것을 한국 에서 흔히 볼 수 있는 산철쭉으로 간주하는 것은 이치에 맞지 않는 일이다.

'철쭉'이라는 말이 중국의 '躑躅'에서 유래된 것이 분명한데도 한국의 철 쭉과 중국의 躑躅은 이렇게 차이가 난다. 한국에서도 유명하여 널리 읽혀졌을 이시진(李時珍)의《본초강목(本草綱目)》의〈초부(草部)〉'羊躑躅'조에 '꽃의 색 깔이 노란색이며, 양이 그것을 먹고 낭패를 당한다'[158]라는 취지의 설명이 있 는데도, 躑躅에 대한 인식에 이런 차이가 있다는 것은 놀라운 일이다. 한국에 는 노란색의 철쭉이 자생하지 않아서 생긴 현상이라고 보아야 할 듯하다.

....

156 그래서 산철쭉을 영어로는 'Korean Azalea'라고 부른다.

157 대략 만리장성 이남의 중원 지역을 말한다.

158 《本草綱目》(李時珍 저, 古詩文網), 草部·羊躑躅:"黃躑躅, 黃杜鵑, 羊不食草, 鬧羊花, 驚羊花, 老虎花, 玉枝."

16

海棠 해당

▶ 한국 해당화 아닌 꽃사과

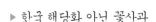

昨夜雨疏風驟(작야우소풍취),	어젯밤 비 간간이 뿌리고 바람 세차게 불었는데,
濃睡不消殘酒(농수불소잔주).	숙면을 취했건만 숙취는 가시지 않네.
試問卷簾人(시문권렴인),	발 걷는 이에게 물어보았더니,
卻道"海棠依舊"(각도"해당의구")	뜻밖에도 해당화가 여전하다고 하네.
知否, 知否(지부, 지부)?	알기나 하나? 알기나 하나?
應是綠肥紅瘦(응시녹비홍수)!	녹색 짙어지고 붉은 빛 줄었을 텐데.

송(宋)나라의 여류 사인(詞人) 이청조(李淸照)의 사(詞) 〈여몽령(如夢令)〉인데, 이 작품에 인상적으로 등장하는 제재는 '海棠(해당)'이라는 식물이다. 아마도 이 〈여몽령〉의 유명세 덕에 해당(화)은 중국인들에게 더욱 친근한 식물 또는 꽃으로 각인되었을 것이다.

해당은 우리나라의 시가에도 등장한다. 바로 만해 한용운 선생의 작품 중에 〈해당화〉라는 제목의 시가 있다.

당신은 해당화 피기 전에 오신다고 하였습니다. 봄은 벌써 늦었습니다.

봄이 오기 전에는 어서 오기를 바랐더니 봄이 오고 보니 너무 일찍 왔나 두

려워합니다.

철모르는 아이들은 뒷동산에 해당화가 피었다고 다투어 말하기로 듣고도 못 들은 체하였더니

야속한 봄바람은 나는 꽃을 불어서 경대 위에 놓입니다그려.

시름없이 꽃을 주워서 입술에 대이고 "너는 언제 피었니." 하고 물었습니다.

꽃은 말도 없이 나의 눈물에 비쳐서 둘도 되고 셋도 됩니다.[159]

　우리의 일상생활 주변에서 그렇게 흔하게 볼 수 있지 않은 꽃임에도 불구하고 해당화가 우리에게 친근하게 느껴지는 것은 위의 만해 선생의 시 〈해당화〉의 영향도 있겠지만, 그보다는 유명한 노래의 가사에 해당화가 등장하기 때문이라고 생각된다. 초등학교 5학년 음악교과서에 실려 있다는 장수철이 작사한 〈바닷가에서〉라는 동요의 가사 첫머리가 '해당화'로 시작하고,[160] 유명 가수 이미자의 히트곡 중의 하나로서 이경재가 작사한 〈섬마을 선생님〉의 첫머리도 '해당화'로 시작한다.[161] 특히 후자는 기성세대가 해당화를 친근하게 느끼게 만드는 데에 가장 큰 역할을 하였다고 생각된다.

　이렇게 한국인들과 중국인들은 모두 해당 또는 해당화를 좋아하여 시가

....

159 《님의 침묵(하서명작선 58)》[한용운 저, 서울: (주)하서출판사, 2006년 초판, 2009년 중쇄] 제57쪽에서 전재.

160 "1. 해당화가 곱게 핀 바닷가에서/ 나 혼자 걷노라면 수평선 멀리/ 갈매기 한두쌍이 가물거리네/ 물결마저 잔잔한 바닷가에서.

　　2. 저녁놀 물드는 바닷가에서/ 조개를 잡노라면 수평선 멀리/ 파란 바닷물은 꽃무늬 지네/ 모래마저 금같은 바닷가에서."

161 "1. 해당화 피고지는 섬마을에/ 철새따라 찾아온 총각선생님/ 열아홉살 섬색시가 순정을 바쳐/ 사랑한 그 이름은 총각선생님/ 서울엘랑 가지를 마오 가지를 마오.

　　2. 구름도 쫓겨가는 섬마을에/ 무엇하러 왔는가 총각선생님/ 그리움이 별처럼 쌓이는 바닷가에/ 시름을 달래보는 총각선생님/ 서울엘랑 가지를 마오 떠나지 마오."

의 소재나 제재로 사용하기도 한다. 해당화가 워낙 아름다워서 한국인과 중국인을 막론하고 누구나 좋아하는 꽃이기 때문일 것이다. 한국인과 중국인의 꽃을 보는 성정이 비슷해서 이런 현상이 생겼을 수도 있다. 아마도 한국인이 이청조의 〈여몽령〉을 감상하거나 번역할 때에 대부분은 그 '海棠'을 한국의 시와 가사에 등장하는 '해당화'와 같은 것으로 여길 것이다. 과연 한국인과 중국인이 인식하는 해당 또는 해당화는 같은 것일까?

이청조의 사 〈여몽령〉에 등장하는 '海棠'이 중국인에게는 어떤 모습으로 그려지고 있는가? 이에 대한 답을 찾기 위해서 검색의 편의성이 뛰어날 뿐만 아니라 그 대중성으로 인하여 대표성도 가지고 있는 것으로 생각되는 [바이두백과]의 해당 부분에 대한 해설을 한 번 살펴보기로 한다.

> 첫머리 두 구는 문면상으로는 비록 어젯밤에 술을 너무 많이 마셔서 다음날 새벽에 일어나도 어제의 술기운이 아직 다 가시지 않은 것만을 쓰고 있으나, 이 문면의 배후에는 또 다른 한 층의 의미가 숨겨져 있다. 그것은 바로 어젯밤 술에 취한 것은 꽃을 아까워했기 때문이라는 것이다. 이 여자 사인은 내일 아침 해당화가 지는 것을 차마 볼 수 없었기 때문에 어젯밤 <u>해당화 아래에서</u> 주량을 넘는 술을 마셔 오늘 아침까지도 아직 숙취가 남아 있는 것이다.[162]

이 인용문에서 海棠의 정체를 파악하는 데에 의미가 있는 부분은 '이 사의 작가가 어젯밤 해당화 아래에서 술을 마셨다'고 생각한다는 것이다. 사람이 꽃나무 아래에서 술을 마시자면 그 나무는 적어도 사람의 키보다는 커야

....

162 "起首兩句, 辭面上雖然只寫了昨夜飲酒過量, 翌日晨起宿醒尚未盡消, 但在這個辭面的背後還潛藏著另一層意思, 那就是昨夜酒醉是因爲惜花, 這位女詞人不忍看到明朝海棠花謝, 所以昨夜在海棠花下才飲了過量的酒, 直到今朝尚有餘醉."

할 것이다. 이러한 정황으로 보건대 이청조의 〈여몽령〉에 등장하는 '海棠(花)' 은 교목(喬木)이거나 소교목(小喬木)으로 분류할 수 있을 정도로 키가 상당히 큰 나무인 듯하다. 여기서 다시 바이두를 검색해서 海棠花의 특성이 어떻게 파악되고 있는지 알아보기로 한다.

> 해당화(영문명: *Malus spectabilis*)는 장미과 사과나무속의 식물로서 중국의 특산 식물이다. 해발 50미터에서 2,000미터에 이르는 지역에서 자라는데, 일 반적으로 평원과 산지에서 자라지만 지금은 인공적으로 옮겨져 재배되고 있 다. 낙엽소교목이다. …… 평소에 '나라에서 가장 아름다운 꽃'이라는 명예를 누리고 있다.[163]

과연 중국인들이 생각하는 해당화는 장미과 사과나무속의 식물로서 소 교목으로 분류될 만큼 키가 제법 큰 나무인 것이 확인된다. 그러면 한국인이 파악하는 해당화의 모습은 어떠할까? 이에 대한 대답은 매우 선명하다. 이인 성이라는 화가가 1944년에 한용운 선생의 그 〈해당화〉의 이미지를 그림으로 재현한 것이 있기 때문이다.[164] 그런데 이 그림에 들어 있는 꽃은 키가 매우 작 다. 붉은색의 제법 큰 꽃을 달고 있는 해당화의 키는 꽃을 보고 있는 아이의 목쯤에 다다르고, 작중 화자로 추정되는 여인의 앉은키보다는 약간 크다. 아 마도 이것이 한국인들이 인식하고 있는 해당화의 일반적인 모습일 것이다. 네이버를 검색하여 한국의 해당화에 대한 정체를 좀 더 알아보기로 한다.

....

163　"海棠花(英文名: *Malus spectabilis*)是薔薇科蘋果屬的植物, 是中國的特有植物. 生長於海拔50米至2,000 米的地區, 一般生於平原和山地, 目前已由人工引種栽培. 為落葉小喬木. (樹皮灰褐色, 光滑. 葉互生, 橢圓形 至長橢圓形, 先端略為漸尖, 基部楔形, 邊緣有平鈍齒, 表面深綠色而有光澤, 背面灰綠色並有短柔毛, 葉柄細 長, 基部有兩個披針形托葉. 花5~6朵簇生, 傘形總狀花序, 未開時紅色, 開後漸變為粉紅色, 多為半重瓣, 少有 單瓣花. 梨果球形, 黃綠色.) 素有 '國艷' 之譽."

164　확인을 위해서는 인터넷에서 '이인성 해당화'를 검색해 볼 것.

학명은 *Rosa rugosa* THUNB.이다. 높이는 1.5m에 달하고, 줄기에 가시·자모(刺毛) 및 융모(絨毛)가 있으며 가시에도 융모가 있다. 잎은 어긋나며 기수우상복엽(奇數羽狀複葉)으로 5~7개의 소엽이 있다. 소엽은 두껍고 타원형 또는 타원상 도란형이며, 길이 2~5cm로서 표면은 주름살이 많고 윤채가 있으며 털이 없고, 이면은 맥이 튀어나오고 잔털이 밀생하며 선점(腺點)이 있고 톱니가 있다. 지름 6~9cm의 꽃이 5~7월에 홍자색으로 피며, 향기가 강하고 꽃자루에는 자모가 있다. 과실은 가장과(假漿果)로 구형이며 8월에 황적색으로 익는다. 해변의 모래밭이나 산기슭에서 자라며 우리나라의 전 해안 사지에서 볼 수 있었으나 현재는 원형 그대로 남아 있는 곳이 드물다. 해당화는 꽃이 아름답고 특유의 향기를 지니고 있으며 열매도 아름다워 관상식물로 좋다. 특히, 고속도로변의 미화용으로 일품이다. 꽃은 향수원료로 이용되고 약재로도 쓰인다.[165]

해당나무·해당과(海棠果)·필두화(筆頭花)라고도 한다. 바닷가 모래땅에서 흔히 자란다. 높이 1~1.5m로 가지를 치며 갈색 가시가 빽빽이 나고 가시에는 털이 있다. 잎은 어긋나고 홀수깃꼴겹잎이다. 작은잎은 5~9개이고 타원형에서 달걀 모양 타원형이며 두껍고 가장자리에 톱니가 있다. 표면에 주름이 많고 뒷면에 털이 빽빽이 남과 동시에 선점(腺點)이 있다. 턱잎은 잎같이 크다. 꽃은 5~7월에 피고 가지 끝에 1~3개씩 달리며 홍색이지만 흰색 꽃도 있다. 꽃은 지름 6~10cm이고 꽃잎은 5개로서 넓은 심장이 거꾸로 선 모양이며 향기가 강하다. 수술은 많고 노란색이며, 꽃받침조각은 녹색이고 바소꼴이며 떨어지지 않는다. 열매는 편구형 수과로서 지름 2~3cm이고 붉게 익으며 육질부는 먹을 수 있다. 관상용이나 밀원용으로 심는다. 어린 순은 나

....
165 [네이버 지식백과] 해당화(海棠花)(한국민족문화대백과, 한국학중앙연구원).

물로 먹고 뿌리는 당뇨병 치료제로 사용한다. 향기가 좋아 관상가치가 있다. 동북아시아에 분포한다. 줄기에 털이 없거나 작고 짧은 것을 개해당화(var. kamtschatica), 꽃잎이 겹인 것을 만첩해당화(for. plena), 가지에 가시가 거의 없고 작은잎이 작으며 잎에 주름이 적은 것을 민해당화(var. chamissoniana), 흰색 꽃이 피는 것을 흰해당화라고 한다.[166]

해당화는 우리나라 각처의 바닷가 모래땅과 산기슭에서 나는 낙엽관목이다. 생육환경은 모래땅과 같이 물 빠짐이 좋고 햇볕을 많이 받는 곳에서 자란다. 키는 약 1.5m이고, 잎은 길이가 2~5cm, 폭이 약 1.2cm로 타원형이고 두터우며 표면에는 광택이 많고 주름이 있으며 뒷면에는 잔털이 많고 가장자리에는 잔 톱니가 있다. 줄기에는 작고 긴 딱딱한 가시가 촘촘히 있다. 꽃은 홍자색이고 지름은 6~9cm이며 새로 난 가지의 끝에서 달리고 향이 진하게 난다. 꽃잎에는 방향성 물질이 많이 함유되어 있어 향수의 원료가 되기도 한다. 열매는 8월경에 적색으로 지름 2~2.5cm의 편편하고 둥근 모양으로 달리며 광택이 있다. 꽃과 열매는 관상용으로 쓰이며, 향수의 원료나 약용으로도 쓰인다.[167]

출처는 각기 다르지만 이 세 편의 '해당화'에 대한 설명은 동일한 식물을 그 대상으로 하고 있다는 것을 알 수 있다. 한국인들이 통상적으로 알고 있는 그 해당화다. 바닷가 사질 토양에서 잘 자라는 식물로서 수고(樹高)가 1m 50cm 채 되지 않는 관목이며, 줄기에는 가늘고 긴 가시가 촘촘히 나 있는 나무에 장미꽃과 찔레꽃의 중간쯤 되는 형태의 붉은 홑잎의 꽃이 피는 것이 바

....

166 [네이버 지식백과] 해당화(海棠花)《두산백과》.
167 [네이버 지식백과] 해당화《야생화도감(여름)》, 푸른행복, 2010.6.28.

그림 16.1 붉은색 한국 해당화
(태안군 만리포 해안에서 저자 촬영)

로 그것이다.[168] 이와 같이 같은 글자를 써서 '海棠' 또는 '海棠花'라고 하지만 중국인이 말하는 海棠(花)과 우리가 말하는 해당화는 전혀 다른 식물인 것임을 알 수 있다.

우리가 해당화라고 부르는 식물의 학명은 '*Rosa rugosa*'인데, 중국에서는 이 식물을 '매괴(玫瑰)'라고 부른다. 우리가 보통 '장미(薔薇)'라고 부르는 식물을 중국인들은 '玫瑰'라고 하지만, 그 '玫瑰'는 본래 야생 장미의 일종으로 우리가 '해당화'라고 부르는 식물의 이름이었던 것이다. 중국인들은 한국 사

....

168 《漢韓大字典》(民衆書林編輯局 編, 서울: 民衆書林, 2005년 초판 제8쇄)에서도 "장미과에 속하는 고운 낙엽 관목. 분홍 꽃이 핌. 꽃은 향료, 과실은 약재로 씀. 때찔레. 해당화."라고 하였다.

그림 16.2 흰색 한국 해당화(홍릉수목원에서 저자 촬영)

람들이 그 '玫瑰'를 '해당화'라고 부르고, 일본에서는 그것을 '浜梨' 또는 '浜茄子(ハマナス: 야마나스)'라는 이름으로 부른다는 사실도 잘 알고 있다.[169] 그렇다면 일본에서는 海棠(花)을 어떤 식물로 인식하고 있을까?

장미과의 낙엽 작은키나무. 중국 원산인데, 일본에서는 옛날부터 관상용으로 재배되고 있다. 줄기의 높이는 5~8미터에 달하고, 가지를 여러 개로 나누어 자색으로 아래로 늘어져 퍼지는데, 끝부분이 가시로 되는 것이 있다. 잎은 마주나며 끝이 뾰족한 타원형이고, 어린잎의 안쪽은 붉은색을 띤다. 4~5월경에 긴 꽃자루에 사과꽃을 닮은 3~5센티미터의 붉은색의 오판화(五瓣花)가

....

169 [百度文庫] '玫瑰花': "玫瑰(學名: *Rosa rugosa*), 屬薔薇目. 薔薇科落葉灌木, 枝杆多針刺, 奇數羽狀複葉, 小葉5~9片, 橢圓形, 有邊刺. 花瓣倒卵形, 重瓣至半重瓣, 花有紫紅色·白色, 果期8~9月, 扁球形. 玫瑰原產是中國, 在日本 *Rosa rugosa* 稱爲浜梨, 浜茄子, 朝鮮稱爲해당화海棠花. 玫瑰作爲農作物時, 其花朵主要用於食品及提煉香精玫瑰油, 玫瑰油應用於化妝品·食品·精細化工等工業. 在歐洲諸語言中, 薔薇·玫瑰·月季都是一個詞, 如英語是rose, 德語是die Rose, 因爲薔薇科植物從中國傳到歐洲後他們並不能看出它們的不同之處, 但實際上這是不同的花種. 今天在日常用語中, '玫瑰'已成爲多種薔薇屬植物的通稱. 市面上賣的所謂是送情人的玫瑰其實是切花月季."

핀다. 열매는 직경 5~8밀리미터의 구형(球形: 공 모양)인데 황적색으로 익는
다. 중국식 명칭은 수사해당(垂絲海棠)이다.[170]

각주에 명기했듯이 《일본국어대사전(日本國語大辭典)》의 '海棠'조의 해설
을 인용한 것이다.[171] 결론은 중국에서 수사해당(垂絲海棠)이라고 하는 것이 바
로 海棠이라는 것이다. 꽃자루가 가늘고 길어 꽃이 아래로 늘어져 피는 특징
이 있어서 중국에서 '실이 아래로 처지듯이 피는 해당'이라는 뜻을 담아 붙인
이름이 바로 수사해당이다. 수사해당은 중국에서 '해당'이라는 이름이 붙는
많은 식물 중에 중요한 네 가지인 '해당사품(海棠四品)' 중의 하나에 해당하는
것이다. 그렇지만 중국인들이 '海棠'의 대표격으로 생각하는 것은 수사해당보
다는 서부해당(西府海棠)인 듯하다.[172] 그럼에도 중국에서 海棠이라고 하는 것
의 정체를 파악함에 있어서 일본이 한국보다 더 본질에 접근하고 있다고 생각
된다. 그렇지만 그래도 중국의 인식과는 얼마간의 거리가 있다.

사실 중국에서는 '海棠'이라는 이름을 여러 종류의 식물에다 붙이고 있
다. 방금 언급한 '해당사품'만 하더라도 서부해당(西府海棠)과 수사해당(垂絲
海棠), 목과해당(木瓜海棠), 첩경해당(貼梗海棠)을 아울러 일컫는 말이다. 앞에

....

170　《日本國語大辭典(縮刷版)》(日本大辭典刊行會, 日本東京: 小學館, 1980) 제2권 제993쪽 'かい-どう(海棠)'
　　　조: "バラ科の落葉低木. 中國原産で, 日本では古くから觀賞用に栽植されている. 幹は高さ五~八メートルに達し,
　　　枝を多數分かち紫色で垂れ下がって廣がり, 先端が刺(とげ)になることがある. 葉は互生し, 先のとがった楕圓形
　　　で, 若葉のうちは紅色を帶びる. 四~五月頃, 長い花柄(かへい)にリンゴの花に似た三~五センチメートルの紅色の
　　　五瓣花が開く. 果實は徑五~八ミリメートルの球形で, 黃赤色に熟す. 漢名, 垂絲海棠."

171　이 사전에는 '海棠花'조가 없다. 그래서 이 '海棠'이 곧 '해당화'를 의미하는 것으로 본다.

172　[百度百科] '西府海棠': "西府海棠(學名: Malus micromalus)爲薔薇科蘋果屬的植物, 小喬木, 高達2.5~5
　　　米, 樹枝直立性强, 爲中國的特有植物. 西府海棠在北方乾燥地帶生長良好, 是綠化工程中較受歡迎的產品. 在
　　　中國果品名稱中, 海棠的品種極爲複雜, 尚待硏究統一. 在植物分類中, 暫以西府海棠M.micromalus Maki-
　　　no一名槪括之, 不再分列爲多種, 以免引起混亂. 海棠的主要栽培品種有河北懷來的'八棱海棠', 昌黎的'平
　　　頂熱花紅', '冷花紅', 陝西的'果紅', '果黃', 雲南的'海棠'和'青刺海棠', 2009年04月24日 被選爲陝西寶雞
　　　的市花, 寶雞古有西府一稱, 西府海棠由此而來."

그림 16.3 수사해당(가평
군 아침고요수목원에서 저
자 촬영)

그림 16.4 서부해당(가평
군에서 저자 촬영)

그림 16.5 서부해당의 꽃
자루(수사해당의 꽃자루가
아래로 휘어지는 것과는 달
리 서부해당의 꽃자루는 대
개 이렇게 꼿꼿하다; 가평군
에서 한자경 촬영)

그림 16.6 중국에서 목과 해당으로 불리는 모과나무 꽃(국민대학교 교정에서 저자 촬영)

그림 16.7 중국에서 첩경 해당으로 불리는 명자나무꽃(국민대학교 교정에서 저자 촬영)

그림 16.8 중국에서 추해당으로 불리는 베고니아(서울역사박물관에서 한자경 촬영)

서 언급하였던 서부해당과 수사해당은 장미과 사과속에 속하는 식물이고, 목과해당과 첩경해당은 장미과 모과속에 속하는 식물이다. 목과해당은 바로 한국에서 모과나무라고 부르는 식물의 꽃인 모과꽃이다. 첩경해당은 한국에서 명자나무라고 부르는 식물의 꽃인데, 명자나무의 꽃이 나무줄기에 다닥다닥 붙어서 피므로 이런 이름을 얻었다. 이들 이외에도 추해당(秋海棠)이라는 것도 있는데, 바로 베고니아를 두고 일컫는 이름이다.[173]

중국에서 海棠이라는 이름을 가진 식물이 다양하지만, 앞에서 논의한 것들을 종합해 보면 중국인이 애호하는 대표적인 꽃의 한 종류로서 중국문학에 등장하는 海棠 또는 海棠花는 주로 장미과 사과나무속에 속하는 식물을 가리키는 것이 분명하다. 사과나무속 중에서 사과나무를 제외한 것들을 한국에서는 대개 '꽃사과'라는 이름으로 부르지만, 중국에서는 그것들을 海棠이라고 하는 것이다.

중국의 海棠은 그 종류가 10여 종을 넘는 듯하다.[174] 여러 가지 海棠에 대한 중국인들의 평가와 문학작품 속에 등장하는 해당(화)의 이해를 돕기 위

....

173 [互動百科] '海棠溯源/西府海棠': "我們通常所說的海棠是指薔薇科蘋果屬的植物, 有時也包括薔薇科木瓜屬的木瓜海棠·貼梗海棠, 在某些情況下甚至秋海棠科的秋海棠也被泛稱為海棠. 準確地說, 海棠是指以栽培觀賞為目的, 果實直徑小於等於5cm的蘋果屬植物, 英文為crabapple. 海棠在我國古代被統稱為柰, 唐朝時出現 '海棠' 這一稱謂, 在明代王象晉的《二如亭群芳譜》中 '海棠' 一名被冠用於今天的4種植物: 西府海棠(*Malus micromalus*)·垂絲海棠(*Malus halliana*)·貼梗海棠(*Chaenomeles speciosa*)和木瓜海棠(*Chaenomeles cathayensis*). 王象晉的這種觀點影響深遠, 至今這4種植物雖不同屬, 西府海棠·垂絲海棠屬於蘋果屬, 貼梗海棠·木瓜海棠屬於木瓜屬, 但名字中都帶有 '海棠' 二字." 참조.

174 1. 垂絲海棠(*Malus halliana* Koehne), 2. 河南海棠(*Malus honanensis* Rehder), 3. 湖北海棠(*Malus hupehensis* (Pamp.) Rehder), 4. 隴東海棠(*Malus kansuensis* (Batalin) C. K. Schneid.), 5. 山楂海棠(*Malus komarovii* (Sarg.) Rehder), 6. 西府海棠(*Malus micromalus* Makino), 7. 滄江海棠(*Malus ombrophila* Hand.-Mazz.), 8. 西蜀海棠(*Malus prattii* (Hemsl.) C. K. Schneid.), 9. 三葉海棠(*Malus sieboldii* (Regel) Rehder), 10. 海棠花(*Malus spectabilis* (Aiton) Borkh.), 11. 變葉海棠(*Malus toringoides* (Rehder) Hughes), 12. 花葉海棠(*Malus transitoria* (Batalin) C. K. Schneid.), 13. 滇池海棠(*Malus yunnanensis* (Franch.) C. K. Schneid.).

해 제시하는 사진[175]과 그림 속에 등장하는 해당(화)의 형태[176]를 보면 한국에서 '스펙타빌리스 꽃사과'로 번역되고 있는 해당화(*Malus spectabilis* (Aiton) Borkh.)와 한국에서 '제주아그배'로 불리는 서부해당(*Malus micromalus* Makino) 두 가지가 중국인에게 가장 대표성이 큰 海棠으로 인식되고 있는 듯하다.

이와 같이 한국인이 일반적으로 알고 있는 海棠(花)과 중국인들이 생각하는 海棠花는 전혀 다른 종류의 식물이다. 그러므로 중국문학에 등장하는 海棠 또는 海棠花를 한국의 해당화라고 생각하는 것은 작품의 내용을 잘못 파악하는 것임을 알 수 있다.

....

175 [百度百科]의 '海棠花'條와 '西府海棠'條 참조.

176 [百度百科]의 '海棠'條에 실려 있는 宋代 작가의 그림인 〈海棠蛺蝶圖〉 참조.

17

黃梅花 황매화

▶ 한국 황매화 아닌 납매

庚嶺[177]時開媚雪霜(유령시개미설상),

  庚嶺에는 때맞춰 고운 매화 피어나고,

梁園[178]春色占中央[179](량원춘색점중앙).

  梁園의 봄빛은 노란색을 차지하였네.

莫教鶯過毛無色(막교앵과모무색),

  털색 보이지 않으니 꾀꼬리 지나가지 말게 할지니,

已覺蜂歸蠟有香(이각봉귀랍유향).

  이미 벌 돌아오고 밀랍에 향기 나는 것을 느끼네.

弄月似浮金屬水(농월사부금속수),

  달빛 받으니 금붙이 물에 떠 있는 듯하고,

飄風如舞曲塵[180]揚(표풍여무곡진양).

  바람에 나부끼니 버들가지 춤추듯 위로 들리네.

....

177 庚嶺: 廣東省과 江西省의 접경지대에 있는 고개. 매화로 유명한 곳.

178 梁園: 廣東省 佛山市(廣州市와 인접)에 있는 유명한 園林.

179 五行과 방위와 색의 관계에서 中央은 土에 해당하고 土에 해당하는 색은 황색이다.

180 曲塵: 누룩에 핀 누런빛의 곰팡이. 옅은 노란색. 옅은 노란색을 띠는 버드나무 또는 버드나무 가지.

何人剩著栽培力(하인잉저재배력),

　　　　　누가 꽃 키우는 힘 남겼다가,

太液池¹⁸¹邊想菊裳(태액지변상국상),

　　　　　太液池 가에서 국화를 생각하리오.

　송나라 왕안석(王安石)의 동생 왕안국(王安國)이 쓴 〈황매화(黃梅花)〉라는
시다. 전체적인 문맥으로 보아 이 시에서 노래하고 있는 黃梅花라는 식물은 매
화와 비슷한 시기에 꽃을 피우고, 그 꽃의 색깔은 꾀꼬리의 색과 비슷한 노란
색이라는 것을 알 수 있다. 여기서 노래되는 황매화가 노란색의 꽃을 피운다고
한 점에서는 한국에서 '黃梅花'라고 불리는 식물과 다를 것이 없다. 그러나 왕
안국의 〈황매화〉가 매화와 비슷한 시기에 꽃을 피운다고 한 것은 한국의 황매
화가 봄이 상당히 무르익을 무렵에 꽃을 피우는 것과 상당한 차이가 있다.

　실제로 왕안국의 〈황매화〉에서 노래되고 있는 黃梅花는 한국에서 黃梅花
라고 부르는 것과는 전혀 다른 식물이다. 왕안국의 〈황매화〉 시에서 '봉(蜂)'

....

181　太液池: 唐나라 長安(지금의 西安)에 있던 연못 딸린 황실의 苑林.

그림 17.2 납매(중국 항주식물원에서 저자 촬영)

과 '납(蠟)'을 언급한 것을 보면 이 꽃의 이름은 밀랍(蜜蠟)과 일정한 관련이 있는 듯하다. 실제로 이 시에서 노래되고 있는 黃梅花는 '黃梅花'라는 이름보다는 '밀랍(蜜蠟)'의 '납(蠟)'자를 쓴 '납매(蠟梅)'라는 이름으로 더 잘 알려져 있는 식물이다. 명나라의 유명한 본초학자(本草學者)인 이시진(李時珍)이 "黃梅花인데, 이 식물은 본래 매화의 종류가 아니지만, 그것이 매화와 동시에 피고 향기 또한 비슷하며, 색깔이 밀랍을 닮아서 이 이름을 얻게 되었다."[182]고 해설하였던 그 '납매'[183]다.

....

182 《本草綱目》(李時珍 著, 倪泰一·李智謀 編譯, 江蘇人民出版社, 간행년도 미상) 제545쪽: "蠟梅. [釋名]也稱 黃梅花. [時珍說]此物本非梅類, 因其與梅同時, 香又相近, 色似蜜蠟故得此名." 인터넷에서 검색되는 이 부분은 "蠟梅. [釋名] 黃梅花, 時珍曰此物本非梅類, 因其與梅同時, 香又近, 色似蜜蠟故得此名."으로 되어 있다. 이 책이 백화투의 번역본임을 감안하면 인터넷에서 검색된 이것이 원문에 가까운 것으로 생각된다.

183 '蠟梅'와 발음이 같고 형태가 유사한 '臘梅'라는 이름도 쓰인다. 이 나무의 꽃이 겨울이 채 끝나기도 전인 음력 12월 곧 '臘月'에 핀다고 하여 붙인 이름이다. 그런데 한국에서는 '臘梅'를 주로 쓰지만, '蠟

그림 17.3 납매

　　이와 같이 중국문학에 등장하는 黃梅花는 한국에서 黃梅花라고 부르는 것
과는 다른 식물이다. 그러므로 중국문학 속에서 황매화라는 식물명을 만나면
섣불리 한국에서 황매화라고 부르는 식물로 오해해서는 안 될 일이다. 물론
중국문학작품에서는 주로 '납매'라는 이름으로 등장하기 때문에 황매화를 만
나는 일이 흔치는 않을 것이다.

　　한국의 黃梅花는 장미과에 속하는 식물로서 학명은 'Kerria japonica'이
다. 중국에서는 주로 '체당(棣棠)'으로 불린다. 한국에서는 겹꽃의 황매화를
'죽단화'라는 다른 이름으로 부르기도 한다. 한편, 중국의 황매화인 납매는 납
매과에 속하는 식물로서 학명이 'Chimonanthus praecox'이다. 위의 사진에
서 보는 바와 같이 납매는 종에 따라서 꽃의 색상과 형태, 그리고 향기의 농
도에 약간의 차이가 있다.

·········
梅'라는 말은 잘 쓰지 않는다. '蠟梅'라는 말을 쓰더라도 '蠟梅라고도 한다'고 하여 '蠟梅'를 '臘梅'의
異稱 정도로 간주한다. 그러나 앞의 李時珍의 설뿐만 아니라 王安國의 〈黃梅花〉에서 밀랍을 언급한 것
을 보면, '黃梅花'는 그 꽃의 색상과 질감의 특징을 잘 나타내는 '蠟梅'가 본명이고, '臘梅'는 俗名으로
보는 것이 옳은 듯하다.

제3장

동물

18

麒麟 기린

▶ 실재하는 동물과 전설상의 동물

1) 중국의 시가에 등장하는 두 종류의 기린

(1) 전설상의 동물인 기린

禍福茫茫不可期(화복망망불가기),

          화와 복은 아득하니 미리 알기 어렵지만,

大都早退似先知(대도조퇴사선지).

          대체로 일찍 물러난 것은 선견지명이었던 듯하네.

當君白首同歸日(당군백수동귀일),

          당신들 호호백발로 함께 세상 떠나는 날,

是我靑山獨往時(시아청산독왕시).

          그날은 내가 청산에 혼자 갈 때였지.

顧索素琴應不暇(고색소금응불가),

          돌아보며 거문고 찾을 겨를도 마땅히 없었을 것이고,

憶牽黃犬定難追(억견황견정난추),

          누런 개를 끌던 기억도 분명 추억하기 어려웠겠지.

麒麟作脯龍爲醢(기린작포용위해),

　　　　기린이 육포가 되고 용이 젓갈 되는 것은,

何似泥中曳尾龜(하사니중예미구).

　　　　진흙에서 꼬리 끄는 거북이보다 못하리라.

　　이 시의 제목은 〈구년십일월이십일일감사이작(九年十一月二十一日感事而作)〉인데, 당나라 시인 백거이(白居易)가 쓴 것이다. 이 시는 제목이 암시하는 바와 같이 당나라 문종(文宗) 대화(大和) 9년 11월 21일에 일어난 감로지변(甘露之變)[184]에 대한 감회를 기술한 것이다. 백거이 자신은 다행히 횡액을 면했지만 유능한 대신들이 참화를 입은 것에 대하여 애통해하는 심정을 표출하고 있음을 볼 수 있다. 그러므로 육포가 되고 젓갈이 되었다는 이 시에서의 麒麟(기린)과 龍(용)은 감로지변에서 희생된 유능한 대신들을 지칭하는 것임을 알 수 있다.

　　실재하지 않는 동물인 龍과 병칭되고 있는 麒麟도 실재하지 않는 상상의 동물일 것임을 짐작할 수 있다. 바로 《한어대사전(漢語大詞典)》에서 "고대 전설 속의 동물이다. 형태는 사슴을 닮았고, 머리에는 뿔이 있으며, 온몸에는 비늘이 있고, 꼬리는 소꼬리를 닮았다. 옛사람들은 그것을 인수(仁獸) 또는 서수(瑞獸)라고 생각하였으며 그것으로써 상서로움을 상징하였다."[185]라고 하였고, 《일본국어대사전(日本國語大辭典)》에서 "고대 중국에서 성인이 출현하여 훌륭한 정치가 행해질 때에 그 징표로서 이 세상에 나타난다고 하는 상상

....
184　환관의 통제 하에 있던 27세의 젊은 황제 文宗은 李訓 鄭注 등과 모의하여 환관들을 제거하려고 하였다가 계획이 탄로나는 바람에 많은 대신들과 그 가족들이 무참히 도륙을 당한 사건이다. 당초에 상서로운 甘露가 내렸다는 말로 환관들을 유인하였기 때문에 그 사건을 甘露之變이라고 한다.
185　《漢語大詞典》 제12권 제1292쪽: "古代傳說中的一種動物. 形狀像鹿, 頭上有角, 全身有鱗甲, 尾像牛尾. 古人以爲仁獸·瑞獸, 拿它象徵祥瑞."

그림 18.1 상상의 동물인 기린을 형상화한 모습

속의 동물이다. 몸은 사슴, 발굽은 말, 꼬리는 소, 이마는 늑대인데 뿔이 하나 있으며, 온몸은 노란색이고 배 부분은 오색인데 살아 있는 것이나 살아 있는 풀을 해치지 않는다. 일설에 수컷이 '麒(기)'이고 암컷은 '麟(린)'이다."[186]라고 해설을 하였던 동물이 바로 그것이다.[187] 요컨대 백거이의 시에 등장하는 麒麟

....

186 《日本國語大辭典》제3권 제945쪽: "古代中國で, 聖人が出現して良い政治が行なわれる時に, そのしるしとして この世に現われるとされる想像上のけもの. 體は鹿, 蹄(ひづめ)は馬, 尾は牛, 額は狼(おおかみ)で角(つの)が一本, 全身は黃色, 腹部は五色で, 生物や生草を害さないという. 一說に, 雄が「麒」で, 雌が「麟」."

187 《두산세계대백과사전》제5권 제71쪽에서는 "고대 중국의 전설에 나오는 상상의 영수(靈獸), 기(麒)는 수컷, 인(麟)은 암컷이다. '인'에 대한 기록은《시경(詩經)》과《춘추(春秋)》에도 있어 먼 옛날부터 전래된 것 같다. 그러나 당시의 기린은 후세의 것만큼 그 모습이 복잡하지는 않았던 듯하다. 그런데 전한(前漢) 말 경방(京房)의 저서《역전(易傳)》에는 '인'은 몸이 사슴 같고 꼬리는 소와 같으며, 발굽과 갈기는 말과 같으며, 빛깔은 오색이라고 하였다. 그 공상적 요소가 한대 이후에는 더욱 추가되었는데, 봉황과 마찬가지로 이것이 출현하면 세상에 성왕(聖王)이 나올 길조라고 여겼다. 인은 이마에 뿔이 하나 돋아 있는데, 그 끝에 살이 붙어 있어 다른 짐승을 해치지 않는다 하여 인수(仁獸)라고 하였다. 백수(百獸)의 영장(靈長)이라는 점에서 걸출한 인물에 비유되고, 뛰어난 젊은이를 기린아(麒麟兒)라고 한다. 또한 말과 비슷하여 준마로 비유되는 경우도 많으며, 말마(馬) 변을 붙여 기린(騏驎)으

은 실재하는 동물이 아닌 인간의 상상이 만들어 낸 전설 속의 동물인 것이다.

(2) 실재하는 동물인 기린

다음의 시에도 '麒麟(기린)'이라는 동물이 등장한다. 그런데 이 기린은 앞에서 살펴보았던 기린과는 사뭇 분위기가 다르다.

華夏同春海宇淸(화하동춘해우청),

　　중국은 온통 봄기운이고 세상은 태평한데,

麒麟先後進瑤京(기린선후진요경),

　　기린이 앞뒤로 수도로 들어오네.

信知和氣多祥瑞(신지화기다상서),

　　화목한 기운이 얼마나 상서로운지 정말 알겠거니와,

喜見遐方仰聖明(희견하방앙성명),

　　먼 나라가 우리 황제를 우르르는 것을 즐거이 본다.

聲協簫韶金殿奏(성협소소금전주),

　　음악은 성스러운 곡에 맞추어 궁전에서 연주되고,

步循規矩玉階行(보순규구옥계행),

　　걸음은 법도에 따라 옥 계단을 오르네.

四靈稱首昭仁瑞(사령칭수소인서),

　　네 영물 중 처음으로 치듯 어질고 상서로움 뚜렷하니,

萬歲千秋享太平(만세천추향태평).

　　천 년 만 년 태평을 누리리라.

....

로 쓰기도 한다."라고 기린에 대한 해설을 하였다.

그림 18.2 소말리아 지역에 서식하는 그물 모양 무늬를 가진 망상기린

　이 시의 제목은 〈기린시(麒麟詩)〉인데, 명나라 사람 왕불(王紱)[188]이 쓴 것이다. 왕불은 명(明)나라 영락(永樂) 12년(1414년)에 방글라데시에서 사신을 파견하여 명나라에 바쳤던 동물을 제재로 하여 이 시를 썼다.[189] 백거이의 〈구년십일월이십일일감사이작〉에 등장하는 麒麟이 전설상의 동물이었던 것과는 달리, 〈기린시〉의 제재가 된 기린은 실재하는 동물이었던 것이다. 〈기린시〉의 기린은 바로 현재 한국에서 '기린', 일본에서는 '麒麟' 또는 'ジラフ', 중국에서는 '장경록(長頸鹿)', 영어로는 'giraffe'라고 부르는 바로 그 동물이다. 일본어의 'ジラフ(지라후)'는 영어 'giraffe'의 일본식 발음이다.

　이와 같이 중국의 고전 시가에 등장하는 '麒麟'은 경우에 따라 구체적으

....

188　1362~1416. 명나라 초기의 유명한 화가 겸 시인. 《王舍人詩集》이 있다.

189　"榜葛剌贡麒麟."

로 가리키는 동물이 다를 수 있다는 것을 알 수 있다. 명나라 이전의 시가에 등장하는 '麒麟'은 세상에 실재하지 않는 상상의 동물이지만, 명나라 영락 12년(1414년) 이후의 '麒麟'은 실재하는 동물일 수도 있는 것이다.

2) 한국의 '麒麟'과 중국의 '長頸鹿' 간의 접점

오늘날 중국에서는 전설상의 麒麟만 '麒麟'이라고 부르고, 한국에서 '기린'이라고 하는 현존하는 동물은 '장경록(長頸鹿)'이라고 부른다. 그래서 '麒麟'에 대한 한국과 중국의 인식이 전혀 다른 것처럼 보인다. 그렇지만 앞에서 살펴본 왕불의 〈기린시〉에서 알 수 있듯이 기린에 대한 인식에 있어서 한국과 중국 간에는 모종의 접점이 있었음을 짐작할 수 있다.

사실 왕불의 〈기린시〉는 중국사의 한 가지 재미있는 사건과 관련이 있다. 바로 방글라데시가 영락 12년(1414년)에 특이한 동물을 명나라에 공물로 바쳤던 일이다. 그때의 광경을 담은 심도(沈度)의 〈서응기린도(瑞應麒麟圖)〉라는 그림을 보면 구레나룻이 선명한 아랍계 남자로 보이는 사람이 키가 매우 큰 동물의 고삐를 잡고 있는데, 그 동물은 오늘날 한국에서 기린이라고 부르는 동물이라는 것을 한눈에 알 수 있다. 이 특이한 동물을 처음 본 중국인들은 그 모습을 자세히 뜯어보고서는 그 동물이 전설로 전해지던 그 기린이라고 판단했던 것이다.

사실 이 특이하게 생긴 동물은 전설로 전해져 내려오는 麒麟의 형상과 닮은 점이 적지 않았다. 우선 이 동물의 생김새가 《설문해자(說文解字)》에서 "사불상(四不像)[190]의 몸에 소의 꼬리를 하였다."[191]라고 한 것과 부합한다. 그리고

....

190 '麤'를 '四不像'으로 번역한 것은 다음 '麤'에 관한 논술 참조.

191 《說文解字》(許愼 撰, 段玉裁 注, 孫永淸 編著, 北京: 中國書店, 2011) 제4권 제1572쪽, '麒': "麒麟仁獸也. 麤身, 牛尾, 一角."

그림 18.3 瑞應麒麟圖

《설문해자》에서는 비록 '뿔이 하나[一角]'라고 하였으나 《공양전(公羊傳)》에서 "기린은 인자한 동물이다."[192]라고 한 것에 대하여 하휴(何休)가 "모습은 사불

....

192 "麟者, 仁獸也."

상을 닮았고, 뿔은 하나인데 살로 덮여 있으니 무장을 하고 있으나 해가 되지 않는 것이 인자한 까닭이다."[193]라고 한 부분에서 뿔의 형상을 묘사한 것도 일치한다. 온순해 보이는 모습도 '인자하다'라고 한 자질을 드러내는 것으로 볼 수 있음직하다. 〈서응기린도〉에 동물의 무늬가 비늘처럼 묘사되어 있는 것도 기린의 무늬가 비늘이 있는 것으로 묘사되기도 하는 전설상의 기린의 형상에 부합하는 것으로 파악한 흔적일 것이다.[194] 거기에 더하여 소말리아에서 이 동물을 'giri'로 불렀다는 점도 이 동물을 '麒麟'이라고 믿게 하는 데에 일조를 한 것으로 보인다.[195] 이 동물의 이러한 특징들이 중국인들로 하여금 그 동물을 전설상의 그 기린이라고 판단하게 하였을 것이다. 심도의 그림 제목 '서응기린도(瑞應麒麟圖)'의 '瑞應'은 당시 중국인들이 그 동물을 전설로 전해지는 麒麟으로 인식했음을 여실히 보여준다.[196] 현재의 상황과는 달리 중국에서도 처음에는 현재의 한국에서와 마찬가지로 아프리카에서 나는 키 큰 동물을 麒麟으로 불렀던 사실을 확인할 수 있다.

3) 아프리카에서 나는 '麒麟'에 대한 중국인의 인식 변화

오늘날의 한국에서와 마찬가지로 애초에는 아프리카에서 나는 키 큰 동

....
193 "狀如麇, 一角而戴肉, 設武備而不爲害, 所以爲仁也."
194 영락 13년 곧 1415년에 정화는 선단을 이끌고 기린이 서식하고 있는 소말리아까지 가서 기린(한국식 이름)을 싣고 왔다. 그 일은 그 전 해에 방글라데시가 바친 기린의 원산지에 대한 정보에 의해 이루어진 것일 텐데, 소말리아에서 서식하는 기린의 종류는 주로 무늬의 형태가 그물을 닮은 망상기린(網狀 麒麟)이라는 점도 양자 간의 동질성을 부각시키는 한 가지 요인으로 작용한 것으로 생각된다.
195 鄒振環의 〈"長頸鹿"在華命名的故事〉 참조.
196 인터넷 사전 [漢典]에서는 '瑞應'을 "군왕의 덕이 지극하면 천지를 감동시킬 수 있고, 그러면 귀하고 특이한 사물이 나타나 길상의 감응이 된다고 하는데, 그것을 '서응'이라고 일컫는다(相傳王者至德, 能 感動天地, 於是有珍異的東西出現, 爲吉祥的感應, 稱爲'瑞應')."라고 하였는데, 이 해설은 沈度의 그림 '瑞 應麒麟圖'의 의미를 이해하는 데에 결정적인 도움을 준다.

물을 기린이라고 불렀던 중국에서 그것을 장경록(長頸鹿)으로 바꿔 부른다는 것은 그 동물에 대한 중국인들의 인식이 변했다는 것을 의미한다. 그것은 곧 중국인들이 아프리카산의 키 큰 동물이 중국에서 전설로 내려오던 그 상서로운 麒麟과는 다른 동물임을 알게 되었음을 의미하는 것이다.

널리 알려져 있듯이 중국인들에게 麒麟은 성군(聖君)의 치세에나 나타나는 상서로운 동물로 인식되고 있었다. 그래서 1414년에 방글라데시에서 특이하게 생긴 동물을 바치자 그것이 기린이라고 생각한 명나라 조정의 대신들을 포함한 수많은 사람들이 앞다투어 기린이 나타났다고 하는 이 상서로운 일을 제재로 글을 지어 올렸다.[197] 영락황제를 성군으로 떠받들며 그 공덕을 칭송하였던 것인데, 그 많은 글들 중 하나가 바로 앞에서 인용하였던 왕불의 〈기린시〉다.

그러나 그것이 성군의 치세에나 나타난다는 그 신령스런 기린이 아니라는 것을 알아차리기까지는 그다지 긴 시간이 걸리지 않은 것 같다. 영락 13년 곧 1415년에 정화는 선단을 이끌고 기린(한국식 명칭)이 서식하고 있는 소말리아까지 가서 기린을 싣고 왔다는 사실이 그런 사정을 짐작할 수 있게 한다. 전설상의 기린이 실제로 출현한 것이라고 생각했던 그 아프리카산 동물은 중국에서는 나지 않는 동물이라 귀하지만, 정작 원산지인 아프리카에서는 상당히 흔한 동물이라는 사실을 금세 알게 되었을 것이다.

공자 시대에 나타났었다는 그 기린은 그 이후 2천 년이 넘는 시기인 명나라 영락제 시대까지도 그 출현에 대한 공식 기록이 없을 만큼 희귀한 것이어야 하는데, 그렇지 않았기 때문에 그 동물을 麒麟이라고 생각하는 것은 당연히 타당하지 않게 된 것이다. 기린이라고 생각했던 아프리카산 동물이 기린

<hr>

197 鄒振環의 〈'長頸鹿'在華命名的故事〉: "獻上 '麒麟頌' 的還有楊士奇·李時勉·金幼孜·夏原吉·楊榮等諸大臣,《瑞應麒麟詩》彙編起來厚達十六冊之多."

이 아닌 것으로 확인됨으로써 그 동물에 붙이던 이름도 바뀌게 되는데, 최종 적으로는 '長頸鹿'이라는 이름으로 낙착된다. '長頸鹿'이라는 이름이 처음 사용된 것은 서계여(徐繼畬)가 1848년에 지은 《영환지략(瀛環志略)》에서였다고 한다.[198] 중국인들이 아프리카산 '麒麟'을 처음 본 후 400년이 넘는 세월이 지난 후에야 '정명(正名)'이 된 셈이다.

중국에서 아프리카산의 '麒麟'이 신화적 색채를 떨쳐내고 '長頸鹿'으로 거듭나기까지는 이와 같이 많은 세월이 흘렀지만, '長頸鹿'이라는 이름의 위상은 확고한 듯하다. 인터넷을 검색해 보면 현재의 중국인들 중에는 1414년에 아프리카산 '기린'을 처음 보고서 '기린'이라고 불렀다는 사실을 아는 사람이 별로 없을 뿐만 아니라, 그들이 '長頸鹿'이라고 부르고 있는 동물을 처음에는 '麒麟'이라고 불렀다는 사실을 신기하게 생각할 정도다.

4) 아프리카산 기린에 대한 한국인의 인식

중국에서는 당초 麒麟이라고 생각했던 아프리카산 동물이 전설 속의 그 麒麟이 아니라는 사실을 알고서 그 동물을 '長頸鹿'으로 이름을 바꾸어 부르고 있지만, 한국에서는 여전히 아프리카산의 키 큰 동물을 기린이라고 부르고 있다. 전설상의 동물인 기린에 대한 인식도 별로 보편화되어 있지 않은 채, 아프리카산의 키 큰 동물의 본래 이름이 기린이라고 생각하는 인식만 유통되고 있는 형편이다. 아프리카산의 '기린'과 전설상의 기린 간에 존재하는 접점에 대한 정보는 더더욱 알려져 있지 않은 것으로 생각된다.

그렇지만 한국에도 아프리카산의 기린과 전설상의 기린 간의 접점과 관련된 정보는 있었다. 조선시대 유학자인 이규경(李圭景, 1788~1856)이 그의

....
198 앞의 논문 〈"長頸鹿" 在華命名的故事〉 참조.

저서 《오주연문장전산고(五洲衍文長箋散稿)》에서 〈만물편·조수류·수(萬物篇·鳥獸類·獸)〉에 실은 〈기린변증설(麒麟辨證說)〉이라는 글이 바로 그것이다. 〈기린변증설〉의 기린에 대한 변증(辨證)에는 아프리카산의 키 큰 동물을 '麒麟'이라고 부르며 그 형태적 특징을 설명한 《명사고(明史藁)》의 기술(記述)[199]을 전재(轉載)하고 있는데, 이것이 아프리카산 키 큰 동물을 '麒麟'으로 소개한 한국 최초의 본격적인 문헌이라고 생각된다.[200]

그러나 이규경은 기린에 대한 '변증'을 전개하면서 심각한 문제점을 드러내었다. 이규경은 〈기린변증설〉에서 《명사고》를 인용하면서 아프리카산의 키 큰 동물을 거론할 뿐만 아니라, 전통적인 관점인 전설상의 麒麟에 관한 이야기도 하고 있다. 심지어 청나라 사람 왕사진(王士禛)이 《지북우담(池北偶談)》에서 기술한 기형으로 태어난 동물에 관한 이야기도 소개하고 있다. 요컨대 이규경은 아프리카산의 키 큰 동물과 전설상의 麒麟 및 민간에서 기린이라고 불렀던 기형의 동물의 차이를 이해하지 못했던 것이다. 고증학의 영향을 받아 '麒麟'이라는 동물의 정체를 밝히고자 한 이규경의 합리주의적 태도는 바

....

199 《明史藁》의 "麒麟, 前足高九尺, 後六尺, 頸長丈六尺, 有二短角, 牛尾鹿身, 食粟豆面餠."이라 한 부분을 전재하고 있다. 그런데 [네이버 지식백과]에서 검색되는 한국학중앙연구원의 《한국민족문화대백과》에서는 이 부분을 "앞다리 9척, 뒷다리 6척, 목 길이 1장(丈) 6척이며, 2개의 단각(端角), 소의 꼬리, 사슴의 몸을 가지며, 겉곡식·콩·밀가루떡·쌀가루떡을 먹는다."라고 번역한 것으로 되어 있는데, 여기에 보이는 '단각(端角)'은 《明史藁》에서는 본래 '短角'이라고 했던 것이다. 〈麒麟辨證說〉에서 같은 발음의 '端角'이라고 誤記한 것을 확인하지 않고 글자 그대로 옮긴 것임을 알 수 있다. 또한 이 설명에 앞서 "명(明)나라의 사신이 쓰기를 성조(成祖) 영락(永樂) 19년 중관(中官) 주(周)모씨가 아단(阿丹)에서 기린을 얻어 가지고 돌아왔다."라고 한 부분 중의 '명(明)나라 사신'이라고 한 부분도 〈麒麟辨證說〉에서 '明史藁'를 같은 발음의 '明使藁'로 誤記한 것을 확인하지 않고 기계적으로 번역한 것이다. 문맥상 시기적으로 淸나라 시대인데 '명(明)나라 사신'이 언급되고, 정체를 알기 어려운 '端角'이라는 말이 쓰였다면 원전을 한 번 확인해 볼 필요가 있었던 것이다. 그렇게 했더라면 지금처럼 기계적인 번역으로 야기된 오역이 인터넷에서 널리 유통되는 것을 막을 수 있었을 것이다.

200 조선시대 백과전서파의 대표적인 학자인 李圭景이 고증학적인 방법을 동원하여 '麒麟'을 소개하지만 국내의 문헌을 언급한 흔적이 없는 것을 근거로 그렇게 추단한다.

그림 18.4 일본 기린맥주에서 제시하는 기린의
모습(서울 종로구의 어느 음식점에서 저자 촬영)

람직한 것이었지만, 고정관념을 떨쳐내고 새로운 문물을 정확하게 인식하는
단계에까지는 이르지 못하였음을 보여준다. 실물을 보지 못한 한계가 너무나
도 컸기 때문일 것이다.

　　당시 조선에서의 이규경의 학문적 위상으로 보아 기린의 인식과 관련된
이규경의 한계는 당시 조선 지식계의 한계라고 할 수 있다. 그것은 당시 중국
중심의 동아시아 지역에서 조선이 지식 정보의 유통에 소외되고 있던 현장을
여실히 보여주는 것이기도 하다.[201] 당시 동아시아 지식계에서 낙후성을 면치

....

201　李圭景이 '麒麟'에 대하여 辨證하면서 王鴻緒의 《明史藁》를 인용하고 있지만, 그 자료가 明代 馬歡의
　　　《瀛涯勝覽》에 근거한 것임은 모르고 있던 듯하다. 李圭景이 〈麒麟辨證說〉에서 인용한 《明史藁》 부분
　　　"麒麟, 前足高九尺, 後六尺, 頸長丈六尺, 有二短角, 牛尾鹿身, 食粟豆面餠."은 《瀛涯勝覽》의 "麒麟, 前二足

못했던 조선의 형편은 기린에 대한 인식의 양상에 화석처럼 고스란히 남아 전해지고 있는 것이다.

처음에는 麒麟이라고 생각했던 아프리카산의 키 큰 동물이 전설상의 동물과 다르다는 것을 간파한 중국은 그것을 여러 가지 다른 이름으로 부르다 급기야 長頸鹿이라는 이름으로 바꾸어 부르게 되었고, 그것이 현재에까지 이어지고 있다. 그래서 중국의 대표적인 사전에서는 麒麟과 長頸鹿을 별개의 동물로 취급한다. '麒麟'의 항목과 '長頸鹿'의 항목을 따로 설정하고, 전자에는 전설상의 동물에 관한 정보를 기술하고 후자에는 현존하는 아프리카산 키 큰 동물에 대하여 기술하고 있다.

한편 일본의 대표적인 사전에서는 '麒麟'의 항목에 전설상의 동물에 대한 기술을 먼저 한 다음, 현존하는 아프리카산 키 큰 동물에 대하여 기술하고 있다. 일본인들이 아프리카산의 키 큰 동물과 전설상의 기린이 전혀 다른 존재라는 것을 뒤늦게 알아차렸지만, 한동안 아프리카산 키 큰 동물을 '麒麟'이라고 불렀던 관행과 아직 온전히 절연하지 못한 현실이 그런 방식으로 나타났다고 할 수 있을 것이다.[202]

그러나 한국에서는 '麒麟'이라는 이름이 일차적으로 환기하는 동물은 아프리카산의 그 키 큰 동물이다. 한국인들에게는 중국 전설 속의 상상의 동물인 기린은 오히려 생소하다. 그래서 한국의 대표적인 사전의 '麒麟' 항목은 아프리카산 동물에 대한 기술이 선행하고, 전설상의 기린에 대한 정보가 추가

....

高九尺, 後兩足約高六尺, 頭抬頸長一丈六尺, 首昂後低, 人莫能騎, 頭生有二短角在耳邊, 牛尾鹿身, 蹄有三路, 匾口. 食粟豆面餠."을 축약한 것이다.

202 일본의 대표적인 맥주회사의 하나인 기린맥주에서 출시하는 병과 캔에는 기린 그림이 그려져 있는데, 그 기린은 전설로 전해지는 상상의 동물을 형상화한 것이다. 이로써 보건대 일본에서도 아프리카산의 키 큰 동물을 한때는 '麒麟'이라고 부르긴 했지만, 현재는 이 동물이 기린이 아니라는 인식이 상당히 보편화되어 있는 듯하다. 일본에서는 아프리카산의 키 큰 동물을 '麒麟'으로 부르기보다는 그 동물의 영어식 이름인 'giraffe'의 일본식 표기인 'ジラフ(지라후)'가 더 보편적으로 알려져 있는 듯하다.

적으로 이어지는 방식으로 구성되어 있다.[203] 본래 '麒麟'이라는 동물이 어떠한 존재였으며, 어떤 연유로 아프리카산의 키 큰 동물을 '麒麟'이라고 부르게 되었는지에 대한 정보가 제대로 알려져 있지 않기 때문이다. 중국에서 생산되어 유통되던 지식정보의 수용에서 일본에 비해 뒤처졌던 조선의 모습과 그 여파가 현재에도 남아 있는 지식계의 실상이 기린에 대한 정보의 수용과 업데이트 양상에도 여실히 반영되어 있다고 할 것이다.

....

203 한국의 《두산세계대백과사전》과 중국의 《漢語大詞典》, 그리고 일본의 《日本國語大辭典》의 麒麟에 대한 정보 기술 방식에 근거하여 이런 논리를 전개하는데, 이들 세 사전은 각국을 대표하는 사전으로서 손색이 없다고 생각한다.

19

麋 미

▶ 고라니 아닌 사불상

《맹자·양혜왕(孟子·梁惠王)(상)》 제2장의 첫머리는 다음과 같은 말로 시작된다.

孟子見梁惠王(맹자견양혜왕), 王立於沼上(왕립어소상), 顧鴻雁麋鹿(고홍안미록).[204]

한학(漢學)에 관심이 있는 사람이라면 대개 이 구절이 낯설지 않을 것이다. 바로 맹자가 '(군주가) 백성들과 함께 즐긴다'라는 이른바 '여민동락(與民同樂)'[205]의 사상을 피력한 것으로 유명한 대목의 앞부분이기 때문이다. 문장의 길이도 짧고 담고 있는 내용도 간단한 것들이니 한문을 어느 정도 익힌 사람이라면 모두 똑같은 번역문을 낼 것처럼 생각된다. 그러나 실제는 그렇게 간단하지 않다. 이 구절에 대한 다양한 번역을 소개하기로 한다.

박기봉(朴琪鳳): 맹자께서 양혜왕을 찾아뵈었을 때, 왕은 연못가에 서서 고니

....

204 句讀는 朱熹의 《四書集註》(臺灣 臺北: 學海出版社, 1984) 제198쪽의 것에 따랐다.
205 원문에는 '與民偕樂'으로 되어 있다.

와 사슴 등 갖가지 새들과 짐승들을 바라보면서[206]

안외순: 맹자가 양 혜왕을 알현했는데, 왕이 연못가에 있다가 기러기들과 사슴들을 돌아보고[207]

김기평: 맹자께서 양혜왕을 보시니까, 왕이 못 가에 서셨더니 홍안과 미록을 돌아보고

주) 鴻은 기러기의 큰 것이요, 麋는 사슴의 큰 것이다.[208]

임동석: 맹자가 양 혜왕을 뵙자 왕은 못 가에 서서 홍안(鴻雁)과 미록(麋鹿)을 돌아보며

주) 鴻은 기러기 중에 큰 것이요, 麋는 사슴 중에 큰 종류이다.[209]

박경환: 맹자가 양혜왕을 접견했다. 마침 양혜왕은 정원 연못 가에 서서 기러기와 사슴들을 돌아보면서[210]

우재호: 맹자께서 양혜왕을 만나뵈니, 양혜왕은 못 가에 서서 크고 작은 기러기와 고라니와 사슴을 돌아보면서[211]

정일옥: 孟子께서 梁惠王을 뵙신데 王이 연못 위에 서서 기러기와 사슴을 돌아

....

206 《교양으로 읽는 孟子》(朴琪鳳 역주, 서울: 비봉출판사, 2001) 제3쪽.
207 《맹자》(안외순 옮김, 서울: 책세상, 2002) 제2쪽.
208 《孟子 講讀》(김기평 옮김, 서울: 아세아문화사, 2002) 제21쪽.
209 《四書集註諺解 孟子》(임동석 역, 서울: 學古房, 2004) 제25쪽.
210 《맹자·孟子》(박경환 옮김, 서울: 홍익출판사, 1999년 초판, 2005년 재판) 제34쪽.
211 《맹자》(우재호 옮김, 서울: 을유문화사, 2007) 제54~55쪽.

보며

주) 홍(鴻)은 큰기러기이고, 미(麋)는 큰사슴이다.[212]

윤재근: 맹자가 위(魏)나라 혜왕을 만났을 때 왕이 못가에 서서 큰 기러기와

　　　큰 사슴을 바라보며[213]

주) 홍(鴻)은 〈큰 대(大)〉와 같으며, 미(麋)는 대록(大鹿)을 말한다.

클 홍(鴻), 기러기 안(鴈), 큰사슴 미(麋), 사슴 록(鹿)[214]

선선유교경전연구소(善善儒敎經傳硏究所): 맹자께서 梁나라 혜왕을 만나셨는

　　　데 혜왕이 못가에 서 있더니, 크고 작은 기러기와 크고 작은 사슴을

　　　돌아보고[215]

주) 鴻은 鴈之大者요 麋는 鹿之大者라

鴻 큰기러기 홍　鴈 기러기 안　麋 순록 미　鹿 사슴 록[216]

성백효(成百曉): 孟子께서 梁惠王을 뵈올 적에, 王이 못가에 있었는데, 鴻雁과

　　　麋鹿을 돌아보고

주) 鴻은 기러기 중에 큰 것이요, 麋는 사슴 중에 큰 것이다.

鴻: 기러기 홍　麋: 고라니 미[217]

....

212 《孟子》(정일옥 역, 경기도 파주: 淸文閣, 2009) 제6쪽.

213 《희망과 소통의 경전 맹자1》(윤재근, 서울: 동학사, 2009년 초판, 2012년 초판 3쇄) 제35쪽.

214 같은 책 제37쪽.

215 《孟子集註》[善善儒敎經傳硏究所 역주, 대전: (주)善善, 2013] 제19쪽.

216 같은 책 제20쪽.

217 《懸吐完譯 孟子集註》[成百曉 역주, 서울: (사)전통문화연구회, 1991년 초판, 2013년 개정증보판 11쇄]
　　제30쪽.

김학주: 맹자가 양나라 혜왕을 찾아뵈었다. 왕은 연못가에 서 있다가, 큰 기러기 작은 기러기와 고라니 사슴을 둘러보면서

주) 鴻雁(홍안): 큰기러기와 보통 기러기. 미록(麋鹿): 고라니와 사슴[218]

위 11가지 예문은 국민대학교 성곡도서관에 소장되어 있는 《맹자(孟子)》 번역본 중 근래에 출간된 것들 중에서 앞에서 제시했던 《맹자》의 원문에 대한 번역문과 앞으로의 논의에 참고가 될 만한 주석을 거의 망라한 것이다. 일별해도 알 수 있듯이 대동소이하나 서로 완전히 같은 번역은 하나도 없다. 번역이라는 것이 상당한 수준의 자율성이 허용되는 작업이지만 만인이 수긍할 수 있게 하기는 어렵다는 사실을 여실히 보여준다.

이제 다시 이 글의 논제와 직접 관련된 것으로 논의의 범위를 좁히고자 한다. 우선 논란의 여지가 많은 '麋(미)' 또는 '麋鹿(미록)'에 대한 번역만을 간추려서 '麋'에 대한 관점을 성격별로 분류해 보기로 한다.

① 뭇 짐승을 대표하는 동물로 본 경우: 朴琪鳳(사슴 등 갖가지 짐승들)

② 사슴을 나타내는 말로 본 경우: 안외순(사슴들), 박경환(사슴)

③ 구체적인 종의 제시 없이 단지 체형이 큰 사슴으로 본 경우: 김기평(사슴의 큰 것), 임동석(사슴 중에 큰 종류), 윤재근(큰 사슴), 정일옥(큰사슴)

④ 고라니로 본 경우: 우재호(고라니와 사슴), 김학주(고라니 사슴)

⑤ 체형이 큰 사슴으로서의 고라니로 본 경우: 成百曉(사슴 중에 큰 것, 麋: 고라니 미)

⑥ 체형이 큰 사슴으로서의 순록으로 본 경우: 善善儒敎經傳硏究所(麋는 鹿之大者, 麋 순록 미)

....

218 《맹자》(김학주 역주, 서울: 서울대학교출판문화원, 2013) 제8쪽.

    가장 많은 것이 구체적인 종의 제시 없이 단지 체형이 큰 사슴으로 본 경우인 것을 알 수 있다. 이는 앞에서 정리하였던 주에서 여러 차례 나타나고 있듯이 주희(朱熹)가《사서집주(四書集註)》해당 부분에 "麋, 鹿之大者."[219]라는 주석을 단 영향 때문일 것이다. 권위 있는 기성의 주석을 무시하고 마치 시적 분위기를 추구하듯이 뭉뚱그려 해석한 ①과 ②의 경우보다는 성실한 번역이라고 할 수 있을 것이다. 그렇지만 주희라는 대가가 주석을 달아서 그 대상을 구체화하려고 한 의도를 고민해 보지 않았다는 점에서는 좋은 점수를 주기 어려울 듯하다.

    '麋'자가 가리키는 동물을 특정하려고 한 것 네 가지 중에서 '麋'를 '고라니'로 본 것이 셋이나 되는 것은 아마도 자전(字典) 등에서 '麋'자를 '고라니'로 새기는 한국적 관행이 따른 것으로 생각된다.[220] 그러나 고라니는 사슴과 동물 중에서 결코 큰 축에 끼지 못한다. 사슴과 중에 가장 큰 동물인 말코손바닥사슴(*Alces alces*)은 체중이 800kg 정도에 달한다고 하는 것에 비해,[221] 고라니의 체중은 기껏해야 9~11kg 정도에 불과하다고 한다.[222] 체중은 고라니처럼 9~11kg 정도 나가지만 체격은 고라니보다 조금 작다고 알려져 있는 사향노루와 함께 고라니는 사슴과 동물 중에서 체격이 작은 동물에 속하는 것이다.[223] 그러므로 '麋'를 '사슴 중에 큰 것'이라고 하고서도 '고라니 미'라고 새긴 성백효의 번역은 결과적으로 논리적인 모순을 범한 것이 된다.

....

219 《四書集註》(朱熹, 臺灣 臺北: 學海出版社, 1984) 제198쪽.
220 《新字典》(崔南善 編, 서울: 新文館, 1915년 초판 1928년 5판) 제51쪽: "麋(미)鹿屬似水牛고란이".《大漢韓辭典》(張三植 編, 서울: 博文出版社, 1964년 초판, 1975년 수정 초판) 제1811쪽: "麋: 고라니미(鹿屬似水牛). 麋鹿: 고라니와 사슴."《엣센스 국어사전》(이희승 감수, 민중서림편집국 편, 서울: 民衆書林, 2002년 제5판 제3쇄) 제870쪽: "미록(麋鹿): 고라니와 사슴."
221 [네이버 지식백과] 말코손바닥사슴 [moose]《두산백과》참조.
222 [네이버 지식백과] 고라니 [Chinese water deer]《두산백과》참조.
223 [네이버 지식백과] 사향노루 [麝香—] (《한국민족문화대백과》, 한국학중앙연구원) 참조.

이제 '麋'를 '사슴 중에서 큰 것'이라고 한 주희가 오류를 범한 것이거나, '고라니 미'라고 새기는 한국의 지식 기반에 문제가 있거나 둘 중의 하나로 귀결될 것이다. 이에 같은 한자문화권에 속하는 중국과 일본에서는 '麋'가 어떻게 인식되고 있는지 알아보지 않을 수 없게 된다.

《中文大辭典》: '麋'는 동물 이름이다. 사슴속이다. (*Alces machlis*) 포유류 반추 우제류로서 사슴과 비슷하게 생겼으나 덩치가 큰데, 키는 7척 정도 된다. …… 겁이 많고 잘 달리고 헤엄도 잘 치며 나무껍질과 나뭇잎 및 어린 싹을 먹는다. 아시아의 북방과 스웨덴 노르웨이 북아메리카 등에서 난다.[224]

《漢語大詞典》: '麋'는 포유동물이다. 털은 담갈색이고 수컷은 뿔이 있다. 뿔은 사슴을 닮았고, 꼬리는 나귀를 닮았으며, 발굽은 소를 닮았고, 목은 낙타를 닮았으나 전체적으로 보면 어떤 동물하고도 닮지 않았다. 성질이 온순하고 식물을 먹는다. 중국 원산으로서 진귀하고 희귀한 짐승이다. '사불상'이라고 도 한다.[225]

《大漢和辭典(縮寫版)》: 순록. 큰사슴.[226]

....
224 《中文大辭典》(林尹·高明 主編, 臺北: 中國文化大學出版部, 1973년 초판, 1982년 第6版) 제10권 제872쪽: "麋: 動物名. 鹿屬. (*Alces machlis*) 哺乳類反芻偶蹄類, 形似鹿而體龐大, 高七尺許. …… 性怯弱, 善走, 亦能游泳, 食樹皮樹葉及嫩芽等. 産亞洲北方及瑞典挪威北美洲等處."
225 《漢語大詞典》(漢語大詞典編輯委員會漢語大詞典編纂處, 上海: 漢語大詞典出版社, 1989년 초판, 1994년 제3쇄) 제12권 제1290쪽: "麋: 哺乳動物. 毛淡褐色, 雄的有角, 角像鹿, 尾像驢, 蹄像牛, 頸像駱駝, 但從整體看哪種動物都不像. 性溫順, 吃植物. 原產中國, 是一種珍貴的稀有獸類. 也叫四不像."
226 《大漢和辭典(縮寫版)》[諸橋轍次, 日本 東京: 大修館書店, 昭和34년(1959년) 초판, 昭和43년(1968년) 縮寫版 제2쇄] 제12권 제912쪽: "麋: なれしか. おほしか."

《日本國語大辭典(縮刷版)》: 순록.[227]

중국 지역과 일본의 권위 있는 사전 각 2권에 기술되어 있는 '麋'에 대한 해설은 모두 사슴과에 속하는 것 중 덩치가 큰 동물을 가리키고 있다는 공통점이 있다. 특정성이 떨어지는 큰사슴을 제외해도 사슴과 동물 중 덩치가 가장 큰 말코손바닥사슴(*Alces machlis*)[228]과 체중이 150~200kg 정도 나간다는 사불상(四不像: *Elaphurus davidianus*)과 적게는 60kg에서 많게는 300kg까지 나간다는 순록(馴鹿: *Rangifer tarandus*)이 각각 거론되고 있기 때문이다. 고라니처럼 작은 동물을 상정하고 해설한 경우는 하나도 없는 만큼, 주희의 주(注)가 근거가 있는 것이라는 데로 무게추가 크게 기운다. 그만큼 그와 관련된 한국의 지식기반에 문제가 있을 가능성도 커지는 셈이다.

이와 같이 중국 지역과 일본의 '麋'에 대한 해설은 한 종류의 동물로 통일되지는 않았지만 적어도 '사슴 중에서 큰 것'이라는 것에는 일치를 보인다. 이중에서는 사불상이 단연 '麋'가 나타내는 구체적인 동물이 될 가능성이 높다. 해설에도 나와 있듯이 말코손바닥사슴의 서식지역은 맹자가 활동하던 무대보다 훨씬 북쪽에 있으며, 순록 역시 그 서식지가 북극에 가까운 툰드라 지역이지만, 사불상은 양자강 하류를 중심으로 중국의 동북지방까지 서식했던 동물이기 때문이다.

서진(西晉)시대의 사람 장화(張華, 232~300)가 편찬한《박물지(博物志)》에 "남방의 麋는 수백 수천 마리가 무리를 이루어 습지의 풀을 먹으면서 지나가는 곳을 밟아 진흙탕으로 만들었다."는 이야기가 실려 있다고 한다.[229] 그렇다

....
227 《日本國語大辭典(縮刷版)》(日本大辭典刊行會, 日本 東京: 小學館, 1980) 제8권 제1292쪽: "麋: 獸の名. となかい. なれしか."
228 '*Alces machlis*'와 '*Alces alces*'는 같은 이름이라고 함.
229 《本草綱目(白話手繪彩圖典藏本)》(中國: 江蘇人民出版社, 기타 간기 불명) 제700쪽 참조. 그러나 여기에

면 1900년경에 중국에서 멸종되었다가 서양 사람들의 도움으로 다시 복원되고 있는 사불상[230]은 적어도 맹자의 시대에는 많은 개체수를 자랑하는 상당히 흔한 동물이었고, 그래서 사람들의 입에 쉽게 오르내리는 존재였을 가능성이 높아진다. 바이두에서 '麋'를 검색하면 '사불상'이 나타나는 것은 그러한 사정과 관련이 있을 것이다. 《맹자·양혜왕(상)》의 "孟子見梁惠王. 王立於沼上. 顧鴻雁麋鹿."을 번역한 대만과 중국의 책에서는 '홍안미록(鴻雁麋鹿)'을 어떤 설명도 없이 그대로 옮기는 것[231]도 그들에게는 그 동물들이 친숙하기 때문일 수 있다.[232]

맹자가 사슴과 중에서 상당히 큰 종류인 사불상을 본 것으로 되어 있는 《맹자》의 그 구절에 대하여 한국 사람들은 오랫동안 실제와는 상당한 거리가 있는 해석을 해 왔던 것이 분명하다. '麋'를 '고라니'라고 간주하는 것은 '사슴 중에서 큰 것'이라고 한 주희의 설명과도 어긋난다. 그것을 '순록(馴鹿)'이라고 한 것은 일본 사전의 영향을 받았거나, 일본 쪽의 견해를 차용한 것으로 생각되는 국내 사전의 영향을 받은 것이라고 생각되지만,[233] 역시 문제가 있는 것으로 확인된다.

....

실려 있는 그림은 꼬리가 짧게 되어 있는 것으로 보아 사불상이 아닌 순록을 닮았다. 착오가 있었던 듯하다.

230 사불상이 어떻게 생겼으며 어떤 연유로 멸종에 이르렀다 최근 복원되고 있는가 하는 것은 바이두를 검색해 보면 확인할 수 있다. 《두산세계대백과사전》의 '사불상'조에도 관련 내용이 간략하게 소개되어 있어서 참고할 만하다.[《두산세계대백과사전(제13권)》(두산동아백과사전연구소 편, 서울: 두산동아, 1996년 초판, 1998년 재판) 제631쪽 참조.]

231 《四書讀本》(謝氷瑩·李鍌·劉正浩·邱燮友 註譯, 臺灣 臺北: 三民書局, 1966년 초판, 1976년 수정 6판) 제247쪽의 "孟子去見梁惠王, 和王一同到園囿裏. 王站在池邊, 一面回頭看着園中養的鴻雁麋鹿,"과 《四書全譯》(張以文 譯注, 中國 長沙: 湖南大學出版社, 1989년 초판, 1990년 2쇄) 제259쪽의 "孟子拜見梁惠王, 惠王正站在池塘邊上, 他回頭看着那些鴻雁麋鹿,"이 그런 예에 해당한다.

232 그러나 《中文大辭典》의 해설이 약간 빗나간 것을 보면 확신할 수만도 없는 듯하다.

233 《漢韓大字典》(民衆書林編輯局 編, 서울: 民衆書林, 2005년 초판 제8쇄) 제1005쪽에는 "麋: 순록미 사슴과에 속하는 짐승. 암수가 모두 뿔이 남."이라고 한 것과 "麋鹿: 순록(馴鹿)"이라 한 것이 보인다.

사불상은 우리나라에는 존재하지 않는 동물이어서 한국 사람들은 오랫동안 이에 대하여 정확한 인식을 갖지 못했지만, 이제 정보의 소통이 원활하고 교통이 편리한 시대가 되었으니 그 오류를 시정할 때가 되었다고 생각한다. 다행히 최근에 중국의 문헌과 정보의 유입으로 '麋'를 '사불상'으로 해설한 것도 나타나기 시작했으니[234] '麋'에 대한 올바른 이해가 상식으로 자리 잡는 시기도 빨라질 것으로 보인다.

'麋'가 한국에서 '고라니'가 된 배경에는 한국에서 흔히 '보노루' 곧 '고라니'라고 새겨지지만[235] 실제로는 사향노루를 나타내는 글자인 '麇(균)'자의 형태가 '麋'자와 비슷해서 혼동을 일으키기도 하는 것이 한 가지 원인으로 작용했다고도 생각된다.[236] 그렇지만 한국에서는 왜 '麋'의 기본적인 뜻이 '고라니'가 되었는지에 대하여 보다 정밀하게 연구해 볼 필요가 있다. 그리고 시조 등에도 '미록(麋鹿)'이라는 동물이 친숙하게 등장하는 배경이 무엇이며,[237] 중국에서는 '麋'라는 한 글자의 어휘를 사용하기보다는 '미록'이라는 말을 쓰는 것과는 달리 한국에서는 '미록'을 단지 '사슴'을 나타내는 말로 본다든지[238]

....

234 《중한사전》(고대민족문화연구원 중국어대사전편찬실 편, 서울: 고려대학교 민족문화연구원, 2004년 전면 개정 2판) 제1334쪽에서 '麋鹿'에 대한 해설로 '사불상(四不像)'이라고 한 것이 그것이다. 그러나 '麋'의 음훈 새김에서는 '순록 미'라고 하고서 '고라니'라는 뜻도 새겨 넣고 있어서 고쳐져야 할 한국적 인식과 일본적 인식이 여전히 혼재하고 있는 양상을 보인다.

235 《大漢韓辭典》(張三植 編, 서울: 博文출판사, 1964년 초판, 1975년 수정 초판) 제1811쪽에서 '麋'자에 대하여 '보노루균'이라고 음훈을 새기고 있다.

236 위의 책 《大漢韓辭典》의 제1810쪽에서 '麎'자에 대하여 '큰고라니궤'라고 음훈을 달고서 괄호 안에 "大麋狗足似鹿"이라는 말을 넣었는데, 여기의 '麋(미)'자는 '麇(균)'자의 잘못이다. 《大漢和辭典(縮寫版)》 제12권 제912쪽에서 '麎'의 이체자에 대하여 해설하면서 "《說文解字》의 해설 중 '大麇也……'라는 부분이 대부분 '大麋也……'로 잘못 되어 있으므로 이제 바로잡는다."라고 한 段玉裁의 注를 소개하고 있는 것으로 보아 '麋(미)'자와 '麇(균)'자가 혼동되는 일이 흔히 있었던 듯하다.

237 조선 초기의 문신이며 학자인 최덕지(崔德之, 1384~1455)의 시조 중에는 "청산이 적요(寂寥)한데 미록(麋鹿)이 벗이로다./ 약초에 맛들이니 세미(世味)를 잊을로다./ 벽파(碧波)로 낚싯대 둘러메고 어흥(漁興)겨워 하노라."라는 미록이 아주 친근한 동물로 그려져 있는 작품이 있다.

238 1930년 4월 15일자 동아일보에 실린 李殷相의 칼럼 '十長生頌' 제1회 〈鹿頌〉에서는 위 최덕지 작품의 일부를 포함하여 失名氏의 작품, 申欽의 〈君恩歌〉, 任義直의 시조 작품 등 '麋鹿'이라는 시어가 들어간

그림 19.1 사불상

그림 19.2 가평군 인가를 찾아온 아기 고라니(한 장의 폭이 12cm가 채 되지 않는 데크 방부목과 비교하여 크기를 짐작할 수 있다)

'암사슴'이라고 생각하는 인식[239]이 어떤 연유로 생겼는지에 대해서도 면밀히 검토해 볼 필요가 있을 것이다.

....

　　작품 4수를 소개하면서 이 '麋鹿'을 간단히 '사슴'으로 간주하고 있다.

239 《訓蒙字會》(崔世珍, 서울: 檀大出版部, 1971년 초판, 1983년 재판) 上十: "麋: 사슴미 鹿之大者" "鹿: 사슴 록 角—수 麋—암."

20

鶩 _목

▶ 따오기 아닌 오리

명문으로 널리 알려져 있는 왕발(王勃)의 〈등왕각서(滕王閣序)〉에는 다음과 같은 아름다운 대구(對句)가 들어 있다.

落霞與孤鶩齊飛(낙하여고목제비),
秋水共長天一色(추수공장천일색).

[네이버 지식백과]에서 검색되는 〈등왕각서〉의 번역문에는 이 부분이 다음과 같이 번역되어 있다.

지는 노을은 한 마리 따오기와 나란히 날고, 가을 강물은 긴 하늘과 한 빛이다.[240]

여기서 〈등왕각서〉 원문 중의 '鶩(목)'이 '따오기'로 번역되어 있는 것을 볼 수 있다. 한국에서 출간된 한자사전에서 '鶩'자의 뜻을 '따오기'로 새기는

....

240 한국학술정보(주), '중국의 명문장 감상', 2011. 9. 18.

경우가 있으니[241] 그럴 만하다고 할 수 있다. 그러나 이 '鶩'은 오늘날 멸종의 위기에 직면하여 한국에서 천연기념물 제198호로 지정되어 있는 그 따오기가 아닌 듯하다.

중국에서는 '鶩'을 '들오리(野鳧, 야부)' 또는 '집오리'라고 새기고,[242] 일본에서는 '鶩'을 '집오리'라고 새긴다.[243] 한국에도 '鶩'을 '집오리'라고 새긴 사전[244]과 자전[245]이 있으며, 아래아한글에서도 '鶩'의 훈을 '집오리'로 새기고 있다. 이런 정황으로 보면 '鶩'은 '따오기'이기보다는 '오리'일 가능성이 높아 보인다.

그렇지만 〈등왕각서〉에 등장하는 '鶩'은 아무래도 '집오리'이기보다는 청둥오리 같은 '들오리'의 한 종류라고 보는 것이 합리적일 듯하다. 가금화되어 잘 날지 못하는 집오리가 넓은 들판에서 하늘로 날아오른다는 것은 가능성이 희박한 상황이기 때문이다. 아무래도 '鶩'자의 첫 번째 뜻으로 '들오리'를 올린 중국 측의 해설이 근리(近理)하다고 해야 할 것이다.[246]

그러나 '추지약목(趨之若鶩)'이라는 중국어 성어에 들어 있는 '鶩'은 '들오리'라고 하기에는 어색한 바가 있다. 성어 '추지약목'은 군중이 어떤 좋지 않은 방향으로 우루루 한꺼번에 쏠리는 상황을 나타내는데, 그 모습이 먹이나 어떤 이유 때문에 오리들이 한 곳으로 우루루 몰려가는 모습과 유사하기 때문이다. 그러므로 '추지약목' 곧 '鶩처럼 달려간다'에서 '鶩'은 '집오리'라고 새기는 것이 자연스럽다. 중국에서 '집오리를 가리키기도 한다'[247]라고 한 것

....

241 《漢韓大辭典》(張三植 저, 서울: 교육출판공사, 2010) 제1763쪽: "鶩, 따오기 목."

242 [百度百科]: "鶩, 野鳧也." "家鴨."

243 [Weblio辞書]: "鶩, カモ目カモ科の水鳥. アヒル."

244 《中韓辭典》(고대민족문화연구원 중국어대사전편찬실, 서울: 고려대학교 민족문화연구원, 2007) 제2123쪽: "鶩, 집오리 목."

245 《漢韓大字典》(民衆書林編輯局 編, 파주: 民衆書林, 2017) 제2675쪽: "鶩, 집오리 목."

246 '鶩'을 '기러기(雁)'로 새기는 것도 검색되는데, 이것은 문맥만을 고려하여 그렇게 한 듯하다.

247 [百度百科]: "也指家鴨."

그림 20.1 목(야생오리)

그림 20.2 따오기

은 바로 이를 두고 한 말일 것이다. 한국의 일부와 일본 측의 견해도 이 점을 강조한 것으로 생각된다.

오리 종류를 가리키는 말이어야 할 '鶩'자를 필자는 학창시절에 '따오기 목'으로 익혔기 때문에 '鶩'에 대한 문제의식을 가지게 되었는데, 과연 그 문제는 여전히 남아 있는 것으로 확인된다. 그렇지만 그 오류가 시정되어 가는 것이 대세인 것도 확인되었다. 반가운 일이 아닐 수 없다. 필자가 수행하고 있는 일련의 작업들이 대중의 수긍을 얻게 되면 이와 같은 현상들이 다수 생겨날지도 모를 일이다.

2I

鱸魚 노어

▶ 농어 아닌 꺽정이

밥은 곱게 도정한 것일수록 좋고, 회는 잘게 썬 것일수록 좋다. 밥이 오래되어서 맛이 변한 것과 생선이 신선하지 않아 살이 허물어진 것은 먹지 않는다. 음식의 색깔이 좋지 않은 것은 먹지 않는다. 냄새가 나쁜 것은 먹지 않는다. 제대로 요리하지 않은 것은 먹지 않는다. 그 때에 난 음식이 아니면 먹지 않는다. 올바르게 썰지 않은 것은 먹지 않는다. 음식에 맞는 장이 없으면 먹지 않는다. 고기가 비록 많이 있어도 밥 종류보다 많이 먹지 않는다. 다만 술은 양의 제한이 없지만, 취할 정도에까지는 이르지 않는다. 사온 술과 육포는 먹지 않는다. 생강은 떨어지지 않게 하지만, 많이 먹지는 않는다.[248]

누군가의 식습관 또는 섭식원칙에 관한 기록이다. 합리적인 면이 적지 않지만, "제대로 요리하지 않은 것은 먹지 않는다. 그 때에 난 음식이 아니면 먹지 않는다. 올바르게 썰지 않은 것은 먹지 않는다. 음식에 맞는 장이 없으면 먹지 않는다."라고 한 대목에 이르면 그 사람은 미식가로서 상당히 까다로운

....

248 《論語·鄕黨》: "食不厭精, 膾不厭細. 食饐而餲, 魚餒而肉敗, 不食. 色惡, 不食. 臭惡, 不食. 失飪, 不食. 不時, 不食. 割不正, 不食. 不得其醬, 不食. 肉雖多, 不使勝食氣. 唯酒無量, 不及亂. 沽酒市脯, 不食. 不撤薑食, 不多食."

섭식원칙을 가진 것이 분명해진다. 그런데 위 문장은 《논어·향당(論語·鄕黨)》 편에 들어 있다. 다름 아닌 중국을 대표하는 인물로서 사대성인(四大聖人)에 이름을 올리고 있는 공자(孔子)의 섭식원칙이 그러했던 것이다.

성인 공자가 그러했으니 중국에는 일찌감치 음식을 중시하고 미식을 탐하는 것을 긍정적으로 보는 환경이 조성되어 있었던 듯하다. 그래서인지 대문호 소동파(蘇東坡)가 동파육(東坡肉)을 개발했다는 이야기는 한 가지 미담으로 널리 알려져 있다. 청나라 시대의 뛰어난 시인 겸 시론가였던 원매(袁枚)도 《수원식단(隨園食單)》이라는 요리책을 저술하여 특출한 미식가로서의 성가를 높이기도 하였다. 당나라 시대의 시론가인 사공도(司空圖)는 "맛을 분별할 줄 알아야 시를 논할 수 있다."[249]고도 하였다. 이와 같이 중국에는 전통적으로 음식에 신경을 쓰는 것을 고상한 문화적 행위로 보는 경향이 있었던 것이다.

음식에 관한 그와 같은 중국의 분위기 중에서도 '순갱노회(蓴羹鱸膾)'는 미식가의 음식에 대한 집착을 극적으로 보여주는 성어라고 할 수 있다. 서진(西晉)의 장한(張翰)이 객지인 낙양(洛陽)에서 벼슬살이를 하다가 가을바람이 부는 것을 보고는 문득 순채(蓴菜)국과 노어(鱸魚)회가 먹고 싶어 벼슬을 버리고 고향으로 돌아갔다는 이야기다.[250] 다소 황당한 일이 천고의 미담으로 인구에 회자하는 것은 중국에서는 역대로 미식에 큰 의미와 가치를 부여했던 까닭일 것이다. 중국의 음식문화가 크게 발달한 것도 이런 역사적 배경과 일정한 관련이 있는 듯하다

장한이 그때의 심정을 노래한 것이 〈추풍가(秋風歌)〉라는 제목의 시로 전해지고 있다.

---

249 司空圖, 〈與李生論詩書〉: "愚以爲辨於味而後可以言詩也."

250 《世說新語·識鑒》 제10조: "張季鷹辟齊王東曹掾, 在洛, 見秋風起, 因思吳中菰菜蓴羹鱸魚膾, 曰: '人生貴得適意爾! 何能羈宦數千里以要名爵?' 遂命駕便歸. 俄而齊王敗, 時人皆謂爲見機."

秋風起兮佳景時(추풍기혜가경시),
吳江水兮鱸正肥(오강수혜노정비).
三千里兮家未歸(삼천리혜가미귀),
恨難得兮仰天悲(한난득혜앙천비).

이 시는 한의학박사로서 한의대 교수를 역임했다고 하는 어느 한의원 원
장의 블로그에도 소개되어 있는데, 거기에서는 이 시를 다음과 같이 번역하
였다.

가을바람이 일어 뛰어난 경치가 펼쳐질 때,
오강의 물엔 농어가 살이 오르네.
삼천리 길을 다니며 아직 고향으로 돌아가지 못해,
얻기 어려운 것이 한스러워 하늘을 올려보니 슬퍼지네.

경력으로 보아 한문에도 정통하리라고 생각되는 그 한의원 원장은 장한
의 〈추풍가〉에 나오는 물고기 '鱸'를 '농어'로 번역하고 있음을 볼 수 있다.
'이어(鯉魚)'가 한국말에서 '잉어'가 되고 '부어(鮒魚)'가 '붕어'로 되는 경우에
비추어 보면 '노어(鱸魚)'를 '농어'로 새기는 것은 자연스러워 보인다. 실제로
한국에서 장한과 관련된 성어 '순갱노회'와 장한의 시에 들어 있는 '鱸'를 '농
어'로 새기는 것은 상당히 보편적인 것으로 생각되는데, 인터넷으로 검색해
보면 그러한 사실을 쉽게 확인할 수 있다.[251]

....

251 《新東亞》2015년 12월 호에 김용한이라는 사람이 쓴 것으로 되어 있는 '한 글자로 본 중국 | 상하이
〈부자도시의 열등감 국제도시의 고단함〉'에서는 "삼국지연의의 애독자라면 송강농어라는 말이 귀에
익을 것이다. 조조가 잔치를 열었을 때 불청객 도사 좌자가 나타나 '잔치라면 송강농어 정도의 별미
는 있어야 하는 것 아니냐'고 딴지를 걸었다. 동진의 대사마(국방부 장관) 장한(張翰)은 고향의 농어

한국의 유력한 사전에서도 張翰과 관련이 있는 물고기 '鱸魚'를 '농어'로 새기고 있는 것을 보면, 한국에서 張翰과 관련이 있는 물고기 '鱸'를 '농어'로 파악하는 것이 보편적이라고 판단할 만하다. 이희승 편저《국어대사전》에도 '순갱노회(蓴羹鱸膾)'라는 성어가 실려 있는데, 여기서는 이 성어를 이렇게 해설하고 있다.

> 蓴羹鱸膾: 순채(蓴菜)국과 농어회. 중국 진(晉)나라의 장한(張翰)이 고향의 명물인 순채국과 농어회를 먹으려고 관직을 사퇴하고 고향에 돌아간 고사(故事)에서, 고향을 잊지 못하고 생각하는 정을 이름. (준)순로(蓴鱸).[252]

이쯤 되면 한국에서는 '蓴羹鱸膾'의 '鱸'를 '농어'로 간주하는 것이 정설이 되어 있다고 해도 무방할 것이다. 그러면 한국에서 농어라는 물고기는 구체적으로 어떤 물고기를 가리키는 것인가? 인터넷으로 검색되는《두산백과》에 기재되어 있는 한국에서 농어라고 부르는 물고기의 특징[253]은 어지간한 횟집

....

가 그리워 낙양의 벼슬을 사직하고 귀향했다. 이때 장한은 '가을바람 불어와 경치 아름다울 때, 오강에는 농어가 살쪘다네(秋風起兮佳景時, 吳江水兮魚肥)'라고 노래했다."라고 하여 수 차례 '鱸魚'를 '농어'로 새겼고, 2009년 10월 7일자《데일리안》에 실려 있는 〈가을바람 불면 순채국과 농어회가 생각나네〉라는 제목 하에 "〈강경범의 음주고사〉 장한 편 '죽은후의 명성이냐, 눈앞의 한잔술이냐'"라는 부제가 붙어 있는 글에서도 몇 차례 '鱸'를 '농어'로 새긴 사실이 검색되는데, 張翰의 〈秋風歌〉에 대한 번역이 앞의 한의원 원장의 번역과 동일한 것도 확인할 수 있다.

252 《국어대사전》(이희승 편저, 서울: 민중서림, 1994년 전면 개정 제3판) 제2196쪽.

253 "몸길이 약 1m이다. 몸은 긴 타원형으로 8등신이라 할 만큼 가늘고 길며, 옆으로 납작하다. 옆줄은 몸 중앙보다 약간 등쪽에 있으며 꼬리지느러미까지 거의 일직선으로 뻗어 있다. 몸의 등 쪽은 푸른색을 띠며 옆줄을 경계로 밝아져서 배 쪽은 은백색을 띤다. 어릴 때에는 옆구리와 등지느러미에 작고 검은 점이 많이 흩어져 있으나, 자라면서 검은 점의 수가 적어진다. 우리나라 서해에서 서식하는 농어의 경우에는 성장한 후에도 비교적 큰 검은 점을 가지고 있다. 등지느러미와 뒷지느러미에 강한 가시가 있으며, 등지느러미에는 2~3개의 작고 어두운 갈색의 둥근 무늬가 나타난다. 몸과 머리는 뒷가장자리에 가시가 있는 빗 모양의 작은 비늘로 덮여 있다.

봄부터 여름까지는 먹이를 먹기 위하여 육지에 가까운 얕은 바다로 이동하고, 겨울철에는 알을 낳고

의 수족관에서 볼 수 있고, 회를 즐기는 사람은 한 번쯤은 맛보았음직한 바로 그 농어의 특징과 같다.

그러나 장한이 '鱸'라고 칭한 물고기는 한국에서 '鱸魚'라고 하는 것과 상당한 차이가 있다. 우선 물고기의 형태부터가 다르다. 소동파의 〈후적벽부(後赤壁賦)〉에는 장한이 '鱸'라고 칭한 물고기의 형태를 짐작할 수 있는 구절이 있다. 〈후적벽부〉에는 초저녁 무렵에 그물로 물고기를 잡는 대목이 있는데, 거기서 그때 잡은 물고기를 형용하여 "큰 입에 가는 비늘을 하고 있는 모습이 송강(松江)의 鱸 같다."[254]고 하였다.

'鱸'를 언급한 장한의 〈추풍가〉는 〈사오강가(思吳江歌)〉라고도 하는데, 그 '오강(吳江)'이 바로 오늘날 '오송강(吳淞江)'이라고 부르는 '송강(宋江)'이다. 그렇기 때문에 장한이 먹고 싶어 하였던 그의 고향 땅 오강에서 나는 '鱸'라는 물고기는 전체 체형의 비율에서 입부분이 특히 큰 특징이 있는 것임을 알 수 있다. 그러나 한국에서 '농어'라고 부르는 물고기는 다른 물고기에 견주어 입부분이 특별히 크다고 할 수 없는 체형을 가지고 있다. 여기서 장한이 말하는 '鱸'라는 물고기가 한국에서 '농어'라고 하는 물고기가 아닐 가능성을 확인하게 된다.

장한의 '鱸'라는 물고기가 주로 서식하는 곳도 한국에서 농어가 주로 서

....
겨울을 나기 위하여 수심이 깊은 곳으로 이동한다. 어릴 때에는 담수를 좋아하여 봄에는 육지에 가까운 바다로 들어오며, 여름에는 강 하구까지 거슬러 왔다가 가을이 되면 깊은 바다로 이동한다. 육식성으로서 소형 어류, 새우류를 먹는다. 특히 멸치를 잘 먹어서, 멸치가 연안으로 몰려오는 봄, 여름이면 멸치떼를 쫓아 연안을 돌아다닌다. 산란기는 11월에서 이듬해 4월이며, 연 1회, 연안이나 만 입구의 수심 50~80m 되는 약간 깊은 곳의 암초 지대에 알을 낳는다. 10~20℃에서 산란이 가능하며 최적 수온은 15℃이다. 보통은 수온 7~25℃인 곳에서 서식하고 최적 서식 수온은 15~19℃이다.
깊은 바다에 서식하기 때문에, 낚시에 미끼를 달아 바다 가까이 내려서 잡거나, 그물의 아랫깃이 바다 밑바닥에 닿도록 한 후 어선으로 그물을 끌어서 잡기도 한다. 여름에 많이 잡히며, 6~8월이 제철이다. 살이 희며, 어린 고기보다는 성장할수록 맛이 좋다. 지리, 찜, 회 등으로 먹는다."
254 蘇軾,〈後赤壁賦〉: "巨口細鱗, 狀如松江之鱸."

식하는 곳과 차이가 있다. 송나라 사람 범중엄(范仲淹)이 지은 〈강상어자(江上漁者)〉에서 그와 관련된 정보를 얻을 수 있다.

江上往來人(강상왕래인),

　　　　강변에 오가는 사람들은

但愛鱸魚美(단애노어미),

　　　　농어가 맛 좋은 줄은 아는데

君看一葉舟(군간일엽주),

　　　　어부의 작은배가

出沒風波裏(출몰풍파리),

　　　　풍랑과 파도속을 다니는 게 얼마나 위험하고 험악한지를 모르네[255]

'鱸魚가 맛이 좋다'라는 언급에서 범중엄의 〈강상어자〉에 등장하는 '鱸魚'는 장한의 '鱸'와 같은 물고기임을 짐작할 수 있다. 그런데 이 시에서는 그 물고기가 잡히는 곳이 강이라고 하고 있다. 그러면 이 '鱸魚'는 담수어(淡水魚)인 것이 분명하다. 반면 한국에서 통상 '농어'라고 하는 물고기는 바다에서 주로 잡힌다. 장한의 '鱸'가 한국인이 생각하는 그 농어가 아닐 가능성이 더 커진 것이다.

....

255　장강중국어학원의 블로그에서 인용하되 독음은 저자가 부기하였다. 여기서도 '鱸魚'를 한국말로 '농어'로 새기고 있다. 인터넷 검색을 해 보면 이 밖에도 '이은영의 한시 산책'이라는 블로그 등 이 시를 언급하는 대부분의 한국인들은 이 '鱸魚'를 '농어'로 번역한다는 것을 확인할 수 있다. 중국어학원에서 개설한 블로그에 글을 올리는 사람이라면 중국어와 중국에 관한 일에 상당한 조예가 있는 사람일 것으로 생각되지만, 한국에서는 중국에 대한 전문지식이 얼마간 있는 사람들도 일반 사람들과 별다름 없이 張翰의 '鱸' 또는 范仲淹의 '鱸魚'를 한국에서 농어라고 부르는 물고기로 생각하는 것이 보편적인 일임을 재삼 확인하게 된다. 范仲淹의 〈江上漁者〉에 대한 번역은 "강가 오가는 저 사람들/ 농어의 좋은 맛만 즐길 뿐/ 그대는 아는가? 조각배 한 척/ 풍랑 속에 목숨 걸고 나감을"이라고 한 '이은영의 한시 산책' 쪽이 더 나아 보인다.

중국에서 '鱸魚'라고 불리는 어종은 여럿이 있다. 그중 대표적인 것 중의 하나가 통상 '鱸魚'라고 하지만 그것이 주로 바다에서 난다고 하여 '해로어(海鱸魚)'라고 부르기도 하는 것이다. 그것은 그 학명 'Lateolabrax japonicus'를 번역하여 '일본진로(日本真鱸)'라는 이름으로도 불린다. 바로 한국에서 '농어'라고 부르는 물고기이다.

또 하나는 '송강노어(松江鱸魚)'라는 물고기이다. '송강'이라는 말이 들어간 이름으로 보아서 이 '송강노어'가 바로 장한이 그토록 먹고 싶어 하던 그 물고기임을 짐작할 수 있다. 이 '송강노어'의 학명은 'Trachidermus fasciatus'인데, 이 물고기는 한국에서 '꺽정이'라고 불리는 민물고기이다. [네이버 지식백과]를 통해《두산백과》의 이 물고기에 대한 기술을 찾아보면 '입이 크다'라는 이 물고기의 형태상의 특징을 확인할 수 있는데,[256] 이것은 소동파가 〈후적벽부〉에서 적시한 '송강지로(松江之鱸)'의 특징과 부합한다. 서진시대의 장한이 그토록 먹고 싶어 하여 미식의 대명사가 되다시피 한 그 '鱸' 또는 '鱸魚'는 일반적으로 바닷물고기로 간주되는 농어와는 다른 담수어의 일종인 꺽정이였던 것이다.[257]

그러므로 맛있는 물고기로서 중국문학에 등장하는 '鱸' 또는 '鱸魚'를 '꺽정이'로 번역하지 않고 '농어'로 번역한 것들은 그것이 독자에게 바닷물고기인 농어를 환기시킨다는 점에서 오류를 범한 것이라고 하지 않을 수 없다. 게

....

256 [네이버 지식백과] 꺽정이 (《두산백과》): "몸길이는 약 17cm이다. 머리는 위아래로 납작하지만 몸통은 옆으로 약간 납작하여 꼬리쪽으로 갈수록 가늘어지는 방망이 모양이다. 입은 크며 입끝이 눈의 뒤쪽 끝의 밑에 닿고 아래턱이 위턱보다 길이가 조금 짧다. ……"

257 꺽정이는 淡水魚로 분류되지만 산란을 할 때에는 바닷물과 민물이 섞이는 기수역(汽水域)에서 산란을 한다. 반면 농어는 육지와 가까운 바다에서 주로 서식하지만, 어린 농어는 민물을 좋아하여 강을 거슬러 올라가기도 한다. 간혹 상당히 큰 농어가 강 중류 이상에서 발견되기도 한다고 한다. 체형이 서로 크게 다름에도 불구하고 중국에서 모두 '鱸魚'로 불리는 이 두 물고기 사이에는 이와 같이 민물과 바닷물을 오가는 공통점이 있다.

그림 21.1 꺽정이(출처: [바이두백과])

그림 21.2 농어

다가 중국문학 작품에 등장하는 '鱸' 또는 '鱸魚'를 번역하면서 '꺽정이'라는
물고기를 언급한 것이 발견되지 않는 것은 한국에서는 중국문학 작품에 등장
하는 '鱸' 또는 '鱸魚'의 정체를 제대로 파악하지 못한다는 것을 의미한다. 더
욱이 꺽정이가 중국의 양자강 하구와 우리나라 서해안 일대, 일본 큐슈의 일
부 지역에만 서식하는 것으로서[258] 한국의 특산종이라고 할 수 있을 정도로

....
258　한국과학기술정보연구원에서 제작한 '꺽정이 분포도' 참조([네이버 지식백과]에서 검색한 〈생물자

한국인들에게 익숙한 물고기라는 점에서 볼 때, 중국문학에 등장하는 '鱸' 또는 '鱸魚'라는 물고기의 정체에 대한 관심과 연구는 터무니없이 부족했다고 할 수 밖에 없을 것이다.[259]

원정보 – 담수어류〉 중에서). 일본의 규슈(九州) 지방의 최대의 만(灣)인 아리아케해(有明海)에도 일본어로 야마노카미(ヤマノカミ)라 불리는 꺽정이가 서식하는 것으로 알려져 있지만, 이 지도에는 그것이 누락되어 있어서 주의를 요한다.

259 [네이버 지식백과]에서 검색되는 한국학중앙연구원에서 제작한《한국민족문화대백과》의 '꺽정이'조에는 "중국에서는 옛날부터 맛있는 물고기로 이름나 '송강지로(松江之鱸)'로 널리 알려져 있었다. 유희(柳僖)의《물명고》에는 '노(鱸)'를 한글로 '꺽정어'라고 적고 있다."라고 한 것이 있는데, 이를 보면 한국에서도 일찍이 張翰의 '鱸'가 꺽정이를 가리키는 것이었음을 알고 있었던 것을 알 수 있다. 그러나 그런 지식정보가 어떤 연유에서인지 후대에까지 온전하게 전해지지 못한 듯하다. 게다가 이런 내용을 기재한 이 글에서도 뒷부분에서는 "꺽정이를 노 또는 노어라고 하는 것은 중국식이고, 우리나라에서는《아언각비》에서 농어를 '노어'라고 한 것과 같이 농어를 노어라 하였으므로《세종실록지리지》와《신증동국여지승람》의 토산조에 보이는 노어는 농어이고 꺽정이가 아니다."라고 한 기술을 보면 여기에서도 張翰과 관련된 그 '鱸'가 농어가 아니라 꺽정이라는 점을 분명히 밝히려는 의도를 읽기 힘들다. 게다가 같은 곳에서 검색되는 '농어'조에는 '濃魚'라는 한자어를 부기하고서 첫머리에 "한자어로는 노어(鱸魚)라고 하며, 서유구(徐有榘)의《난호어목지(蘭湖漁牧志)》에서는 '꺽정'이라 하였고, 정약용(丁若鏞)의《아언각비(雅言覺非)》에서는 '농어(農魚)'라고 하였다. 그리고 정약전(丁若銓)의 저서인《자산어보(玆山魚譜)》에서는 농어의 어린 물고기를 보로어(甫鱸魚) 또는 걸덕어(乞德魚)라 한다고 하였다. 학명은 Lateolabrax japonicus CUVIER et VALENCIENNES이다."라고 해설하고 있는데, 여기에서는 농어와 꺽정이를 뒤섞어 마치 '꺽정(이)'가 농어의 별칭인 것처럼 기술하고 있다. 이러한 것은 한국 중문학계를 포함하는 한국 학계가 아직 張翰의 '鱸'의 정체를 정확하게 파악하지 못했다는 것을 여실히 보여주는 증거라고 할 것이다.

제4장

연구 시야의 확장

지금까지의 연구를 통해서 중국문학에 등장하는 동물과 식물 중 한국에서 잘못 알고 있는 것들이 적지 않음을 확인할 수 있었다. 그러나 중국문학에 등장하는 사물의 이름에 대한 한국인의 오해는 동물과 식물의 영역에만 그치지 않을 것임을 짐작할 수 있다. 기후 풍토가 다른 환경 속에서 생활하는 두 지역의 사람들이 만들어 내는 문화에도 차이가 있을 수밖에 없기 때문이다. 그래서 중국인들이 일상생활에 사용하는 기물들 중에는 한국에는 없는 것이 있을 수 있다. 비슷한 것이 있다고 하더라도 본질적으로는 다른 것도 있을 수 있다. 그런 기물들이 중국문학에 등장하게 되면 생활환경이 다른 한국 사람으로서는 그 정체를 정확하게 파악하기 어려울 수밖에 없다. 그로 말미암아 오해가 생겨날 수도 있다. 그러므로 중국문학작품에 등장하는 사물의 이름을 정확하게 파악함으로써 작품의 원의에 대한 충실한 이해를 도모하기 위해서는 동물과 식물의 범위를 넘어 관심의 범위를 확장할 필요가 있다.

　　이 책에서는 중국문학에 등장하는 사물들의 정체를 논하고 있는데, 그것은 결국 중국의 것에 대한 한국인의 이해와 관련된 문제들을 논하는 것이다. 그렇기 때문에 한국과 중국 사이에 인식의 차이가 있을 경우, 대개는 한국 쪽에서 오해한 경우가 많다. 그러나 고전문학의 경우에는 한국 쪽의 인식이 도리어 올바른 것일 가능성이 있는 경우도 있다. 시대에 따라 변하는 언어는 언어의 변방에서보다 중심지에서 빨리 변하는 경향이 있으므로, 중국에서 생성되어 한국과 중국에서 공통으로 쓰이는 어휘 중에는 한국의 것이 더 원형에 가까운 경우도 있을 수 있기 때문이다. 그래서 한국과 중국에서 다르게 인식되는 사물의 이름에 대하여 섣불리 중국을 기준으로 시비를 판단해서는 안 된다는 점도 염두에 두어야 할 것이다.

22

기물(器物)과 지형(地形)

木鐸(목탁) · 木魚(목어): 한국의 목탁은 중국의 목어

《논어 · 팔일(論語 · 八佾)》에는 "천하에 도가 없어진 지 오래되었으니 하늘이 선생님을 목탁으로 삼으려고 하신다."[260]라는 유명한 말이 있다. 그리고 소식(蘇軾)의 시 중에도 "온화한 용 깃발의 색이고, 낭랑한 木鐸 소리로다."라는 구절이 들어 있는 것이 있다.[261] 이 두 가지의 글에 공통으로 들어 있는 '木鐸(목탁)'이라는 말은 한국인들에게는 매우 친숙한 물건을 가리키는 것으로 생각된다. 바로 불사(佛寺)의 스님들이 독경의 리듬을 맞추기 위해 사용하는 법구의 하나이기 때문이다. 그래서 사전류에서도 '목탁'을 그런 뜻으로 해설한다.

> 목탁(木鐸): ①절에서 불공(佛供)이나 예불(禮佛)이나 경을 읽을 때 또는 식사와 공사(公事) 때에 치는 방울. 나무로 파서 넓적 둥그스럼하게 만듦. 목어(木魚) ②세상 사람을 가르쳐 바로 이끌 만한 사람이나 기관 등을 가리키는 말. ★신문(新聞)은 사회의 목탁이다.[262]

이 이희승의 《국어대사전》에서는 《논어 · 팔일》편과 소식의 시에 나오는 木鐸을 불교에서 사용하는 도구와 같은 것으로 인식하고 있는 것을 볼 수 있

....

260 "天下之無道也久矣, 天將以夫子爲木鐸."
261 蘇軾, 〈春帖子詞 · 皇帝閣(六首其一)〉: "靄靄龍旗色, 琅琅木鐸音. 數行寬大詔, 四海發生心."
262 《국어대사전》(이희승 편, 서울: 민중서관, 1961) 제996쪽.

다. 비록 출간된 지 오래된 사전이기는 하나 이 사전이 가지고 있던 권위를 감안하면, 이와 같이 공자를 비유했던 木鐸과 불교에서 사용하는 목탁을 같은 것으로 간주하는 인식이 상당히 널리 퍼져 있을 것이라 생각된다.

그러나 불교가 중국에 전래된 것은 공자가 세상을 떠난 지 수백 년 후의 일이기 때문에, 불교에서 사용하는 도구가 공자의 시대에도 있었다고 생각 하는 것에 한 번쯤은 의문을 가질 필요가 있다. 공자시대에도 있던 그 기물이 어떤 연유로 불교의 전용 도구가 되었을 수도 있지만, 공자시대의 목탁과 불교의 목탁이 전혀 다를 가능성이 더 크다고 생각되기 때문이다.

아래 〈그림 22.1〉은 중국의 북경사범대학(北京師範大學)이 2002년 개교 100주년을 맞아 기념으로 세운 상징물이라고 한다. 그런데 이 상징물의 아래쪽에는 "목탁금성일백년(木鐸金聲一百年)"이라는 글귀가 새겨져 있다. "목탁이 쇠의 소리를 낸 것이 100년"이라는 뜻의 이 글귀에서 짐작할 수 있듯이 이물건이 목탁의 형상이라는 것을 알 수 있다. 그리고 그 목탁은《논어·팔일》에서 '스승'의 의미를 함축하고 있던 그 목탁과 같은 의미를 상징하고 있음을 알 수 있다. '사범(師範)'이 '교사' 또는 '스승'이라는 의미를 가지고 있다는 것

그림 22.1 중국 북경사범대학의 목탁(출처: 互動百科)

그림 22.2 북경사범대학 교표

을 생각해 보면 훌륭한 '교사'의 배양을 주목적으로 하는 북경사범대학이 개교 이래 100년간의 업적을 자랑하는 것임을 알 수 있기 때문이다. 중국 북경사범대학이 정확한 고증 하에 그 상징물을 설치한 것이라면, 중국의 본래 목탁은 한국의 절에서 사용하는 목탁과는 그 형태가 전혀 다르다.

〈그림 22.1〉과 〈그림 22.3〉에서 보는 바와 같이 중국의 목탁은 금속성의 물질로 만들고, 〈그림 22.4〉에서 보듯이 한국의 목탁은 통나무로 둥근 몸통과 손잡이를 만들고 안을 파내어 울림통을 만든 것임을 알 수 있다. 중국 고대의 木鐸은 금속으로써 틀을 만들고 안에 추를 달아서 그것을 흔들면 추가 둘레의 쇠에 부딪혀서 소리가 나는 것인데, 추가 나무로 된 것은 木鐸이라고 하고 금속으로 된 것은 金鐸(금탁)이라고 한다.[263] 북경사범대학의 상징물 아래에 '목

그림 22.3 북경사범대학 목탁[264]

그림 22.4 한국의 목탁[265]

·········

263 [互動百科] '木鐸':"木鐸是鐸的一種. '鐸'大約起源於夏商, 是一種以金屬爲框的響器, 也可以說就是一種銅質的鈴鐺, 形如鐃·鉦, 體腔內有舌可搖擊發聲. 舌分銅制與木制兩種, 銅舌者爲金鐸, 木舌者卽爲木鐸."

264 [互動百科]에서 가져옴.

265 저자가 기념품으로 사온 소형 목탁을 촬영한 것이라서 몸체와 손잡이의 비율이 보통의 목탁과는 약간의 차이가 있는 듯하다.

그림 22.5 중국 목어 1(출처: [바이두백과])

그림 22.6 중국 목어 2(출처: [바이두백과])

탁이 쇳소리를 낸다'라고 쓴 것은 바로 그것을 말하는 것이다.[266]

한국에서 목탁이라고 하는 것을 중국에서는 木魚(목어)라고 한다. 물고기가 잠을 잘 때에도 눈을 감지 않는 것에서 영감을 얻어 자나 깨나 수도에 정진하자는 의미로 물고기의 형태를 단순화해서 만든 것이라고 한다.

〈그림 22.5〉와 〈그림 22.6〉은 모두 [바이두백과]에서 '木魚'를 검색하여 찾은 것인데, 왼쪽의 것은 형태가 단순하지만 비늘과 물고기 꼬리가 새겨져 있어서 그 형태가 물고기를 본뜬 것임을 알게 한다. 그러나 오른쪽의 것은 그 형태가 훨씬 단순화되어 있다. 오른쪽의 것은 한국의 목탁보다 손잡이 부분이 짧은 것이 눈에 띄지만 한국의 목탁과 많이 닮았다. 그러나 왼쪽의 것은 한국에서는 보기 힘든 것이다. 형태에서도 알 수 있듯이 한국의 목탁은 주로 손으로 들고 두드리지만, 중국의 목어는 대개 바닥에 내려놓고 두드린다.

한국에도 木魚라는 것이 있는데, 바로 〈그림 22.7〉에 보이는 것이 그것이다. 이 사진은 저자가 이 글의 자료로 쓰기 위해서 남양주시에 있는 봉선사(奉

....

266 그런데 북경사범대학의 교표에 들어 있는 '목탁'은 〈그림 22.2〉와 같이 약간 다른 모습을 하고 있다 ([百度圖片]).

그림 22.7 한국 목어(남양주시 봉선사에서 저자 촬영)

先寺)에서 찍은 것인데, 약간의 과장기는 있으나 영락없는 물고기의 형태를 하고 있다. '나무로 만든 물고기'라는 뜻의 이 '木魚'는 통상 범종각 또는 범종 루에 범종(梵鐘)을 중심으로 법고(法鼓) 및 운판(雲板)과 함께 설치되는 불전 사물(佛殿四物)의 한 가지이다.

이 불전사물 중 가죽으로 만든 법고는 가죽이 있는 길짐승을 상징하고, 땅에서 나는 쇠로 만든 범종은 지하 세계의 혼령을 상징한다. 그리고 물고기 를 닮은 목어는 수중 동물을 상징하고, 구름을 닮은 운판은 하늘을 나는 동물 을 상징한다. 그래서 이 사물을 울리는 것은 우주의 모든 중생들을 구제하고 그 영혼을 제도한다는 의미를 가진다.

그런데 한국에서 주로 木魚로 불리는 이 물건은 간혹 어판(魚板)으로도 불린다. 중국에서도 이를 魚板이라고도 하지만 주로는 어방(魚梆)이라고 한 다. 이러한 기물들에 대한 일본에서의 명칭도 중국의 경우와 유사하다. 다만 일본에서는 평평한 나무판으로 물고기의 형상을 만든 것은 魚板이라 하고, 통 나무의 안을 파서 소리가 울리게 한 것을 어고(魚鼓)라고 구분하여 부르는 경향이 있다. 이것은 한국에서 木魚, 魚板, 魚鼓를 별다른 구분 없이 같은 기물을 지칭하는 말로 사용하는 것과는 약간 다른 점이다.

이와 같이 한국의 木鐸은 중국의 木魚이고, 한국의 木魚는 중국의 魚梆이다. 한국의 木鐸은 들고서 두드리고, 중국의 木魚는 바닥에 두고 두드린다. 한국의 木魚는 물에서 사는 생명체를 제도하기 위해서 두드리고, 중국의 魚梆은 사찰 대중들의 목욕시간과 공양시간을 알리기 위해서 두드린다. 그리고 중국과 일본에서 木鐸이라고 부르는 것에 대한 한국식의 다른 이름은 없다. 이와 같이 木鐸과 木魚는 한국과 중국과 일본에서 공통으로 쓰이는 말이고 쓰이는 분야도 비슷하지만, 구체적으로 지칭하는 사물과 용도에서 차이가 난다. 그러므로 중국문학작품 중에서 木鐸이나 木魚라는 말을 보고서 한국에서 木鐸 또는 木魚라고 부르는 기물로 생각하면 원의를 곡해하기 쉽다. 그래서 번역을 하는 경우에는 오해의 여지를 없애기 위해서 주를 달아 그 사실을 밝힐 필요가 있다.

비교적 최근에 간행된 한국의 사전류에서는 木鐸과 관련하여 중국의 설을 중점적으로 소개하는 것들이 있다.[267] 이러한 것들은 한국과 중국과 일본에 공통되는 어휘에 대한 정의를 통일하는 효과를 낼 수는 있겠지만, 한국에서 이미 널리 사용됨으로써 그 지칭하는 바가 중국 및 일본의 그것과는 다른 木鐸과 木魚의 개념과 충돌하는 문제가 발생한다. 그래서 일방적으로 중국의 용법만 소개할 것이 아니라, 한국의 용법과 비교함으로써 그 내막을 소상히 알 수 있게 하여야 한다고 본다.

어떤 연유에 의해서 중국과 일본에서 木魚라고 부르는 법구를 한국에서

....

267 《中韓辭典》(고대민족문화연구원 중국어대사전편찬실 편, 서울: 고려대학교 민족문화연구원, 2004년 전면 개정 2판) 제1371쪽: "①목탁. [金口木舌] ②(세상을 일깨우는) 지도자[스승]."《漢韓大字典》(民衆書林編輯局 編, 서울: 民衆書林, 2005년 초판 제8쇄) 제973쪽: "木鐸(목탁): ①추를 나무로 만든 큰 방울. 고대(古代)에 문사(文事) 및 법령(法令) 등에 관한 교령(敎令)을 발(發)할 때 쳤음. 금탁(金鐸)의 대(對). 전(轉)하여 ②세상 사람을 인도하여 가르치는 사람. 세인(世人)을 지도할 만한 사람. ③[韓] 목어(木魚)."

는 木鐸이라고 부르게 되었는지 분명하지 않다. 다만 동양 삼국의 용례를 보면 한국에서 오해를 했을 가능성이 많아 보인다. 그렇지만 중국에서 魚梆이라고 하는 것을 중국에서도 한국과 마찬가지로 木魚라고 한 흔적이 있는 것을 보면,[268] 한국에서의 용법이 가장 본래적인 것일 가능성도 있다. 이 부분에 대한 연구가 진척되면 의외의 반전이 생길 수도 있을 것이다.

鋤(서): 호미가 아닌 괭이

도연명(陶淵明)의 명작 중에는 〈귀원전거(歸園田居)〉라는 연작시가 있다. 그 연작시의 제3수에는 '鋤(서)'라는 흔한 농기구가 등장하는데, 그 내용은 다음과 같다.

種豆南山下(종두남산하),
草盛豆苗稀(초성두묘희),
晨興理荒穢(신흥리황예),
帶月荷鋤歸(대월하서귀),
道狹草木長(도협초목장),
夕露霑我衣(석로점아의),
衣霑不足惜(의점부족석),
但使願無違(단사원무위),

....
268 南宋의 無量宗壽가 지은 《日用軌範》(又稱《入眾日用》,《日用小清規》)의 "木魚響, 不得入堂, 或令行者取缽, 堂外坐."라고 한 것과 元代의 百丈山德輝禪師가 지은 《敕修百丈清規·法器章》에 있는 "木魚, 齋粥二時, 長擊二通; 普請僧眾長擊一通; 普請行者二通."이라고 한 말의 대략적인 내용만 보더라도, 이 두 문헌에서 거론하는 木魚라는 기물은 佛寺에서 대중들에게 신호를 보내기 위해서 사용되는 것임을 알 수 있다. 그리고 그 쓰임새는 중국에서 어방(魚梆)이라고 하는 기물의 쓰임새와 같다. 그러므로 이 두 문헌의 '木魚'는 중국의 '魚梆'을 가리키는 것임을 알 수 있다(원문은 바이두에서 검색한 것임).

필자는 십수 년 전에 《도연명시선》이라는 책을 내면서 이 작품을 다음과 같이 번역한 바 있다.

> 남산 아래 콩 심었는데,
> 잡초 무성하고 콩 싹 드무네.
> 새벽이면 일어나 김매고,
> 달빛 아래 호미 메고 돌아온다네.
> 길은 좁고 초목 무성해,
> 저녁 이슬이 옷을 적시네.
> 젖는 옷이야 아깝지 않지만,
> 소원만은 어긋나지 않게 하리라.[269]

위의 번역에서는 제4구 '대월하서귀(帶月荷鋤歸)'를 "달빛 아래 호미 메고 돌아온다네"로 번역한 것을 볼 수 있다. 여기서 문제가 되는 것은 '荷鋤(하서)'를 '호미 메고'라고 번역한 것, 곧 '鋤'를 '호미'라는 뜻으로 새긴 점이다.

《한한대자전(漢韓大字典)》같이 상당한 지명도가 있는 자전에서도 이 '鋤'자에 대한 새김을 "①호미서 김 매는 농구. ②김맬서 호미로 잡풀을 뽑음. ③없애버릴서 제거함. 근절함."[270]이라고 하고 있을 뿐만 아니라, 필자의 책보다 앞서 출간된 《도연명(陶淵明)》이라는 책에서도 해당 구절을 "달과 더불어 호미 메고 돌아온다"[271]라고 번역하였던 것을 확인할 수 있다. 필자의 책보다 늦게 출간된 책 중에도 해당 구절을 "달빛을 등지고 호미 메고 돌아오

....

269 《도연명시선》(팽철호 역, 대구: 계명대학교출판부, 2002) 제22쪽의 내용을 전재하되 행문 전개의 편의상 원문과 역문의 순서를 바꾸었음.

270 《漢韓大字典》(民衆書林編輯局 編, 서울: 民衆書林, 2005년 초판 제8쇄) 제2133쪽.

271 《(中國古典漢詩人選 三)陶淵明》(張基槿, 서울: 太宗出版社, 1978년 재판) 제61쪽.

네"[272]라고 번역한 것이 있다. 이들은 모두 '鋤'자를 '호미'로 새겼다. 이러한 정황으로 볼 때 필자가 '鋤'자를 '호미'로 번역한 것은 별 문제가 없는 것처럼 보인다. '鋤'자는 '호미'라는 농구를 지시하는 한자인 것이 분명해 보이기 때문이다.

그런데 중국에서 '鋤'는 우리가 알고 있는 '호미'와는 다른 농기구를 가리키는 말로 주로 쓰인다. [바이두도편수색(百度圖片搜索)]의 '鋤'조에는 〈그림 22.8〉과 같은 그림이 들어 있다.

이것은 바로 한국인들에게도 익숙한 괭이의 형상이다. 한국에서 '鋤'자가 '호미'를 의미한다고 생각하고 있는 것과는 달리 중국에서는 '鋤'자를 '괭이'를 가리키는 말로 쓰고 있는 것이다. 아닌 게 아니라 '鋤'자가 들어 있는 '帶月荷鋤歸'의 의미를 정밀하게 검토해 보면 필자를 포함한 한국의 학자들이 충분히 세심하지 못했던 점이 드러난다. '荷'라는 글자의 뜻을 제대로 반영하지 못했던 것이다.

농사를 지어 본 사람이라면 잘 알겠지만, 밭일을 마치고 집으로 돌아갈

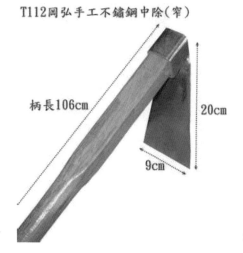

T112岡弘手工不鏽鋼中除(窄)

柄長106cm

20cm

9cm

그림 22.8 중국의 서(출처: [百度圖片])

....

272 《중국명시감상》(이장우 교수 정년퇴임 기념사업회, 서울: 明文堂, 2005) 제71쪽.

때에 지게 등에 얹어서 가는 경우가 아니라면 호미는 어깨에 메는 것보다 손에 들고 가는 편이 훨씬 편하다. 무게가 가벼울 뿐만 아니라 자루가 짧아서 어깨에 메면 도리어 불편하기 때문이다. 그렇기 때문에 한가로운 전원의 풍경을 떠올리면서 "달빛을 등지고 호미 메고 돌아오네"라고 번역한 것은 부자연스러울 뿐만 아니라 사리에도 어긋나는 것이다. 시구의 내용에 담겨 있는 사리로 보더라도 '鋤'는 '호미 서'라고 새기기보다 '괭이 서'라고 새기는 것이 옳았던 것이다.

중학교 3학년 무렵까지는 농사일을 거들었던 경험이 있는 저자조차 이 구절을 번역하면서 이렇게 새겼던 것은 몇 가지 까닭이 있었기 때문으로 추정된다. 시중에 유통되고 있는 번역본에서 '鋤'자를 '호미'로 새기는 관행에 익숙해 있었다는 것과 '호미 서'라고 새기는 사전의 권위에 도전한다는 생각을 할 수 없었던 것이 그 주된 이유였을 것이다.

이상의 논의와 검토를 종합하면 '鋤'자는 '호미'가 아니라 '괭이'로 새기는 것이 옳다는 결론에 도달하게 된다. 학계의 이런 오류가 확인된 이상 이를 시정하는 작업이 지체 없이 뒤따라야 할 것이다. '鋤'자의 풀이에 관한 한 그래도 다행인 것은 '鋤'자가 '괭이'로 새겨져 유통되고 있는 것도 있다는 점이다. 이병한·이영주의 공동 역해(譯解)로 출간된 《당시선(唐詩選)》에 실려 있는 당나라 시인 왕유(王維)의 작품 〈위천전가(渭川田家)〉에 대한 번역이 그것이다.

斜光照墟落(사광조허락), 지는 햇빛은 촌락을 비추고,

窮巷牛羊歸(궁항우양귀). 좁은 길로 소와 양이 돌아온다.

野老念牧童(야로념목동), 시골 노인 목동을 염려하여,

倚杖候荊扉(의장후형비). 지팡이 짚고 사립에서 기다린다.

雉雛麥苗秀(치구맥묘수), 새끼 꿩 울음에 보리 이삭 패고,

蠶眠桑葉稀(잠면상엽희),   누에 잠들 때면 뽕잎 드물어진다.

田夫荷鋤至(전부하서지),   농부들은 괭이를 메고 서서,

相見語依依(상견어의의),   서로 얘기 나누며 헤어지기 아쉬워한다.

即此羨閑逸(즉차선한일),   이런 모습 대하니 그 한가함이 부러워,

悵然吟式微(창연음식미).   슬피 〈식미〉 시를 읊조린다.[273]

　제7구 "전부하서지(田夫荷鋤至)"를 "농부들은 괭이를 메고 서서"라고 번역한 것을 볼 수 있다. 곧 앞의 〈귀원전거〉의 번역에서 '鋤'를 '호미'로 새겼던 것들과는 달리 여기서는 '鋤'를 '괭이'로 새겼다는 차이점을 확인할 수 있다.

　네이버에서 '荷鋤(하서)'를 검색해 보면 〈귀원전거〉의 경우는 대개 '鋤'자를 '호미'로 새기고 있는 것과는 달리, 이 〈위천전가〉의 경우에는 '호미'라고 한 것도 있지만 '괭이'라고 새긴 경우가 적지 않은 것은 위《당시선》의 영향이 아닌가 짐작된다. 필자가《당시선》이 간행되기 전에 〈귀원전거〉를 번역해 두었다고 하더라도 번역서의 출간이《당시선》보다 늦은 이상 앞선 타당한 견해를 적절히 수용하지 못한 책임은 피할 수 없을 것이다. 물론 이《당시선》에도 아쉬운 점은 있다. 辭典과 字典에서 '鋤'자를 '호미 서'라고 새기는 것이 규범화되어 있는 상황에서 이를 뒤집고 '괭이'라고 새겼다면 그에 대한 충분한 해명이 있었어야 했는데 그런 내용이 보이지 않는다는 것이다.[274]

....

273 　《唐詩選》(李炳漢·李永朱 譯解, 서울: 서울대학교출판부, 1998) 제85쪽.

274 　인터넷으로 검색해 보면 〈渭川田家〉의 해당 구절을 번역하면서 '괭이를 메고'라고 해 놓고서도 '鋤'자에 대한 해설에서는 '호미'라고 새긴 경우가 간혹 눈에 띄는 것은 그런 해명이 없어서 자전의 풀이에 기대기 때문이라고 생각한다.

塢(오): 언덕이 아닌 작은 분지

앞에서 '신이(辛夷)'라는 식물의 정체를 논하면서 왕유의 시 〈신이오(辛夷塢)〉에 등장하는 '辛夷'의 정체가 한국식 이름으로 '자목련(紫木蓮)'인 것을 규명한 바 있다. 그런데 그 '신이오'라고 한 시의 제목을 류성준은 "목련둑"으로 옮기고 주에서는 '신이오'를 "목련 우거진 둑·제방"이라고 하였으며,[275] 송종섭도 '신이오'를 "목련화 핀 언덕"으로 새기고 '주석'에서 "'塢'는 언덕."[276]이라고 했던 것을 본 적 있다. 이들은 '塢'를 '둑' '제방' '언덕' 등 '상대적으로 솟아올라 있는 지형'을 가리키는 것으로 보았던 것이다. 한국에서 출간된 자전들이 '塢'를 그와 비슷한 뜻으로 새기고 있는 것[277]을 보면 그렇게 보는 것이 당연하게 보인다.

그런데 송나라 시인 양만리(楊萬里)의 시 〈망우(望雨)〉[278]에는 "잠깐 사이에 물이 계단의 높이로 차고, 花塢(화오) 반 모퉁이가 사라졌네."라고 한 연이 있는데, 이것을 보면 그 '花塢'를 '꽃이 핀 언덕'이라고 하는 것이 석연치 않다. 비가 억수로 쏟아진 상황을 노래하기는 했으나, 물이 언덕에 있는 집의 계단 높이로 차는 경우는 상상하기 어렵기 때문이다. 평지에 지어진 집의 계단 높이까지 빗물이 찬 것으로 보는 것이 이치에 맞을 것이다. 그렇다면 물에 잠겨 반 모퉁이가 사라진 '花塢'의 '塢'도 언덕이 될 수는 없는 셈이다.

....

275 《왕유시선》(류성준 편저) 제23쪽.

276 《노래로 읽는 당시》(손종섭) 제103~104쪽.

277 《漢韓大辭典》(張三植 저, 서울: 교육출판공사, 2010) 제335쪽: "塢, ①산언덕 오. ②마을 오."
《漢韓大字典》(民衆書林編輯局 編, 파주: 民衆書林, 2017) 제458~459쪽: "塢, ①마을 오 촌락. ②보루 오 작은 성, 성채. ③둑 오 작은 제방."

278 "雲興惠山頂, 雨放太湖脚. 初愁望中遠, 忽在頭上落. 白羽障烏巾, 衣袖已沾渥. 歸來看簷溜, 如瀉萬仞嶽. 霆裂大瑤甕, 電縈濕銀索. 須臾水平階, 花塢失半角. 定知秧疇滿, 想見田父樂. 向來春夏交, 旱氣亦太虐. 山川已遍走, 雲物竟索寞. 雙鬢愁得白, 兩膝拜將剝. 早知有今雨, 老懷枉作惡."

[바이두백과]에서는 '塢'를 "사방이 높고 가운데가 움푹한 곳"[279]이라고 했는데, 이 설명이 양만리의 〈망우〉에서 묘사한 '花塢'의 상황과 잘 어울린다. 한국에서 출간된 사전 중에도 "사면이 높고 가운데가 움푹 들어간 곳"이라고 한 것이 있는데,[280] 그것은 그 사전이 한국에서 통용되고 있는 관점은 고려하지 않고 중국의 관점만을 충실하게 반영한 듯한 인상이 짙다. 어쨌든 '塢'에 대한 오해를 시정하는 데에는 도움이 될 것으로 생각한다.

....

279 "四面高中間凹下的地方:山~. 花~."

280 《전면개정 中韓辭典》(고대민족문화연구원 중국어대사전편찬실 편, 서울: 고려대학교 민족문화연구원, 2007) 제2120쪽 '塢' 참조.

23

한국에서 원형을 유지하는 한자어 물명(物名)

중국문학 속의 동식물명과 기물 및 지형 등의 이름에 대하여 연구하다 보면 지금까지 밝힌 것처럼 한국에서 오해되고 있는 것들이 적지 않게 발견된다. 중국문학, 곧 중국의 것에 대한 일이다 보니 한국과 중국의 인식이 다른 경우에 대개는 중국의 것이 옳고 한국의 것이 잘못된 경우가 많았다. 그러나 그렇다고 반드시 중국의 것이 옳고 한국의 것이 잘못된 것은 아니다. 중국에서는 특정 사물에 대한 이름이 어느 시기를 전후하여 달라졌지만, 한국은 오래도록 그 원형을 유지함으로써 한국의 이름과 중국의 이름이 달라진 경우도 있다. 이런 경우에는 한국식의 이름이 더 정통적인 것이라고 할 수 있다.

湯(탕): 중국에서도 원래는 '뜨거운 물'이라는 뜻으로도 사용되었다

중국어권에서 출간된 우스갯소리 책에는 일본을 여행하다가 배가 고파서 '~~湯(탕)'이라는 간판을 보고 식사를 하러 갔다가 그곳이 목욕탕이라는 것을 알고서 난감했다는 이야기가 들어 있는 것을 간혹 볼 수 있다. 인터넷에서는 '목욕하는 곳을 어떻게 ~~湯이라고 할 수 있느냐'며 의아해하는 글도 쉽게 발견된다. 현대 중국에서는 '酸辣湯(산라탕)', '蛋花湯(단화탕)' 등과 같이 국물이 있는 음식을 '~~湯'이라고 부르는 관행 때문에 생기는 일이다.

그러나 중국에서도 옛날에는 '湯(탕)'이라는 말로써 단순히 '뜨거운 물'이라는 뜻으로 쓰기도 하였다. 바로 《초사》에 나오는 '난탕목욕(蘭湯沐

浴)'²⁸¹이라는 말이 그런 경우에 해당한다. 곧 난초를 넣어 향기를 더한 목욕물에서 목욕을 하는 것을 '난탕목욕'이라고 하기 때문이다. 그래서 고전에 대한 지식이 있는 중국인 중에는 '목욕하는 곳을 어떻게 ~~탕이라고 할 수 있느냐'라는 물음에 '당신의 지식 수준이 낮아서 그런 것'이라는 핀잔의 댓글을 달기도 한다. 물론 이때의 '蘭(난)'은 등골나무속에 속하는 식물이다.

'난탕목욕'의 '沐浴(목욕)'이라는 말도 한국인들에게는 일상적인 어휘이지만, 현대의 중국인들은 생소하게 느끼는 말이다. 오늘날의 중국어에서는 한국어의 목욕에 해당하는 말로서 '洗澡(세조)'라는 말을 주로 쓰기 때문이다. 중국고전문학에서 '난탕목욕'이라는 말을 만나면 중국인보다 한국인들이 더 원의를 이해하기 쉬운 것이다.

饅頭(만두): 중국의 만두도 원래는 소가 있었다

그다지 길지 않은 기간이기는 하지만 필자가 중국이나 대만에 거주할 때 분별하기 힘들었던 것 중의 하나가 '饅頭(만두)'와 '麵包(면포)'였다. 곧 만두와 빵을 분별하기가 어려웠다는 말이다. 한국의 만두는 소가 들어 있는데 비하여 중국의 만두는 빵과 마찬가지로 소가 없었기 때문이다. 오랜 시간이 흐른 후에야 중국의 만두는 쪄서 만든 것이고, '麵包'는 구워서 만든 것이라는 차이를 알게 되었다.

그러므로 한국의 음식 중에는 중국식의 만두가 없다. 한국에서 '만두'라고 부르는 음식은 중국에서는 包子(포자) 또는 餃子(교자)라고 한다. 그래서 중국에서 包子 또는 餃子라고 부르는 것을 한국에서는 만두라고 부르는 것에 대하여 중국인들은 이상하게 생각할 수도 있다. 그러나 이것은 전혀 이상한

....

281 屈原 作,《楚辭·九歌·雲中君》: "浴蘭湯兮沐芳, 華采衣兮若英."

그림 23.1 한국의 만두

그림 23.2 중국의 전형적인 만두

일이 아니다. 중국에서도 옛날에는 소가 들어 있는 음식을 만두라고 했기 때문이다.

城外土饅頭(성외토만두),　　　　　　성 밖의 흙만두,

餡草在城裏(함초재성리).　　　　　　소는 성 안에 있네.

一人喫一個(일인끽일개),　　　　　　한 사람이 하나씩 먹는데,

莫嫌沒滋味(막혐몰자미).　　　　　　맛없다고 싫어하지 마소.

　이것은 당나라 초기의 승려시인 왕범지(王梵志)가 쓴 시다. 작가가 제목을 따로 달지 않았기 때문에 첫 구절을 따서 '성외토만두(城外土饅頭)'를 작품의 제목으로 삼기도 한다.

　흙으로 만든 만두 이야기인데, 그 만두는 사람이 죽어 묻혀 있는 무덤이라는 것을 금세 알아차릴 수 있다. '성안에 있는 소'는 '성 안에서 살고 있는 사람'이다. 그 사람이 죽어서 성 밖의 무덤 속에 묻힌 것이 '성 밖의 흙만두'인 것이다. '한 사람이 하나씩 먹는다'고 한 것은 무덤 하나에 한 구의 시신이 들어 있는 것을 표현한 것이고, 그 만두가 '맛없다'고 한 것은 죽어서 그렇게 누워 있기를 바라는 사람이 드문 것을 두고 한 말일 것이다. 요컨대 이 시에 등장하는 만두는 밀가루만으로 쪄서 만든 것이 아니라 소를 넣어 만든 것이라는 사실을 분명하게 보여준다. 오늘날과는 달리 옛날에는 중국의 만두에도 소가 들어가기도 했던 것이다. 〈수호전(水滸傳)〉 같은 소설에도 소가 들어간 만두가 언급되는 것을 보면[282] 적어도 명대까지는 중국의 만두에도 소가 들어갔던 것을 알 수 있다. 소가 들어 있는 한국의 만두가 만두의 적자(嫡子)인 셈이다.

---

282 《水滸全傳校注(第1冊)》(施耐庵·羅貫中 原著, 李泉·張永鑫 校注, 臺灣 臺北: 里仁書局, 1994) 제473~474쪽(第27回): "那婦人……去竈上取一籠饅頭來, 放在桌子上. 兩個公人拿起來便吃. 武松取一個拍開看了, 叫道: '酒家, 這饅頭是人肉的? 是狗肉的?' 那婦人嘻嘻笑道: '客官休要取笑. 清平世界, 蕩蕩乾坤, 那裡有人肉的饅頭, 狗肉的滋味? 我家饅頭, 積祖是黃牛的.' 武松道: '我從來走江湖上, 多聽得人說道: 大樹十字坡, 客人誰敢那裡過? 肥的切做饅頭餡, 瘦的卻把去塡河!' 那婦人道: '客官那得這話? 這是你自捏出來的.' 武松道: '我見這饅頭餡肉有幾根毛, 一像人小便處的毛一般, 以此疑忌.'"

海棠(해당): 바다와 관련 있는 한국 해당이 원형일 가능성

앞에서 중국문학 속의 해당(海棠)의 정체에 관하여 연구하면서 한국의 해당은 장미과 장미속인데 대하여, 중국의 해당은 장미과 사과속이라는 사실을 밝힌 바 있다. 그런데 중국에서는 '해당'이라고 불리는 것은 꽃사과 종류만이 아니다. 명자나무, 모과나무, 베고니아에까지도 '해당'이라는 이름을 붙였다. 그러나 어느 한 종류의 식물도 '海棠'이라는 이름에 들어 있는 '바다 海'자와 관련 있는 특징을 가진 것이 없다.

중국의 해당과는 달리 한국의 해당 또는 해당화는 '바다'와 일정한 관련성이 있다. 바닷가의 모래가 많은 땅에서 잘 자라는 특징을 가지고 있기 때문이다. 이름을 구성하는 글자의 의미로써 그 이름으로 표상되는 사물의 특징을 나타내는 것이 이름의 기본적인 역할이라면 한국의 해당이 도리어 명실상부한 면이 있다. 그렇기 때문에 한국의 해당이 원래의 모습을 유지하는 것이고, 중국의 해당은 어느 시기를 기점으로 새로이 명명되었을 가능성을 완전히 배제할 수 없을 것이다.

홍어: '魟魚(홍어)'가 '홍어'의 원형일 가능성

이 책에서 하고 있는 이러한 연구의 범위를 중국문학의 범주를 넘어서까지 확대할 필요가 있다는 의미에서, 중국문학과 직접적인 관련성은 없는 것 한 가지에 대해서도 유사한 방식으로 논의를 전개해 보고자 한다. 바로 호남의 향토 음식으로서 세계 10대 악취음식에 선정되었다고 하는 홍어의 본래 이름에 관한 것이다.

한국에서는 홍어를 한자로 '紅魚' 또는 '洪魚'로 표기한다. '紅魚'라고 표기하는 것은 그 살의 빛깔이 붉은빛을 띠기 때문이라는데, '洪魚'로 표기한 이유

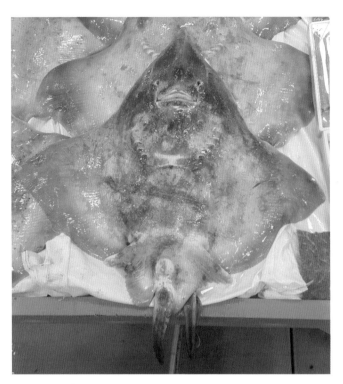

그림 23.3 홍어(노량진수산시장에서 저자 촬영)

는 확실하지 않다. 아마도 그 물고기의 체형이 넙적하기 때문에 '넓을 홍(洪)' 자를 써서 '洪魚'라고 했을 가능성이 있어 보인다.

그런데 중국과 일본에서 '紅魚'라고 부르는 것은 붉은색이 강한 각기 다른 어종을 가리킨다. 그리고 바이두와 야후재팬에서 검색되는 '洪魚'는 한국에서 '洪魚'라고 부르는 그 물고기와 그것으로 만든 음식에 관한 내용으로 연결될 뿐, 중국어와 일본어의 어휘의 하나로서 특정 어류를 '洪魚'로 지칭하는 정황은 찾기 어렵다. 그러므로 가오리과의 그 어류를 '洪魚' 또는 '紅魚'로 부르는 것은 순전히 한국적인 명명법임을 짐작할 수 있다.

호남의 대표적인 음식 '홍어'를 '紅魚' 또는 '洪魚'라고 부르는 것을 보면 그 물고기의 본래 이름이 '홍어'인 것만은 분명해 보인다. 한국에서의 본래 한자명이 '紅魚'일 수도 있고, '洪魚'일 수도 있지만, 그 발음만 '홍어'인 또 다른 한자로 구성된 이름일 수도 있을 것이다. 본래 '홍'으로 발음되는 다른 '홍'자를 사용하여 '홍어'로 불리던 것이, 그 한자가 특이한 것이거나 명명의 유래가 분명하지 않아 그 본래의 한자 이름을 잃어버리고 그 물고기의 특성에 비추어 '紅' 또는 '洪'자를 적용하여 한자명을 재구성하였을 가능성도 있다는 말이다.

한국에서 주로 '洪魚'로 불리는 물고기의 학명은 '*Raja Kenojei* MuLLER et HENLE.'로 되어 있다. '*Raja Kenojei* MuLLER et HENLE.'를 중국에서는 주로 '斑鰩(반요)'라고 한다. '斑鰩'는 홍어목(洪魚目) 곧 가오리 종류 중에서 얼룩무늬가 있는 종류라는 말이다. [한국민족문화대백과]의 '紅魚(별칭 洪魚)'조에서 "가슴지느러미의 기저(基底)에는 검은 테를 두른 큰 반문(斑文: 얼룩얼룩한 무늬)이 있다."라고 설명한 홍어의 한 가지 특징과 일치하는 의미를 담고 있는 이름이다. 그런데 일본에서는 '*Raja Kenojei* MuLLER et HENLE.'를 'ガンギエイ(간기에이)'라고 하고, 한자로는 '雁木鱝(안목분)'으로 쓴다. 가오리 종류에 속하는 물고기를 나타내는 일본말 'エイ(에이)'에 대응하는 한자 '鱝(분)'은 '鱏(심)'으로도 쓰는데 드물게는 '魟'자를 쓰기도 한다. '魟'자는 중국에서 '魟魚'라는 말로 쓰이는데, '魟魚'는 몸체가 원형에 가까운 가오리 무리에 속하는 어류를 가리키는 이름이다.

그렇지만 '赤魟(적홍)'은 중국에서도 몸집이 오각형에 가까운 가오리 무리에 속하는 어류를 가리킨다. 일본의 경우도 마찬가지다. 일본어 'アカエイ(아카에이)'를 가져다 쓴 느낌이 있기는 하지만 한국에서도 노랑가오리의 한자명으로 '赤魟'을 소개한 것이 있다.[283]

이와 같은 정황으로 보면 魟魚가 본래 한중일 삼국에서 공히 홍어를 포함하는 가오리 무리에 속하는 어류를 가리키는 말이었지만, 어느 시기에 어떤

---

283 국립수산과학원 수산생명자원정보센터([네이버 지식백과]).

그림 23.4 일본에서 赤魟으로 불리는 물고기

이유로 중국과 일본에서는 다른 한자를 사용하여 홍어를 가리키게 되었고, 한국에서는 그 발음은 유지했지만 그 본래의 글자를 잊어버려서 '洪魚' 또는 '紅魚'로 표기하게 되었을 가능성이 있어 보인다. 만약 그러하다면 한국의 '홍어'가 홍어의 본래 이름이 되는 것이다. 아래아 한글에서 '魟'자의 뜻의 하나로 '가오리'를 제시하고 있는 것도 그와 관련이 있는지 모르겠다. '홍어'에 대한 이러한 추론에는 많은 근거가 보완되어야 할 것이지만 가능성은 있을 것으로 본다.

연구를 마무리하며

근대 이전의 중국은 한국인들이 새로운 지식과 정보를 얻는 가장 큰 원천이었다. 중국에서의 지식의 전래는 사신이나 유학생의 직접적인 체험과 학습에 의해 이루어지는 것도 있었겠지만, 보다 비중 있는 통로는 문헌의 수입을 통한 것이었다고 짐작된다. 수입된 문헌들이 한국말로 해석되고 번역됨으로써 그 내용의 일부는 한국인의 일상적인 지식정보로 자리를 잡게 되기도 하였던 것이다. 그러나 중국의 문헌은 중국인들이 중국이라는 지역에서 생활하면서 얻은 생각과 정보들을 기록한 것이기 때문에, 한국에서 생활하는 한국인들에게는 생소하거나 파악하기 어려운 것들이 있기 마련이다.

한국과 중국은 인간의 삶의 배경이 되는 자연 환경에 상당한 차이가 있다. 한국과 중국 간의 지형 및 기후의 차이는 결과적으로 식생의 차이로 이어지게 된다. 그래서 중국문학작품에 등장하는 식물들 중에는 중국에서는 흔한 것이지만 한국에서는 자라기 힘든 것이 있다. 그리고 중국인들에게는 특별한 의미가 있는 것이지만 한국인들에게는 그렇지 않은 식물도 있을 수 있다. 동물의 경우도 마찬가지다. 중국의 판도 내에서는 흔한 동물이라도 한국에는 없는 것이 있을 수 있고, 또 반대의 경우도 있을 수 있는 것이다.

중국문학에는 여러 가지 동식물이 등장한다. 그런 동식물들 중에는 그 이름을 한국과 중국에서 같이 쓰는 경우가 많다. 한국과 중국이 같이 쓰는 동식물의 이름 중에는 그 이름이 가리키는 구체적인 사물이 같은 것이 많지만, 그렇지 않은 것도 있다. 이름은 같지만 전혀 다른 사물을 가리키는 경우도 있고,

양자 간에 일정한 유사성이 있지만 본질적으로는 다른 사물을 가리키는 경우도 있다.

옛날 한국인들은 중국에서는 흔히 볼 수 있는 식물이지만 한국에서는 그렇지 않은 식물들 중 일부를 한국에서 중국의 그 식물의 이름과 같은 이름으로 불리는 다른 식물로 인식한 경우가 더러 있었던 듯하다. 그들 중에는 본래 한국에는 없는 중국의 식물 이름을 한국에 존재하는 다른 식물에다 갖다 붙인 것도 있고, 유사하지만 다른 식물과 혼동했다고 의심될 만한 것들도 눈에 띈다. 동물의 경우에도 유사한 현상이 존재함을 확인할 수 있다.

특정 동식물을 한국과 중국에서 서로 다른 이름으로 부르는 것은 전혀 문제될 것이 없다. 각국이 그 동식물을 그렇게 부르는 데에는 각기 나름대로의 이유가 있을 것이기 때문이다. 그렇지만 중국문학에 등장하는 동식물명이 가리키는 대상을 중국과 다르게 인식하는 경우는 사정이 다르다. 그것은 그 작품을 쓴 중국 작가의 의도를 곡해하는 것이기 때문이다. 그래서 만약 한국 중국문학계에서 통용되는 상식 중에 중국문학 속에 등장하는 동식물명을 중국과 다르게 인식하는 것이 있다면, 그 진위 여부를 냉정하게 따져 보고 잘못된 것은 마땅히 바로잡아야 한다. 중국문학에 등장하는 동식물명에 대한 한국 중국문학계의 인식의 오류를 시정하는 것은 중국문학 연구의 기초 작업으로서 중국문학의 진면목에 접근하기 위한 필수적인 작업이 될 것이다.

중국문학 속의 일부 동식물에 대한 한국인의 부정확한 인식은 오늘날까지도 시정되지 못한 것이 상당수 있음을 볼 수 있다. 중국문학에 등장하는 일부 동식물들에 대한 그러한 오해는 권위 있는 사전류에 그대로 반영되고, 일반 민중에게는 상식으로 유통되고 있는 것이 많은 것도 확인할 수 있다. 중국문학이 한국인의 언어생활과 직접적으로 연관되는 이러한 부분은 중국문학 연구자들이 국민의 언어생활에 일정 부분 책임이 있다는 점을 시사하는 것이다. 그러므로 중국문학에 등장하는 동식물들에 대한 오해나 부정확한 인식을 시정하는 작업은 중국문학 연구의 기본적인 작업이면서 국민의 충실한 언어 생활에도 기여할 수 있는 일이 될 수 있을 것이라고 생각한다. 그러한 작업은 정확한 정보를 담은 충실한 사전의 편찬에 기여함으로써 한국 학술계의 건전한 발전에 이바지할 수도 있을 것으로 믿는다.

참고문헌

고대민족문화연구원 중국어대사전편찬실 편,《중한사전》, 서울: 고려대학교 민족문화연구원, 2004
　　　년 전면 개정 2판.

_____,《전면 개정 中韓辭典》, 서울: 고려대학교 민족문화연구원, 2007.

기태완 선역,《당시선 上》, 서울: 보고사, 2008.

김기평 옮김,《孟子 講讀》, 서울: 아세아문화사, 2002.

김원중 評釋,《唐詩鑑賞大觀》, 서울: 도서출판 까치, 1993.

김종원,《한국식물생태보감》, 서울: 자연과생태, 2013.

_____,《한국식물생태보감 1》, 서울: 자연과생태, 2015.

김학주 역주,《맹자》, 서울: 서울대학교출판문화원, 2013.

김학주,《중국문학사》, 서울: 신아사, 2010년 4판4쇄.

나카무라 고이치(中村公一) 지음, 조성진·조영렬 옮김,《한시와 일화로 보는 꽃의 중국문화사》, 서
　　　울: 뿌리와이파리, 2004.

단국대학교 부설 동양학연구소 편,《漢韓大辭典(6)》, 서울: 단국대학교출판부, 2003.

_____,《漢韓大辭典(13)》, 용인: 단국대학교출판부, 2008.

두산동아백과사전연구소 편,《두산세계대백과사전(제5권)》, 서울: 두산동아, 1996년 초판, 1998년
　　　재판.

_____,《두산세계대백과사전(제13권)》, 서울: 두산동아, 1996년 초판, 1998년 재판.

_____,《두산세계대백과사전》(제19권)》, 서울: 두산동아, 1996년 초판, 1998년 재판.

류성준 편저,《왕유시선》, 서울: 도서출판 민미디어, 2001.

李圭景,《五洲衍文長箋散稿》, 서울: 東國文化社, 檀紀4292년(1959년).

民衆書林編輯局 編,《漢韓大字典》, 서울: 民衆書林, 2005년 초판 제8쇄.

박경환 옮김,《맹자·孟子》, 서울: 홍익출판사, 1999년 초판, 2005년 재판.

朴琪鳳 역주,《교양으로 읽는 孟子》, 서울: 비봉출판사, 2001.

善善儒敎經傳硏究所 역주,《孟子集註》, 대전: (주)善善, 2013.

成百曉 역주,《懸吐完譯 孟子集註》, 서울: (사)전통문화연구회, 1991년 초판, 2013년 개정증보판 11
　　　쇄.

손종섭,《노래로 읽는 당시》, 경기도 파주: 김영사, 2014.

안외순 옮김,《맹자》, 서울: 책세상, 2002.

우재호 옮김,《맹자》, 서울: 을유문화사, 2007.

禹玄民 역,《詩經(上)》, 서울: 을유문화사, 1978.

윤재근,《희망과 소통의 경전 맹자1》, 서울: 동학사, 2009년 초판, 2012년 초판 3쇄.

이기석·한백우 역해, 李家源 감수,《詩經》, 서울: 홍신문화사, 1992.

李炳漢·李永朱 譯解,《唐詩選》, 서울: 서울대학교출판부, 1998.

이영주 외,《두보 위관시기시 역해》, 서울: 서울대학교출판부, 2004.

이영주·임도현·신하윤 역주, 이백 지음,《이태백시집》, 서울: 학고방, 2015.

이장우교수정년퇴임기념사업회,《중국명시감상》, 서울: 明文堂.

이희승 감수, 민중서림 편집국 편,《엣센스 국어사전》, 서울: 민중서림, 1974년 초판, 2002년 제5판
　　제3쇄.

이희승 편,《국어대사전》, 서울: 민중서관, 1961.

이희승 편저,《국어대사전》, 서울: 민중서림, 1994년 전면 개정 제3판.

임동석 역,《四書集註諺解 孟子》, 서울: 學古房, 2004.

자연을 담는 사람들 엮음,《(우리 산과 들에 숨쉬고 있는 보물) 한국의 야생화》, 서울: 문학사계,
　　2012년 초판 6쇄.

張基槿,《(中國古典漢詩人選 三)陶淵明》, 서울: 太宗出版社, 1978년 재판.

張三植 저,《漢韓大辭典》, 서울: 교육출판공사, 2010.

張三植 編,《大漢韓辭典》, 서울: 博文出版社, 1964년 초판, 1975년 수정 초판.

정일옥 역,《孟子》, 경기도 파주: 淸文閣, 2009.

崔南善 編,《新字典》, 서울: 新文舘, 1915년 초판 1928년 5판.

崔世珍,《訓蒙字會》, 서울: 檀大出版部, 1971년 초판 1983년 재판.

팽철호,《도연명시선》, 대구: 계명대학교출판부, 2002.

한용운,《(하서명작선 58) 님의 침묵》, 서울: (주)하서출판사, 2006년 초판, 2009년 중쇄.

황선재 역주,《이태백 명시문 선집》, 서울: 박이정, 2013.

馬歡,《瀛涯勝覽》, 北京: 中華書局, 1985.

潘富俊,《唐詩植物圖鑑》, 上海: 上海書店出版社, 2003.

＿＿＿,《中國文學植物學》, 臺灣 臺北: 貓頭鷹出版社, 2011년 초판, 2012년 재판.

謝冰瑩·李鍌·劉正浩·邱燮友 註譯,《四書讀本》, 臺灣 臺北: 三民書局, 1966년 초판, 1976년 수정 6판.

施耐庵·羅貫中 原著, 李泉·張永鑫 校注,《水滸全傳校注(第1冊)》, 臺灣 臺北: 里仁書局, 1994.

王士祥, 胡國平 等 撮影,《唐詩植物圖鑑》, 中國 鄭州: 中州古籍出版社, 2005.

王鴻緖,《明史藁》(국민대학교 성곡도서관 소장본), 刊記 미상.

陸璣,《毛詩草木鳥獸蟲魚疏》[《毛詩草木鳥獸蟲魚疏(及廣其他三種)》], 中國北京: 中華書局, 1985.

林尹·高明 主編,《中文大辭典》, 臺北: 中國文化大學出版部, 1973년 초판 1982년 第6版.

李時珍 著, 倪泰一·李智謀 編譯,《本草綱目》, 江蘇人民出版社, 간행년도 미상.

張以文 譯注,《四書全譯》, 中國 長沙: 湖南大學出版社, 1989년 초판, 1990년 2쇄.

朱熹,《四書集註》, 臺灣 臺北: 學海出版社, 1984.

中國社會科學院 文學硏究所 編,《唐詩選》, 北京: 人民文學出版社, 1978.

漢語大詞典編輯委員會漢語大詞典編纂處,《漢語大詞典》, 上海: 漢語大詞典出版社, 1989년 초판, 1994
　　년 제3쇄.

漢語大詞典編輯委員會漢語大詞典編纂處,《漢語大詞典》(제4권), 上海: 漢語大詞典出版社, 1994.

_____,《漢語大詞典》(제12권), 上海: 漢語大詞典出版社, 1994.

許愼 撰, 段玉裁 注, 孫永淸 編著,《說文解字》(제4권), 北京: 中國書店, 2011.

《本草綱目(白話手繪彩圖典藏本)》, 中國: 江蘇人民出版社, (기타 간기 불명).

《禮記》(《十三經注疏》제5책), 臺灣 臺北: 禮文印書舘, 1982.

釋 淸潭 譯,《淵明·王維全詩集》, 日本 東京: 日本圖書, 昭和53년(1978년).

日本大辭典刊行會,《日本國語大辭典(縮刷版)》, 日本 東京: 小學館, 1980.

諸橋轍次,《大漢和辭典(縮寫版)》, 日本 東京: 大修館書店, 昭和34년(1959년) 초판, 昭和43년(1968년) 縮寫版 제2쇄.

佐久 節 譯,《白樂天全詩集(第二卷)》, 日本 東京: 日本圖書センター, 昭和53年(1978년).

Les Missionaires de Coree·de la Societe des Missions etrangeres de Paris, ≪한불ᄌᄃᆫ(韓佛字典): DICTIONNAIRE COREEN-FRAN○AIS≫ YOKOHAMA: C.LEVY, IMPRIMEUR-LI-BRAIRE, 1880.

강혜정, 〈백이 숙제 고사의 수용 양상과 그 의미〉,《한민족문화연구》제34집, 한민족문화학회, 2010. 08.

김용한, 〈한 글자로 본 중국 | 상하이 〈부자도시의 열등감 국제도시의 고단함〉《新東亞》2015년 12월 호(네이버에서 검색).

한국학술정보(주), '중국의 명문장 감상', 2011. 9. 18(인터넷 검색).

鄒振環, 〈"長頸鹿"在華命名的故事〉,《古籍》, 2016. 08. 19(百度百科에서 검색).

臺灣의 環境資訊中心(TEIA)의 '蘭'에 관한 자료(인터넷 검색).

[네이버 지식백과]

[네이버 지식사전]

산림청 공식블로그

장강중국어학원 블로그

[百度百科]

[漢典]

[互動百科]

[Weblio辭書]

[위키피디아(일본어판)]